KB078144

그라니트
용들의 땅
GRANITE

그라니트 : 용들의 땅 12

이경영 판타지 장편 소설

초판 1쇄 찍은 날 § 2018년 5월 17일
초판 1쇄 펴낸 날 § 2018년 5월 24일

지은이 § 이경영
펴낸이 § 서경석

편집책임 § 김슬기

펴낸곳 § 도서출판 청어람
등록번호 § 제387-1999-000006호
등록일자 § 1999. 5. 31
어람번호 § 제1-2902호

주소 § 경기도 부천시 부일로 483번길 40 서경B/D 3F (우) 14640
전화 § 032-656-4452 팩스 § 032-656-4453
http://www.chungeoram.com
E-mail §chungeorambook@daum.net

ISBN 979-11-04-91732-5 04810
ISBN 979-11-04-90405-9 (세트)

그라나트

용들의 땅

GRANITE

이경영 판타지 장편 소설

GRANITE
그라니트

용들의 땅

CONTENTS

107
얼어붙은 지옥의 입구

데스디아와 탈리케이아는 기계처럼 똑같은 타이밍으로 연막을 던지며 함교 내부에 들어왔다.

그 연막에는 최루 효과는 물론 광학 병기, 즉 각종 광선에 의한 공격을 잠시 동안 무력화시키는 기능이 포함되어 있었다.

함교의 제압을 맡은 알타이르 전사들은 연막 속에서 투척용 단검을 집어 던졌다.

자리에서 일어나 도망을 치려고 했던 자도, 총을 뽑으며 대응하려 했던 자도 단검을 머리에 맞으며 픽픽 쓰러졌다.

지상에서의 단검 던지기와 우주선 내에서의 단검 던지기는 그 요령이 다른데, 난이도로 따지자면 지상에서 던지는 것이 더 어려웠다.

지상에서는 바람이라는 요소 때문에 나름대로 보정을 할 필요가 있기 때문이다.

반면 우주선 내에서는 중력에만 신경 쓰면 정확한 투척이 가능했다.

함교 내의 인원에 맞춰 던졌던 단검 중에 하나가 뭔가에 튕겨나가 천장에 꽂혔다.

단검을 튕겨낸 자가 함장의 의자에서 일어나더니 알타이르 전사들 앞에 당당히 섰다.

말끔한 디자인의 흑회색 전투복, 그리고 검은색의 매끈한 원기둥 형태의 헬멧.

데스디아는 그 사내의 겉모습에서 누군가의 느낌을 강하게 받았다.

"그대는 라이트스톤의 부하인가? 복장의 모양새가 비슷하군."

"그렇습니다, 미스 브라토레. 이 배에 탑승하신 것을 환영합니다. 기다리고 있었습니다."

라이트스톤의 부하는 왼팔을 옆으로 펴고 오른손을 가슴에 댄 뒤 허리를 굽혀 인사했다.

데스디아가 조용히 휘파람을 불었다.

그것은 경계 신호였는데, 탈리케이아를 비롯한 알타이르 전사들은 사방을 주시하며 무기에 손을 댔다.

데스디아는 동료들에게서 벗어나 라이트스톤의 부하에게 다가갔다.

"우리를 기다린 대가가 너무 크지 않나? 그대의 부하들은 지금 이 시간에도 죽어가고 있어."

데스디아가 지적했다.

“어쩔 수 없지요. 당신들을 기다린 사람은 저 혼자입니다. 부하들은 대비가 되어 있지 않았지요.”

라이트스톤의 부하는 자세를 풀고 똑바로 섰다.

“수 시간 전에 위스콘신이 그라니트 행성에 진입하는 것을 확인했습니다. 저는 적어도 이틀은 지나야 당신들을 만날 수 있을 거라고 생각했는데 당장 쳐들어오시다니, 그 활발함에는 조금 놀랐습니다.”

그는 함교 천장에 붙은 대형 스크린 쪽으로 고개를 들었다.

“위스콘신의 성능에도 놀랐지요. 아무래도 저 전함은 겉모습만 골동품일 뿐, 무기와 전술용 장비는 신형인 것 같군요.”

“미안한데 우리는 얘기를 나누려고 여기에 온 게 아니야.”

“흠, 의외군요. 당신이라면 당장 제 목을 당장 날릴 줄 알았는데 말입니다.”

중얼거린 남자의 목 언저리에서 툭 하는 소리가 터졌다.

그의 목을 고속으로 노렸던 데스디아의 환도가 상대의 엄지와 검지에 잡혀 버린 것이다.

당장 환도를 뒤로 물린 데스디아는 집중력을 높였다.

‘순발력이 대단하군. 힘도 세.’

라이트스톤의 부하가 입은 코트의 이곳저곳에서 노란색의 빛이 발광했다.

그는 데스디아의 칼을 잡았던 손을 가볍게 털었다.

“제 소개를 하지요. 저의 창조주, 라이트스톤 님께서 저에게 주신 이름은 3호입니다. 이제부터 제 임무를 수행하겠습니다.”

“임무? 그저 우리를 기다리고 요격하는 게 그대의 임무인가?”

데스디아가 쓴웃음을 지으며 물었다.

복면 때문에 표정 전체를 알 수는 없었지만 그녀의 눈은 약간의 곡선을 그리고 있었다.

"그랜드 마스터와 그 부하들의 사육, 그리고 모선의 관리가 저의 주된 임무입니다만 지금은 그렇지 않습니다. 이 기회를 놓칠 수는 없죠. 알타이르 전사의 생체 샘플을 최우선적으로 확보하겠습니다."

3호의 손에 씌워진 검은색 장갑이 노랗게 빛났다.

장갑의 표면에서 솟아오른 그 노란색 입자들은 금속 이상으로 단단하게 결합되어 있었다.

"자신감이 대단하군. 3호라고 했나?"

"예, 그렇습니다."

3호의 대답 직후, 데스디아의 뒤쪽으로부터 다수의 화살이 날아왔다. 대기 중이던 알타이르 전사들이 쏜 것이었다.

순간 폭풍이 일어나 데스디아 일행의 망토를 흔들었다.

폭풍의 근원은 3호의 손이었다. 3호가 손으로 화살들을 모조리 받아쳐서 바닥에 떨어뜨린 것이다.

데스디아는 3호가 방금 보여준 동작을 보고 조금 놀랐다.

'나이트 스토커의 기술? 아니, 그보다 완성도가 높은 것 같은데?'

그가 사용한 무술의 기본은 분명 나이트 스토커의 것이었으나 가공할 만한 힘과 속도, 정교함 때문에 전혀 다른 무술로 착각하기에 딱 좋았다.

"그대가 왜 나이트 스토커들의 무술을 사용하는지 모르겠군.

설마 라이트스톤이 나이트 스토커들의 창설자인가?"

"아닙니다, 미스 브라토레. 오랜 세월 이어져 내려온 그들의 훈련 방법은 주목할 가치가 있었습니다. 맨손 체조 따위로도 의미 있는 진화가 가능하다는 것을 증명해 낸 집단이니까요."

3호는 칼날처럼 펼친 손을 데스디아 쪽으로 내밀며 자세를 바꿨다.

"창조주께서는 나이트 스토커들을 매우 아끼십니다. 그들 덕분에 자유의 어둠을 안전하게 보관할 수 있는 길이 열렸거든요."

"호오."

그의 말을 듣고 감탄한 데스디아는 환도를 칼집에 넣었다.

"탈리. 전사들을 이끌고 다른 곳을 정리해 줘. 치프와 약속한 스케줄에 맞춰야만 해. 저 녀석은 내가 맡도록 하지."

"혹시 저놈을 포획할 생각이야?"

"그럴 가치가 있는 놈 같군."

"알았어. 방심하지 마, 뎃디."

탈리케이아는 전사들을 돌아본 뒤 함교를 빠져나갔다. 전사들도 그녀를 따라 순식간에 사라졌다.

3호의 헬멧 밖으로 웃음소리가 흘러나왔다.

"창조주님께서 말씀하신 그대로군요. 역시 당신은 욕심이 과한 분입니다. 건방지기도 하고요."

"그대를 업신여기고 있진 않아. 그렇게 느껴졌다면 사과하지."

"흠."

3호의 웃음소리가 멈췄다.

데스디아가 진지한 표정으로 그를 노려봤다.
"그보다, 아까 알타이르 전사의 생체 샘플이라고 했지? 라이트스톤의 기술력이라면 머리카락 하나만으로도 복제 인간을 만들 수 있지 않나? 과거에 우리 알타이르 왕족을 만든 자도 라이트스톤이라고 들었는데?"
"그렇습니다. 창조주께서는 당신과 헤이파 브라토레의 신체 조직을 이용하여 대량의 복제 인간을 만들어내셨습니다만, 아쉽게도 그들 모두 성장 과정에서 폐사하고 말았습니다. A—1730도 그렇고, 당신도 그렇고, 대체 무슨 악감정이 있어서 창조주가 정한 한계를 무시하는지 모르겠군요."
3호가 어깨를 들썩거렸다.
"답이 간단한 문제를 가지고 고민하는군."
데스디아가 눈웃음을 지었다.
"라이트스톤의 능력이 그만큼 시시하다는 증거잖아?"
"불쾌한 가설이군요."
데스디아의 왼쪽 눈을 향해 3호의 손끝이 닥쳐왔다.
데스디아는 주먹으로 3호의 팔뚝을 쳐서 공격의 궤도를 꺾었다. 그녀의 옆으로 빗나간 3호의 손이 우뚝 멈추자 넓은 함교의 공기가 전부 흔들렸다.
3호가 뒤로 뛰어오르며 돌려차기를 시도했다.
허리를 뒤로 젖혀 발차기를 피한 데스디아는 곧장 돌진하여 주먹을 뻗었다.
3호는 착지하자마자 왼손 손끝을 뻗었다. 데스디아의 주먹을 그대로 갈라 버릴 속셈이었다.

그러나 데스디아의 주먹과 충돌한 그의 손은 찰나의 순간조차 버티지 못하고 뭉그러졌다.

손가락뼈는 뒤집히거나 위아래로 꺾였고 부러진 뼈가 손등을 뚫고 튀어나왔다.

데스디아는 3호가 통증을 느끼기도 전에 반대편 주먹을 휘둘러 그의 머리를 노렸다. 가까스로 그녀의 공격을 피한 3호는 데스디아를 향해 오른손을 활짝 폈다.

'저놈이 나이트 스토커의 무술을 사용한다면, 이번에는……!'

위험을 직감한 데스디아는 자세를 바꾸면서 환도를 뽑았다.

반쯤 뽑힌 환도의 칼날에 3호의 오른손에서 뿜어져 나온 붉은색 광선검이 충돌했다.

"당신의 순발력도 대단하군요. 싸움의 장소가 그라니트 행성이었다면 저는 아무것도 못 하고 죽었을 겁니다."

3호가 감탄을 아끼지 않았다.

"샘플에 대한 미련은 버렸나 보군."

"과연 어떨지요?"

3호의 광선검이 함교의 공기를 찢어 태웠다.

환도에 정령의 힘을 억지로 불어넣은 데스디아는 상대의 광선검을 제대로 받아 넘기며 격전을 벌였다.

철제 바닥이 찢어졌다. 천장이 날아가고 함장용 의자도 잘려서 옆으로 쓰러졌다.

데스디아의 전투복 곳곳에도 흠집이 생겼다. 물론 3호가 입은 코트도 무사하지는 못했다.

넝마가 된 코트를 데스디아 쪽으로 벗어 던진 3호는 아까 부서졌던 왼손을 활짝 폈다가 꽉 쥐었다.

싸우는 와중에 완전히 회복된 것이다.

데스디아가 호흡을 진정시켰다.

"아까 그 샘플 얘기는 그냥 해본 거지?"

그녀가 묻자 3호가 웃음소리를 냈다.

3호가 코트 안에 입고 있는 것은 노란색의 케이블이 몸 전체를 휘감고 있는 압박 슈트였다.

"사실 저에게 맡겨진 일은 이미 달성됐습니다. 이 자리에서 당신을 제거하면 더욱더 완벽해지겠지요."

3호의 몸에 감긴 케이블과 손의 색이 노란색에서 빨간색으로 바뀌었다.

데스디아는 색의 변화와 동시에 3호에게서 정령 교감이 일어나고 있음을 감지했다.

"당신은 오크들이 본거지에서 사라진 게 신경 쓰이시겠죠?"

"……."

"당신의 머리와 몸은 남겨놓겠습니다, 데스디아 브라토레여. 그러니 A-1730에 전하십시오. 가급적이면 냉정하게 일을 처리하라고 말입니다."

정령 교감을 발휘한 3호는 아까보다 훨씬 빠른 속도와 강력한 힘으로 데스디아를 밀어붙였다.

광선검에 의해 그을리고 잘리기만 하던 함교의 벽이 깔끔하게 관통당하고 지글지글 녹아서 복도가 노출되었다.

환도로 수차례 대항하던 데스디아는 거리를 두기 위해 3호의 가슴을 걷어찼다. 하지만 그의 가슴 한복판에 직격한 그녀의 오른발은 힘의 장벽을 뚫지 못하고 뒤로 튕겨 나가고 말았다.

"즐겁군요!"

3호가 괴성을 지르며 오른손의 광선검을 휘둘렀다.

함교의 전자 기기가 한꺼번에 베이고 녹아내렸다.

의자에 앉은 채로 죽어 있던 모선의 선원이 광선검에 스치자마자 몸이 부풀더니 뜨끈뜨끈한 체액을 코와 입, 귀로 쏟아냈다.

공중제비로 3호의 머리 위를 지나서 최대한 간격을 둔 데스디아는 숨을 억누르며 환도를 세워 들었다.

'숙제를 해결할 때가 왔군.'

그녀는 정신을 집중한 뒤 모든 잡념을 떨쳐냈다.

"미스 브라토레여! 당신의 공격이 저에게 통할 것이라 생각하십니까? 당신의 공격 기술은 제 머릿속에 모두 등록되어 있단 말입니다!"

3호는 양손에서 뿜어지는 광선검을 옆으로 늘어뜨리며 데스디아를 향해 돌진했다.

*　*　*

원통형 헬멧을 쓴 사내가 팔다리를 늘어뜨리며 복도에 쓰러졌다.

치프는 그의 뒷목에 꽂힌 군용 단검을 잡고 몇 번 비틀었다. 단검에 관통된 살과 뼈가 찌걱찌걱 소리를 냈다.

"이럴 수가……!"

한 맺힌 목소리를 낸 그 헬멧의 남자는 결국 완전히 숨이 끊겼다.

단검을 뽑아 휘둘러 피를 떨쳐낸 치프는 헬멧을 벗고 가볍게 한숨을 쉬었다.

"흠. 이 친구의 이름이 4호였나? 선물 세트 분류 번호 같군."

"아무튼 4호가 맞습니다."

킹이 대답했다.

"이름이 왜 4호인지는 몰라도 많이 외로웠나 봅니다. 엄청 주절거리던걸요?"

"날 이길 자신이 있었나 보지."

헬멧을 다시 쓴 치프는 발로 4호의 머리를 걷어차서 헬멧을 벗겼다.

헬멧이 벗겨지면서 드러난 것은 파란색 피부의 인간형 생물의 머리였다.

지구인에 비해 코가 낮고 눈은 날카롭게 찢어졌으며 이마에는 흰색의 돌기 여섯 쌍이 자리 잡고 있었다.

"처음 보는 종족인데?"

"예, 원사님. 게다가 심장이 다시 뛰고 있습니다."

킹이 조금 겁을 먹은 투로 말했다.

"저런."

치프는 권총을 꺼내어 상대의 가슴을 수차례 쐈다. 부서져 터진 가슴에서 피가 찍찍 솟다가 잠잠해졌다.

"머리에도 쏴야 할까?"

"글쎄요?"

고민하는 그들의 귀에 다른 스쿼드의 통신이 들어왔다.

―동력로를 확보하고 폭탄을 모두 해체했습니다, 원사님.

"도중에 몇 명이나 죽였지?"

―200명이 조금 안 됩니다. 청부업자들치고는 근성이 있군요.

보고된 사망자의 숫자가 너무 적었다면 치프는 당장 후퇴하자며 소리를 질렀을 것이다.

"숫자는 적절하군. 아니면 내 취향을 너무 잘 아는 자가 배치했던가. 브라보와 델타, 에코 스쿼드는 앞으로 10분을 줄 테니 특이 사항이 없는지 확인하도록."

―알겠습니다, 원사님.

치프는 단말기를 만지작거려 통신 채널을 바꿨다.

"알타이르 전사들, 들리나? 언니 워치프, 내 목소리가 들리면 현재 상황을 보고하라."

―여기는 탈리! 치프, 큰일이야! 뎃디가 있는 함교에서 치명적인 파손이 발생했다고!

치프는 그게 무슨 소리냐고 묻듯이 UNSMC 대원들을 둘러봤다.

헬멧 때문에 표정이 드러나진 않았지만 대원들의 미묘한 자세에서 그들의 황당함이 그대로 드러났다.

"탈리, 무슨 말이지? 함교에 문제가 생겼다면 그만한 충격파나 진동이 감지되어야 하는데, 우리는 아무것도 못 느꼈어."

―이쪽에선 감지했어! 정말이야! 그리고 함교에는 뎃디 혼자 남아 있다고!

"그래? 잠깐만."

치프는 옆에 서 있는 킹 쪽으로 헬멧을 돌렸다.

킹은 이미 자신의 단말기를 이용하여 탈리케이아로부터 들어온 통신의 진위 여부를 알아보고 있었다.

킹이 검지와 엄지의 끝을 붙여 동그라미를 만들고 나머지 세 손가락 펴서 OK 사인을 만들었다. 진짜 탈리케이아의 통신이라는 뜻이었다.

"그럼 내가 함교 쪽으로 가볼게, 탈리. 이제부터 UNSMC와 작전을 조율하고 싶으면 브라보 리더와 얘기하도록 해."

죠니에게 임시로 UNSMC의 지휘권을 넘기겠다는 말이나 마찬가지였다.

—알았어! 뎃디를 잘 부탁해, 치프!

"안심해. 알파 리더, 통신 종료."

통신을 끊은 치프는 킹의 어깨를 두드렸다.

"찰리 스쿼드와 함께 오길 잘했군. 킹, 자네가 알파와 찰리를 이끌어줘."

"곧 돌아오실 거죠?"

킹이 약간 겁먹은 목소리로 물었다.

"뭐, 괜찮겠지. 킹에게 문제가 생길 경우 알파 스쿼드는 더스틴이 맡도록 해."

"알겠습니다, 원사님."

알파 스쿼드의 강습 분대장, 더스틴이 긴 팔을 움직여 경례했다.

"그럼 난 가볼게. 좀 이따가 보자고."

치프는 대원들과 함께 걸어왔던 복도를 뛰어갔다. 중간에 쓰러져 있는 시체들과 그 내용물들은 가뿐하게 넘고 피했다.

킹이 자신의 저격 소총을 제대로 들었다.

“우리는 원사님 지시대로 이 주변에 특이 사항이 없는지 확인한다. 알파와 찰리는 집중하도록 해.”

“찰리 리더. 저 녀석은 이대로 두고 가는 겁니까?”

더스틴이 가리킨 것은 4호의 시체였다.

죽은 줄 알았던 그의 심장이 다시 뛰는 것을 목격했던 킹은 결국 권총을 뽑아 그의 머리에 총알들을 박았다.

킹은 제법 큰 탄환을 사용하는 대형 권총을 즐겨 쓰는데, 4호의 머리는 단 두 발만에 목뼈만 남기고 완전히 분해되었다.

“이렇게 뭉갰는데도 저 녀석이 다시 움직인다면 난 그냥 도망칠 거야.”

“용감하게 뒤따르겠습니다, 중사님.”

“흐흐.”

웃음소리를 낸 킹이 알파와 찰리 스쿼드를 이끌고 복도를 뛰었다.

* * *

함교의 출입구는 괴물에게 들이받힌 듯 우그러들어 있었다.

‘안쪽에서 바깥쪽을 향해 뭔가가 폭발했군.’

치프는 단말기와 헬멧의 감지기를 이용해 내부를 투시했다.

함교 내부에는 헬멧을 쓴 남자 한 명이 서 있었다.

오른쪽 어깻죽지부터 옆구리까지 베여 날아간 그 존재는 만취한 사람처럼 제자리에서 이리저리 움직이고 있었다.

'뎃디는 어디 간 거야?'

치프는 우그러든 출입구에 폭약을 설치할까 하다가 데스디아가 걱정되어 생각을 바꿨다.

그는 경장갑 전투복의 힘으로 출입구를 완전히 구기며 안으로 진입했다.

"파티는 끝났나? 누군지 몰라도 질이 나쁜 친구들을 사귀나 보군. 실내가 엉망이잖아?"

치프가 중얼거리며 소총을 들었다.

함교의 한가운데에 서 있던 3호가 고개를 돌려 치프를 봤다.

"4호가 당신을 막았을 텐데, 왜 당신은 멀쩡한 겁니까?"

"그 친구를 꽤 신뢰했나 보군. 자네, 사람 보는 눈을 키우는 게 좋겠어."

소총의 끝을 3호에게 겨눈 채 이동하던 치프는 빛이 쏟아져 들어오는 함교의 창밖을 봤다.

그는 함교의 외부에 펼쳐진 상황을 믿을 수 없었다.

지름이 중형 승용차 정도 되는 소형 브리치 하나가 내부 골격을 드러낸 채 오색의 빛을 뿜어내고 있었다.

"맙소사, 저게 뭐야?"

"데스디아 브라토레가 들어간 곳입니다."

"그만큼 재밌는 장소로 이어지진 않은 것 같은데?"

"하하, 아슬아슬했지요."

3호의 부상 부위에서 세포가 급격히 자라나더니 상실된 부위가 원래대로 돌아왔다.

3호는 피부가 점점 매끄러워지는 자신의 팔을 만지며 한숨을 쉬었다.

"설마 데스디아 브라토레가 정령의 진공을 만들어낼 수 있을 줄은 몰랐습니다. 헤이파 브라토레만이 사용하는 기술인 줄 알았는데, 결국 자신의 것으로 만들어 버렸군요. A-1730. 당신은 알고 계셨습니까?"

"우린 아직 데이트도 못 했어."

치프는 소총의 손잡이를 꽉 잡았다.

그의 손에 힘이 들어가는 것을 본 3호는 약간 삐뚤어져 버린 헬멧을 고쳐 쓰며 즐겁게 웃었다.

"하하, 그거 아쉽군요. 아무튼 그녀를 살아 있는 샘플로 만드는 것에는 실패했습니다. 하지만 이것으로 그녀가 창조주의 일을 방해하진 못하겠지요."

"창조주? 그게 누군데?"

"당신께서 라이트스톤이라 부르는 분입니다."

"아, 그러시겠지."

투덜거린 치프는 브리치의 빛이 차츰 약해지는 것을 감지했다.

"저거, 빛이 좀 약해지지 않았나?"

"1회용 탈란바토르이니 어쩔 수 없지요. 앞으로 5분 뒤엔 완전히 사라질 겁니다."

3호가 대답한 직후, 치프가 소총을 옆으로 강하게 내던졌다.

"빌어먹을!"

소총은 함교의 기판을 때려 부수며 그 안에 처박혔다.

그 요란스러움에 집중하고만 3호는 어느새 치프의 손을 떠나 천장에 튕겨 자신의 머리를 향해 다가오는 접착제를 전혀 감지하지 못했다.

접착제 용기가 터지자마자 회색의 접착제 용액이 3호의 헬멧을 뒤덮었다.

"윽!"

중금속이 잔뜩 포함된 우주선용 접착제로 3호가 쓴 헬멧의 감지 장치를 마비시킨 치프는 4호를 처리할 때처럼 단검을 들었다.

"너도 4호처럼 수다스럽군."

치프는 3호의 목과 가슴, 어깨의 인대를 순식간에 자른 뒤 둔부와 오금의 인대도 차례차례 베어냈다.

"우주선 외부를 응급 수리할 때 쓰는 접착제는 말이지, 우주 방사선 차단을 위해서 별의별 유해 물질이 다 들어가지. 그래서 헬멧의 감지기를 먹통으로 만들 수 있어. 너희들처럼 헬멧의 감지기만 믿고 멋을 부리는 놈들에게는 딱 좋지."

치프는 3호의 뒷목에 단검을 꽂았다.

"아까 4호를 보니까 이것만으로는 좀 부족하더군."

치프는 단검의 자루를 비틀면서 권총을 꺼낸 뒤 3호의 등판을, 정확히는 심장을 수차례 쐈다.

"시간 없으니 여기까지 하자고."

권총을 거두고 단검을 뽑은 치프는 축 늘어진 3호를 함교 밖으로 내던졌다.

그는 자신의 헬멧에 손을 대고 통신을 시도했다.

“위스콘신, 들리나? 여기는 알파 리더. 확인하고 싶은 게 있다.”

—말씀하십시오, 알파 리더.

치프는 함교 밖에 위치한 브리치를 봤다.

“지금 적 모선의 함교 바깥에 브리치가 보인다. 그쪽에서도 저게 보이나?”

—전혀 보이지 않습니다. 중력의 왜곡만이 감지될 뿐입니다.

“영상을 보낼 테니 확인하도록.”

—아……. 보고도 믿을 수가 없군요.

“할 수 없군. 병기창과 연결해 줘. 빨리.”

—알겠습니다, 알파 리더.

약간의 소음이 들린 후, 중후한 목소리가 치프의 헬멧에 들려왔다.

—여기는 위스콘신 병기창. 무슨 일이십니까, 알파 리더?

“UNSMC 사양의 전투복 한 벌을 요청한다. 착용자의 신체 데이터를 그쪽으로 보내지.”

치프는 자신의 단말기에서 파일 하나를 열어 위스콘신의 병기창 쪽으로 전달했다.

그사이에도 브리치의 빛은 점점 약해지고 있었다.

—신체 데이터 확인. 알파 리더, 이건 알타이르 인의 데이터입니다만?

“덧디 거야. 지금 즉시 제작해서 전술 기동 차량과 함께 사출하도록. 남은 시간은 3분이야.”

—왜 3분인지 모르겠지만 안 좋은 일인가 보군요.

"그쪽에선 안 보일 텐데, 모선의 함교 앞에 브리치 하나가 열려 있어. 뎃디가 그 안으로 빨려 들어간 거 같아."

치프는 기판에 꽂혀 있는 자신의 소총을 뽑은 뒤 상태를 확인하고는 자신의 등판에 거치했다.

—함장님의 허가가 나온 것을 보니 원사님께서 헛것을 보시는 건 아닌 것 같군요. 어찌하실 겁니까?

"본 걸 어떡해? 들어가서 데리고 나와야지."

치프는 자신이 가진 장비와 탄약을 점검했다.

—전투복 제작 완료까지 앞으로 30초. 전술 기동 차량도 사출 위치로 옮겼습니다. 차량 안에 탄약과 건하운드, 각종 약품도 챙겨놨습니다만, 또 필요하신 게 있습니까?

"탄산음료 잔뜩."

—종류별로 집어넣겠습니다.

조금 뒤, 위스콘신에서 초읽기가 시작됐다.

치프는 빛을 거의 잃은 브리치를 보며 함교 밖으로 나갔다. 그의 전투복 곳곳에 설치된 로켓 모터가 푸른색의 불꽃을 분사하여 그의 위치를 조정해 주었다.

—치프, 뒤를 봐!

통신에서 탈리케이아의 목소리가 들리자 치프는 몸을 돌려 모선의 함교 쪽을 봤다.

탈리케이아를 비롯한 알타이르 전사들 다수가 몸 곳곳에 다른 이의 피를 묻힌 채 치프를 바라보고 있었다.

—정말 그 브리치로 들어갈 거야?

"탈리. 24시간 내로 내가 돌아오지 않으면 그라니트 행성의 오크들을 찾아내서 박멸하도록 해. 이건 내 예상인데, 바라쿠스 아저씨가 큰 도움을 줄 거야."

그의 말에 탈리케이아는 고개를 세차게 흔들었다.

—몰라! 24시간 내로 돌아와! 여기 있는 사람들, 전부 치프만 보고 온 거라고!

"사만다랑 애들을 잘 부탁해!"

치프는 위스콘신에서 사출한 소형 셔틀에 매달린 뒤 브리치의 한가운데로 진입했다.

붉은색의 전류를 일으키며 폭주하던 브리치는 이내 사방으로 깨지더니 그 영롱한 빛을 잃었다.

탈리케이아는 다른 전사들과 함께 걱정이 섞인 한숨을 내쉬었다.

*　　　*　　　*

브리치가 강제로 열어젖힌 공간은 엄청난 밀도의 눈보라가 휘날리는 극저온의 장소였다.

헬멧의 감지기를 이용하여 지형을 파악한 치프는 소형 셔틀에서 손을 뗐다.

중력식 완충장치를 작동시킨 셔틀은 비교적 평평한 장소에 안전히 착륙했다. 치프 역시 그 옆에 무사히 땅을 밟았다.

그는 단말기를 통해 기온을 확인했다.

"섭씨로 영하 163도. 이런 날씨에 눈보라라니, 말이 안 되는군."

치프는 급히 셔틀 외부에 설치된 손잡이를 당겼다.

셔틀의 외장이 열리면서 그 안에 자리 잡고 있던 4륜식 전술 기동 차량이 모습을 드러냈다.

"음료수들이 전부 얼어서 터지겠어."

차량의 바퀴를 셔틀에서 분리한 치프는 곧바로 차에 올라 시동을 걸었다.

"디젤 연료 방식의 차량이었으면 오도 가도 못 했겠지."

해왕성에서도 작동이 가능하도록 만들어진 전술 기동 차량은 중력식 모터 특유의 길고 높은 소음을 내며 힘차게 움직였다.

차량은 시속 20킬로미터의 속도로 천천히 움직였다. 고속으로 움직이다가는 땅에 쓰러진 데스디아를 깔아뭉갤 가능성도 있었기 때문이다.

차량 앞 유리에 설치된 전방 표시 장치를 주시하던 치프는 500미터 밖에서 섭씨 40도 이상의 열을 내는 물체가 감지되자 속도를 높였다.

"분명 뎃디겠지. 여기에 핫도그 가게 따위가 있을 리 없잖아?"

그는 농담으로 자신을 진정시키려 했다.

이윽고, 둥그런 화염의 장막 안에 웅크리고 앉아 있는 데스디아와 전술 기동 차량의 헤드라이트가 서로를 마주봤다.

차에서 내린 치프는 너무 놀라서 어쩔 줄을 모르는 데스디아를 보며 어깨를 으쓱했다.

"이거 알아, 뎃디? 내 입장에선 이게 너와의 첫 데이트야."

"세상에!"

기뻐 웃은 데스디아는 양손으로 눈을 덮어 눈물을 막았다.

"이제 당신은 완벽하게 내 남자야. 무슨 의미인지 알겠어?"

"그럼 내가 요구하는 건 뭐든 들어줄 수 있겠군."

"얘기만 해. 저지르지 말아야 할 짓도 저질러 주겠어."

감동이 불러온 데스디아의 각오는 확고했다.

치프는 차량에서 커다란 금속 캡슐을 꺼냈다.

"UNSMC 사양의 전투복이야. 이걸 입어줘."

그러자 데스디아가 눈을 찌푸렸다.

"난 뭔가 야한 걸 요구할 줄 알았는데?"

"추운 데서 농담하지 말고 어서 입어. 얼어 죽을 거라고."

화염의 장막 안으로 전투복이 든 캡슐을 넣은 치프는 그 장막의 근원이 무엇인지 알아보기 위해 내부를 살펴봤다.

장막의 한가운데에는 치프가 되찾아온 데스디아의 비녀가 꽂혀 있었다.

"비녀에 그런 기능이 있었어?"

전투복을 입기 위해 일단 옷을 다 벗은 데스디아는 고개를 흔들었다.

"아냐. 비녀가 버려져서 굴러다니는 사이에 그라니트의 정령들을 흡수했나 봐. 비녀의 색이 이상해진 이유는 그거였어. 저 비녀가 아니었으면 난 얼음덩어리가 됐겠지. 당신 덕분이야."

"무슨 소리야? 정령 교감을 쓰면 되잖아?"

"이 땅엔 정령이 없어, 치프. 이렇게 완벽히 죽어버린 땅은 처음이야."

전투복을 입은 데스디아는 긴 머리를 정돈한 뒤 헬멧까지 단단히 썼다.

그녀가 마지막으로 비녀를 땅에서 뽑아내자 방금 데스디아가 벗어놓은 알타이르의 전투복이 얼어붙고 깨져 나갔다.

브라토레 가문의 문장이 새겨진 망토도 순식간에 가루가 됐다.

"치프. 이 전투복은 지구인의 기준에 맞춰서 제작되었기 때문에 내 속도를 버티지 못할 거야."

"그럼 이제부터 조심해. 아니면 내 뒤에서 꼼짝 말던가."

"응?"

데스디아는 치프가 바라보고 있는 곳으로 고개를 돌렸다.

우유처럼 짙은 눈보라의 저편에서 아주 거대한 생물이 지축을 울리며 다가오고 있었다.

"뎃디, 저건 뭘까? 설마 우리에게 싸구려 솜사탕 같은 걸 팔려고 다가오는 건 아니겠지?"

치프는 전투복 등판에 거치해 둔 소총을 손에 쥔 뒤 눈보라 안에서 꿈틀거리는 존재를 겨냥했다.

데스디아의 손이 소총 위에 닿았다.

"기다려, 치프. 저 생물은 적이 아니야."

"그래? 하지만 막상 우리를 보면 마음이 바뀔지도 모르지."

치프의 경계심은 과도하게 팽팽했다. 그들이 있는 장소의 험악한 추위가 그 원인이었다.

"날 믿어, 치프. 그리고 우리는 1년 전에 저 생물체와 만난 적이 있어."

"뭐라고?"

치프의 총부리가 아래로 향했다.

이윽고, 그 거대 생물이 눈보라를 완전히 뚫고 치프와 데스디아 앞에 모습을 드러냈다.

마치 초여름의 버드나무처럼 풍성한 모피를 가진 그 존재는 치프와 데스디아를 보고는 매우 놀란 듯 눈을 크게 떴다.

"지구인과 알타이르인?"

그 생물이 우주 연합 공용어로 중얼거렸다.

"어라? 우리를 알아?"

치프도 그 생물 못지않게 놀랐다.

"그 목소리……. 설마 A—1730인가? 그렇다면 함께 있는 알타이르 여성은 데스디아 브라토레겠군."

"맞아. 그런데 자네는 누구지? 난 그쪽을 처음 보는데?"

치프는 데스디아의 앞쪽으로 자리를 옮기며 질문했다.

"아, 자네들에게 있어서 나의 이 모습은 매우 낯설겠군. 추위에 적응하기 위해 비늘의 형태를 바꿨다네. 날개는 사정이 있어서 제거했지."

그 생물의 음성을 인식한 단말기, 정확히는 단말기 속의 잭팟이 치프가 보는 헬멧의 화면 한구석에 낯익은 이름 하나를 출력시켰다.

"난 검은색의 땀을 흘리는 번개의 날개일세. 왕녀 전하와 자네들은 나를 가이우스라고 불렀지. 기억하나?"

"오, 이런."

잭팟의 인식과 그 생물의 자기소개가 일치하는 것을 확인한 치프는 소총을 등에 거치한 뒤 고개를 좌우로 저었다.

"믿을 수가 없군. 정말 가이우스란 말이야?"

"그렇다네. 내 육체는 비록 늙어 쇠했지만 자네들과의 기억은 생생하다네. 왕녀 전하께선 어떠신가? 내 친구들은? 젝스는 무사한가?"

날개가 없는 날개 달린 자, 가이우스가 온몸의 털이 흔들릴 정도로 반갑게 웃었다.

"다들 무사해. 그런데 늙어 쇠하다니, 무슨 소리지? 그라니트 행성에서 날개 달린 자들이 사라진 건 약 1년 전이라고."

치프가 물었다.

"약 1년 전이라……. 다행이군. 나와 우리 동포들이 이곳에서 보낸 시간도 딱 그 정도일세. 이곳과 고향의 시간은 거의 동일하게 흘러가나 보군."

"그런데 자네는 왜 그렇게 늙은 거지? 이렇게 말하긴 미안하지만 눈가에 주름이 엄청난데?"

치프가 다시 묻자 가이우스는 수염의 역할을 하는 털 사이로 입을 움직여 미소를 지었다.

"난 루할트에게 맹세한 대로 영주의 역할을 다했을 뿐이라네. 이 극악한 환경을 극복하기 위해서 젊음은 물론 다른 수많은 것들을 희생해야만 했지."

대답한 가이우스는 주변을 둘러봤다.

"이 부근에서 강한 힘이 감지되었기에 급히 뛰어왔네만, 실로 기적 같은 만남이 기다리고 있었군. 이곳은 너무 추우니 날 따라오게. 나와 내 동포들이 지내고 있는 둥지로 안내해 주겠네."

"둥지?"

"하하. 날개 달린 자의 생명력을 얕보지 말게."

가이우스가 앞서 걸어갔다. 치프와 데스디아는 전술 기동 차량에 탑승하여 그를 따라갔다.

치프가 헬멧을 벗고 탄산음료를 마셨다.

그는 앞서가는 가이우스의 모습을 믿을 수 없다는 표정으로 바라보고 있었다. 그런 그가 탄산음료를 마신 이유는 마음을 진정시키기 위해서였다.

치프와 마찬가지로 헬멧을 벗은 데스디아는 치프의 목덜미를 주물러 그를 달래주었다.

"이곳은 신이 만든 영구동토의 지옥이라네."

가이우스가 조금 큰 소리로 말했다.

"난 장로님께서 지어내신 이야기인 줄 알았는데, 엠페라투스가 우리를 이곳에 가둠으로써 그 존재가 증명되고 말았지. 우리들이 걷고 있는 이 땅은 돌이나 흙이 아니라 두꺼운 얼음일세. 얼음 안에는 고대에 버려진 환상종들이 무수히 잠들어 있지."

"얼음 안에 환상종들이 있다는 사실은 어떻게 알았지?"

치프가 차량 안의 무전기를 이용하여 가이우스에게 물었다.

"우리가 둥지를 짓는 도중에 그들을 깨웠거든. 우리는 한 달가까이 그 고대의 환상종들과 전쟁을 했다네. 그 과정에서 수많은 동포들이 다치고 죽었지."

안타까운 기억을 떠올린 가이우스는 고개를 설레설레 저었다.

"자네의 날개는 어떻게 된 거야?"

치프는 날개의 뿌리조차 남지 않은 가이우스의 등판을 보며 질문했다.

"둥지의 온도를 유지할 방법이 딱히 없었다네. 날개를 떼어내서 열의 근원을 만들어내는 것뿐이었지. 자네도 알다시피 날개 달린 자의 날개는 중력 조절 능력의 원천일세."

"흠."

"나는 다른 영주들의 도움을 받아서 내 날개에 중력 과부하를 걸었고, 과부하가 걸린 날개는 복사열을 발생시키는 근원으로 바뀌었다네."

데스디아는 가이우스가 대체 무슨 말을 하는지 알 수 없었다.

하지만 치프는 자신의 턱을 매만지며 고개를 끄덕끄덕 움직였다.

'블랙홀의 가스 분출 현상을 응용하여 열원을 만들어낸 거군. 잘못 만들었다가는 마이크로 블랙홀에 모든 것이 휘말렸을 텐데, 경계를 아슬아슬하게 맞췄어. 역시 날개 달린 자들의 감각은 대단해.'

치프가 생각을 정리하는 것에 맞춰, 가이우스의 이야기가 계속됐다.

"열원의 크기는 곡물 낟알의 씨눈보다도 작지만 둥지 하나를 따뜻하게 데우기에는 충분하지. 그 작은 열원이 꺼지면 다음 차례의 영주가 자신의 날개를 희생하여 새로운 인공 태양을 만들 것이네."

"다음 차례라고 말하는 걸 보니 자네들 나름대로 장기적인 계획을 짠 게 확실하군."

"이곳을 빠져나갈 방법이 떠오르지 않았거든. 지금도 마찬가지지만 말일세."

가이우스는 힘이 빠진 목소리로 대답했다.

그의 목소리를 억누른 것은 1년 동안 쌓인 좌절과 환상종들에 대한 공포, 그리고 동결 지옥에서 느낀 절망이었다.

"둥지의 생활에 익숙해지도록 하게. 자네들이 어쩌다가 이곳에 떨어졌는지는 모르겠지만 이따금씩 둥지로 쳐들어오는 환상종들의 괴성에만 적응하면 나쁘지 않을 거야."

"흠. 궁금한 게 있어, 가이우스."

"얘기하게."

"그 둥지에 있는 날개 달린 자가 이 장소에 떨어진 날개 달린 자의 전부인가?"

치프가 묻자 가이우스는 잠깐 침묵한 후 대답했다.

"극히 일부일세. 고향에서 쫓겨난 동포들 대다수는 지금도 눈보라 속에 잠들어 있네."

가이우스가 눈을 꽉 감았다.

"처음 수개월 동안에는 탐험대를 조직하여 동포들을 구출해 왔다네. 하지만 둥지의 수용 능력에 한계가 있어서 탐험을 중단할 수밖에 없었다네. 난 새로운 둥지를 지어보려 했지만 환상종들의 습격에 공포를 느낀 자들이 결사적으로 반대하더군."

"……."

"반대자들의 의견도 일리는 있다네. 둥지의 건설에 자극을 받아 깨어나는 환상종들은 정말 강력하다네. 기사단은 상대도 안 되고, 영주들이 수없이 달라붙어야만 한 마리를 겨우 해치울 수 있지."

"무시무시하군."

치프가 말했다.

"그렇다네. 자네, 혹시 기억하나? 엠페라투스에게 우리 종족의 미래를 맡기려 한 영주들 말일세. 그들 가운데 몇몇이 운 좋게도 우리 무리에 가담하여 얼음덩이가 되는 걸 피했다네. 그들은 지금도 영주랍시고 으쓱대고 있지."

가이우스는 쓴웃음을 지었으나 풍성한 털 때문에 표정이 드러나진 않았다.

"그 뻔뻔한 자들과 다르게, 나날이 이어지는 공포를 이기지 못하고 둥지를 빠져나간 자들도 있다네. 그들은 아마도 얼마 못 가 냉동되어 어딘가에 잠들어 있겠지."

가이우스의 눈에 안타까운 기색이 차올라왔다.

"유감이군. 얘기를 바꿔보자고, 친구. 먹는 것은 어떻게 해결해 왔지?"

치프는 가이우스의 불편한 마음을 덜어줄 겸, 현실적인 방향으로 이야기를 돌려봤다.

상대의 의도를 읽은 가이우스는 표정을 다소 밝게 바꾸며 대답했다.

"얼음을 파내고 작은 환상종들을 캐내어 식량으로 삼는다네. 인간들이 땅에서 뿌리채소를 수확하는 느낌이랄까?"

"얼음 속에 작은 환상종들만 있을 거라는 보장은 없잖아?"

"얼음의 두께가 얕은 곳이 있다네. 그런 곳에는 큰놈들이 없지. 하지만 두꺼운 얼음과 연결된 장소도 있기 때문에 조심해야 하네."

가이우스의 코에서 뜨거운 김이 새어나왔다.

"수많은 자들의 희생이 우리에게 준 지혜일세."

"음……."

"그보다, 자네들은 대체 어떻게 이곳으로 떨어진 건가? 설마 엠페라투스가 자네들을 이곳으로 몰아넣었나?"

"라이트스톤의 부하가 브리치를 만들어서 뎃디를 이곳으로 보냈어. 난 뎃디를 구하러 왔지."

"라이트스톤?"

가이우스가 고개를 갸웃했다.

"그 컨설턴트인가 하는 자 말인가? 그가 왜 그런 짓을 했지? 혹시 그에게 돈을 지불하지 않은 건가?"

"사연을 다 얘기해 주려면 꽤 긴 시간이 필요해. 아무튼 지금은 최악의 적이야."

"시간은 많다네, A—1730. 아, 치프라고 불러야 하나?"

"호칭은 상관없어. 나와 뎃디는 그라니트 행성으로 돌아가야 해."

그러자 가이우스가 걸음을 멈추고 치프가 탄 차량을 돌아봤다.

"돌아가다니? 방법이 있는 건가?"

"물론 있지."

치프의 즉답에 가이우스의 눈이 커졌다. 치프의 곁에 있는 데스디아도 깜짝 놀랐다.

"당신, 진담이야? 난 이곳에서 당신과 평생 살 각오를 하고 있었는데?"

"같이 살아도 좀 따뜻한 곳에서 살자고, 뎃디. 아무리 생각해도 여긴 좀 아니잖아?"

데스디아를 향해 빙긋 웃은 치프는 다시 무전기의 마이크를 들었다.

"어서 둥지로 가자고, 가이우스. 둥지에서 살고 있는 동포들의 숫자는 어느 정도지?"

"1,000명이 안 된다네."

"그렇군. 그럼 거기 가서 다시 얘기하자고."

"알겠네."

가이우스는 두근거리는 심장을 진정시키며 다시 걸었다.

"헬멧을 써, 뎃디. 우리끼리 할 얘기가 있어."

"응? 아, 그래."

데스디아는 머리카락을 다시 정돈한 뒤 헬멧을 썼다. 헬멧과 전투복의 연결 상태를 알려주는 신호등이 파란색으로 빛났다.

뒤따라 헬멧을 쓴 치프는 자율 주행 장치에 운전을 맡긴 뒤 자신의 단말기를 두드렸다.

"얘기 잘 들어, 뎃디. 그라니트 행성으로 돌아가는 건 큰 문제가 아니야."

"다른 문제가 있나?"

"물론이지. 우리가 이곳으로 온 게 단순한 불행이 아니라면 라이트스톤의 부하, 아니 라이트스톤은 이 동결 지옥의 좌표를 알고 있을 거야."

"일리가 있군."

데스디아가 고개를 끄덕거렸다.

“이 장소는 특이해. 하늘을 봐, 뎃디. 이 정도로 밀도가 엄청난 눈보라가 불어닥치고 있는데도 비교적 밝아. 만약 지구였다면 밤처럼 어두웠겠지. 이건 어딘가에 광원이 있다는 뜻이야.”

“알타이르 행성도 그랬을 거야. 듣고 보니 특이하군.”

“난 이와 같은 상황을 한번 본 적이 있어.”

“그래?”

“라이트스톤이 만든 행성 냉각 장치의 설치 장소였어. 그곳은 여기보다 더 추웠는데, 지상에 도달하는 빛의 양은 거의 비슷했지. 라이트스톤은 아마 이곳의 환경으로부터 행성 냉각 장치의 아이디어를 얻었을 거야. 아니라면 할 수 없고.”

“결론을 말해줘, 치프.”

“하하.”

그녀가 살짝 짜증을 내자 치프는 가볍게 웃었다.

“난 둥지에 도착할 때까지 단말기를 이용해서 관측 자료를 수집할 거야. 그라니트 행성에 있는 행성 냉각 장치가 그저 행성의 기온을 떨어뜨리기 위한 물건인지 의심스러운 상황이었거든. 넌 내가 만든 자료를 가지고 회사로 돌아가도록 해.”

“뭐? 당신은?”

“난 너와 함께 갈 수 없어.”

데스디아는 심장이 얼어붙는 듯한 충격을 받아 아무 말도 하지 못했다. 하지만 치프는 냉정하게 이야기를 이어나갔다.

“무장 제조 능력을 이용해서 브리치나 게이트를 만들면 팔다리만 산화하고 끝나지 않을 거야. 온몸이 산화하겠지. 알타이르 행성에서도 그랬거든."

"당신, 지금 농담하는 거지?"

데스디아가 웃음소리를 섞어 물었다.

"미안. 난 실버로드와 싸울 때 한 번 죽었어."

전술 기동 차량이 순간 왼쪽으로 크게 들썩거렸다.

그 소리에 깜짝 놀란 가이우스는 걷는 것을 멈춘 후 치프가 탄 차량을 돌아봤다.

'무슨 일이지? 차량 안에서 수류탄이라도 터졌나?'

차량의 안쪽을 본 가이우스는 매우 당황했다.

데스디아가 왼손으로 치프의 머리를 붙잡은 채 옆쪽 창문 쪽으로 밀어붙이고 있었기 때문이다.

"한 번 뒤졌다가 되살아났다고 하면 내가 감동해서 박수라도 칠 줄 알았나?"

데스디아의 목소리에는 살기가 서려 있었다.

예상을 한참 벗어난 그녀의 반응에 경악한 치프는 오른팔을 휘저어 그녀를 말리려 했다.

"잠깐, 뎃디! 참아! 해결 방법은 그것뿐이라고!"

"뭐가 그것뿐이야? 당신이 지금 얼마나 이기적인 태도로 지껄였는지 모르지?"

"이기적이라니, 무슨 소리야?"

죽는다 하더라도 살아날 가능성이 있기에 그런 말을 했던 치프는 대단히 어이없어했다.

하지만 데스디아는 손의 힘을 풀지 않았다.

"이봐, 치프. 나는 당신을 위해서 뭐든 해줄 수 있어. 하지만 당신 앞에서 죽어 자빠지는 꼴만은 절대로 보여주기 싫어. 내가 죽어버리면 당신과 나의 시간은 추억으로 끝나 버리니까."

"……."

저항하던 치프의 팔이 얌전해졌다.

자신에게 죽음에 대한 개념을 지금과 같이 이야기한 사람은 데스디아가 처음이었기 때문이다.

데스디아는 고개를 천천히 저으며 말했다.

"그런데 당신은 아닌가 보네? 아까 나랑 함께 갈 수 없다고 말했지? 알타이르에서 한 번 죽기까지 하셨다고? 그게 자랑이야? 어떻게 그딴 말들을 그렇게 쉽게 꺼낼 수 있지? 날 대체 뭐라고 생각하는 거야?"

"…미안."

치프는 짧게, 그리고 진지하게 사과했다.

"후우."

한숨을 쉰 데스디아는 치프의 헬멧을 잡은 손을 놓았다.

치프는 하마터면 깨질 뻔한 창문과 자신의 헬멧을 살피면서 생각을 정리했다.

"내가 경솔했어. 다른 방법을 생각해 볼게, 뎃디."

"그러시던가."

차갑게 말을 내뱉은 데스디아는 팔짱을 끼고 다리를 꼬았다.

"저기, 뎃디."

치프가 그녀를 불렀지만 데스디아는 대답하지 않았다.

"추억이 꼭 나쁜 것만은 아니잖아?"

"그건 일반인들에게나 그렇지."

데스디아가 다시 그에게 고개를 돌렸다.

"추억 같은 건, 우리처럼 죽음에 절어 있는 자들에게는 그냥 때깔 좋은 변명에 불과해. 떠올리자마자 토할 거 같은 기억 따위가 무슨 놈의 추억이야?"

"그렇지. 음……."

치프는 그녀의 말에 일리가 있다고 생각했다.

"그래, 이 공간에서 어떻게 나갈지 고민을 해보자고."

자신이 너무 조급하게 생각해 버렸다고 판단한 치프는 자신들을 가만히 바라보고 있는 가이우스를 향해 팔을 흔들었다.

이제 괜찮다는 뜻이었다.

코로 숨을 내쉰 가이우스는 고개를 끄덕인 뒤 다시 걸어갔다.

'저들, 마지막으로 봤을 때보다 사이가 좋아졌군.'

가이우스는 그동안 그라니트 행성에서 무슨 일이 있었는지 궁금했다.

그는 둥지에서 그들과 마주 앉아 지그시 이야기를 듣고 싶었지만 미련을 갖진 않았다. 그럴 기회가 있을지 장담할 수 없었기 때문이었다.

108
그들이 살아가는 장소

약 1시간 정도 이동했을 무렵, 가이우스를 앞세운 치프와 데스디아는 축구 경기장처럼 생긴 거대한 구조물을 목격했다.

그것이 가이우스와 다른 영주들이 힘을 합하여 만든 둥지, 이른바 '피난처'였다.

피난처의 크기는 그라니트 행성에서 접했던 둥지들보다 한참 더 컸다.

그라니트 행성에 존재하는 드래곤의 둥지들은 평균 지름이 십여 킬로미터 정도였으나 피난처는 수십 킬로미터에 달했다.

그리고 피난처를 이루는 재료는 오로지 생물들의 뼈였다.

치프는 극저온 때문에 가동 한계 시간이 짧아진 드론을 억지로 움직이며 피난처를 촬영하고 분석했다.

"저걸 봐, 뎃디. 그라니트 행성의 둥지들은 대부분 나무로 만들어져 있지만 저 둥지는 뼈로 만들어져 있어. 저렇게 큰 뼈들을 대체 어디서 주워 온 거지?"

"환상종이겠지. 저건 날개 달린 자들의 뼈가 아니야."

빅시티에서 신과 싸웠을 때, 치프와 데스디아는 드래곤의 뼈를 품은 환상종과 싸운 일이 있었다.

사건 직후 수습된 그 뼈는 회사에 며칠간 보관되다가 지구로 옮겨진 뒤 소식이 끊겼는데, 당시 데스디아는 알타이르 왕족 특유의 사냥 감각을 발휘하여 드래곤의 골격 전부를 외워 버렸다.

이후 그녀가 나무를 깎아서 만들어낸 축소판 드래곤 골격은 치프가 3D 프린터를 이용해 뽑아낸 축소판 골격과 비교하여 일말의 오차도 없었다.

치프는 무전기의 마이크를 들었다.

"가이우스. 저 뼈들은 어디서 입수한 거지?"

"환상종들의 사체에서 수집했다네. 얼음에 갇힌 환상종이 모두 살아 있진 않거든."

가이우스는 둥지 쪽에 시선을 둔 채 대답했다.

"처음에는 죽은 환상종과 살아 있는 환상종을 구별하지 못해서 희생이 컸지."

"안타깝군."

"음. 아, 조심하게. 이제부터 땅굴로 들어가야 하네."

"그러지."

치프는 드론을 조작하여 차량과 결합시켰다. 차량 지붕에 안착하여 동력로를 교환한 드론은 그 상태에서도 자료 수집을 계속했다.

자율 주행 장치가 경사를 읽고 가이우스의 뒤를 따라 땅굴로 들어갔다.

둥지로 통하는 땅굴의 너비와 높이는 상당했다.

땅굴이 눈보라를 막아주자 차량 주변의 기온이 서서히 올라갔다. 그렇다 해도 당장 전투복을 벗어도 될 수준은 아니었다.

땅굴을 살피던 치프가 데스디아의 헬멧과 연결된 유선 통신 케이블을 점검했다.

"뎃디, 큰일이야."

"왜?"

그녀가 짧게 물었다.

"이 땅에는 광물이 거의 없어. 있어도 엄청난 두께의 얼음 밑에 있다고. 이대로는 내가 옷을 벗고 춤을 춰도 브리치를 만드는 게 불가능해."

"춤춘다는 말을 왜 덧붙였는지 모르겠지만 그거 참 다행이군. 여기서 우리 둘이 행복하게 살아가자고."

데스디아는 코웃음 소리를 섞어 대답했다.

"이봐, 뎃디. 가이우스는 꽤 기대하는 눈치였어. 우리 생각만 할 순 없다고."

"알 게 뭐야? 이 전투복의 동력로가 끝장나면 우린 그냥 얼어 죽는 거잖아? 동력로의 지속 시간이 우리의 평생이라고."

데스디아의 지적에 치프는 차량 천장을 보며 한숨을 터뜨렸다.

"아, 그렇지. 제대로 망했군."

예상치 못한 벽에 부딪혀 버린 치프는 그냥 가만히 가이우스를 따라서 둥지 안으로 들어갔다.

둥지의 중앙에는 환상종의 뿔로 보이는 뾰족한 물체가 세워져 있었다.

그 물체의 정점에는 빛과 열을 발산하는 '현상'이 존재했다.

"저게 가이우스의 날개를 희생해서 만든 열원이군."

치프는 단말기와 드론의 관측 장비를 이용해 열원의 상태를 확인했다.

"둥지 내의 온도는 영하 15도야, 뎃디. 게다가 둥지 전체가 균등한 온도를 유지하고 있어. 열을 전달하는 수단이 대체 뭐지? 여긴 수십 킬로미터 크기의 시설이라고."

치프는 믿을 수 없다는 투로 말했다.

데스디아는 그런 그를 가만히 보다가 고개를 저었다.

"미안한데, 지금은 가이우스를 어떻게 위로할지 고민을 해보는 게 어때?"

"아… 그렇지."

치프는 헬멧의 앞을 손으로 덮었다.

가이우스가 이윽고 멈췄다.

가이우스의 주변에 날개를 멀쩡하게 달고 있는 드래곤 여럿이 차례로 착지하여 길게 늘어섰다. 그들 대부분은 가이우스와 마찬가지로 비늘을 모피로 변화시킨 상태였다.

그들은 몸통이나 팔다리에 깊은 흉터를 가지고 있었다. 특히 눈빛은 그라니트 행성에 있는 루할트가 얌전하게 추억될 만큼 사납게 날이 서 있었다.

그것은 그들이 극한의 환경과 환상종들을 상대로 치열하게 싸워온 증거였다.

"다들 반쯤 미쳐 있군. 이제 내가 저들을 실망시켜야 한다 이거지?"

치프가 어이없다는 투로 중얼거렸다.

"당신 자신의 유머 감각을 믿어봐."

데스디아도 절망한 나머지 헛웃음을 섞어 말했다.

"뎃디, 난 내 농담에 네가 웃는 것조차도 본 적이 없어. 헛소리 말라고 얻어터진 기억은 있지만 말이지."

"몰랐나 보네? 나 혼자 있을 때 당신 농담을 떠올리고 몰래 웃은 적은 꽤 많아."

"그거 참 위로가 되네."

치프는 데스디아와 연결된 유선 통신 케이블을 제거한 뒤 차량에서 내렸다.

그의 모습을 본 드래곤들의 표정이 더욱 사나워졌다.

"A—1730! 죄악의 씨앗이여!"

드래곤들 중 하나가 고성을 질렀다.

그 소리에 둥지의 개인 공간에서 쉬고 있던 드래곤들이 우르르 목을 내밀고 치프 쪽을 봤다.

치프는 드래곤들의 으르렁거림을 들으며 어깨를 으쓱했다.

"그거 참 오랜만에 듣는 별명이네요. 다들 잘 있었어요? 모피들이 멋진데요?"

농담을 하는 그의 목소리가 살짝 갈라졌다.

그를 따라 차량에서 내리던 데스디아는 다 글렀다는 듯 고개를 좌우로 흔들었다.

드래곤들의 분노가 폭발하기 직전, 다행히도 가이우스가 치프에게 가까이 다가가며 목을 높이 들었다.

"진정하게, 동포들이여. 그는 우리를 고향으로 돌려보내 줄 방법을 알고 있다네."

"뭐라고?"

드래곤들이 일제히 경악했다.

"검은색의 땀을 흘리는 번개의 날개여, 그 말이 사실인가?"

"괜한 희망으로 우리를 선동하지 말게!"

"우리가 이곳에 갇힌 이유는 저놈 때문이란 말일세!"

"죄악의 선조를 따르려다가 속은 자들이 목소리는 제일 크군!"

"반역을 꾀한 영주 주제에!"

드래곤들끼리 서로 목소리를 높이며 다퉜다. 그 다툼은 몇 분 지나지 않아 몸싸움으로 번지고 말았다.

"그만!"

소리친 가이우스의 몸에서 강력한 방전이 일어났다.

날개를 희생시킨 대가로 우두머리에 가까운 지위를 갖게 된 가이우스는 드래곤들을 간단히 침묵시켰다.

상황이 정리되자 가이우스가 다시 치프를 봤다.

"필요한 것이 있다면 얘기하게, 치프. 전력을 다하여 자네를 돕도록 하지."

"음, 그래."

치프는 될 대로 되라는 듯 대답하기로 했다.

"대량의 금속이 필요해. 그러면 내가 브리치를 만들 수 있어."

"자네가 브리치를, 탈란바토르를 만들 수 있다고?"

가이우스가 묻자 치프가 의아해했다.

"아… 자네가 모르는 게 당연하겠네. 무장 제조라는 능력인데, 그걸로 엠페라투스와 싸우기까지 했어. 셀레스티아가 나에게 빌려준 힘이지."

"자네가 그 엠페라투스와 싸웠다고?"

"그래. 그놈과 나, 단둘이서 말이야."

"그럴 수가!"

가이우스가 아무도 없는 좌우를 번갈아 보며 혼란스러워했다.

그만 그런 것이 아니었다. 그 둥지에 있는 모든 드래곤들이 다시 열을 올려 웅성거렸다.

데스디아가 치프의 어깨에 손을 얹었다.

"이걸 써봐, 치프."

데스디아가 내민 것은 그녀의 단말기였다.

"당신이 작년에 엠페라투스와 붙을 때 찍혔던 영상이 여기에 들어 있어. 이 자리에서 뿌려 버리자고."

"그 유명 동영상 말이지? 하하, 알타이르에서 내가 활약한 영상이 있었으면 더 좋았을 텐데 말이야."

그녀의 의견이 그럴싸하다고 생각한 치프는 드론에 해당 동영상 파일을 옮긴 뒤 둥지를 비행시켜 자료를 뿌렸다.

디지털 데이터를 해석할 수 있는 드래곤들에게 있어서 영상을 확인하는 것은 어려운 일이 아니었다.

조금 뒤, 빅시티에서 벌어졌던 치프와 엠페라투스의 격전을 확인한 드래곤들은 엄청나게 술렁거렸다.

특히 그를 죄악의 씨앗이라며 비난했던 드래곤들의 태도가 싹 바뀌었다.

가이우스는 기쁨을 감추지 못했다.

"금속이 필요하다고 했나? 방법이 있네, 친구여."

"방법? 정말?"

전투복 동력로의 상태를 체크하며 시간을 보내던 치프는 가이우스의 말을 듣자마자 움찔했다.

"이곳의 환상종 중에서 금속으로 된 껍질을 두른 존재들이 있다네. 그들은 얼음 속에 없네. 마치 파수꾼처럼 이 지옥을 한없이 방황하고 있지. 우리는 그들을 타이탄이라고 부른다네."

"타이탄? 그건 지구의 신화에서 나오는 이름인데?"

치프는 자신의 허리 좌우에 손을 대며 신기하다는 반응을 보였다.

"내가 그 신화에서 이름을 빌려 그들에게 붙였다네. 타이탄들은 정말 거대하지. 금속으로 된 산봉우리가 걸어 다닌다고 생각하면 된다네."

"흠. 놈들이 어디에 있는지는 알아?"

"타이탄들의 감시를 맡은 동포들이 있다네. 우리의 공격이 전혀 통하지 않는 괴물들이라서 이동 방향을 주시할 필요가 있거든."

가이우스는 문제없다는 듯 고개를 끄덕거렸다.

"그럼 당장 타이탄을 처리하자고. 뎃디, 괜찮겠어?"

치프가 데스디아에게 물었다.

그것은 타이탄이라는 환상종을 처리할 자신이 있냐는 질문이 아니었다. 자신이 목숨을 걸어도 되겠냐는 뜻이었다. 데스디아는 어떻게 대답해야 할지 막막하여 한참을 머뭇거렸다.

치프와 데스디아를 지켜보던 가이우스의 눈동자가 움찔했다.
'저들의 분위기가 이상하군.'
루할트나 알케온에 비해 관찰력이 좋고 신중한 성격인 가이우스는 이방인 남녀 사이에 흐르는 이상한 공기를 날카롭게 읽어냈다.
'그러고 보니 치프와 엠페라투스의 전투 영상에 이상한 부분이 있었지. 치프의 몸이 소모되는 것 같던데……'
가이우스는 데스디아의 기억을 읽어서 자신의 가설을 증명해볼까 하다가 그만두었다. 느낌이 좋지 않았기 때문이다.
'아무래도 우리는 터무니없는 부탁을 하고 있는 것일지도 모르겠어.'
가이우스가 몸을 숙인 뒤 치프에게 머리를 가까이했다.
"치프. 타이탄의 위치를 알려줄 테니 나의 궁금증을 풀어주게."
"응? 아, 얘기해. 안부가 궁금한 친구라도 있어?"
"자네가 탈란바토르만큼 크고 복잡한 물체를 만들었을 때, 자네가 짊어지게 될 부담은 무엇인가?"
"……"
치프는 당장 대답하지 못하고 가만히 있었다.
말없이 치프를 바라보던 가이우스는 체념하여 눈을 감은 뒤 몸을 일으켰다.
"내가 너무 흥분했던 것 같군. 무엇 하나 증명되지 않은 수단에 동포들의 목숨을 걸 수는 없네. 괜히 타이탄을 자극하여 이 소중한 둥지를 잃고 싶지 않군. 없었던 일로 하세."
가이우스가 단호하게 말했다.

그가 왜 갑자기 태도를 바꿨는지 알 리가 없는 드래곤들은 매우 당황했으나 대놓고 따지는 자는 없었다.

이 둥지에서 가이우스의 위상은 절대적이었다.

데스디아는 헬멧 안쪽의 공기 정화 장치를 향해 안도의 한숨을 내쉬었다.

'루할트와는 다른 방향으로 영리하고 선량한 자라 다행이군. 분명 치프에게 해가 되는 일이라는 걸 직감했을 거야. 언제가 됐든 시간을 내어 감사해야겠어.'

가이우스는 데스디아의 자세와 분위기가 약간 느슨해지는 것을 놓치지 않았다.

'역시 치프의 목숨을 건 일이었군.'

코로 숨을 길게 내쉰 가이우스는 조심스럽게 걸었다.

암벽처럼 열을 맞춰 늘어서 있던 드래곤들이 좌우로 움직여 가이우스가 갈 길을 터주었다.

"차를 타고 나를 따라오게, 치프. 둥지에서 가장 조용한 곳으로 안내해 주겠네. 그곳에서 쉬도록 하게."

"신경 써줘서 고마워."

"아닐세. 자네는 우리가 해야 할 일을 대신 해왔다네. 고생을 해온 자네에게 쉴 자리를 주는 것 정도는 아무것도 아니야."

대답한 가이우스는 계속 걸어갔다.

데스디아와 함께 차를 탄 치프는 천천히 핸들과 페달을 움직여 가이우스를 따라갔다.

"하아. 오늘은 내 맘대로 되는 게 없네."

그가 한탄하자 데스디아가 주먹으로 그의 전투복 옆구리를 찌르듯 쳤다.

"아까 목숨이 어쩌네, 추억이 어쩌네 했던 나를 한순간에 바보로 만들더군. 내가 우습지?"

"미안, 미안."

치프는 둥지에 오기 전과 달리 가벼운 말투로 사과했다. 오른손을 팔랑팔랑 흔들면서 진정하라는 몸짓까지 했다.

데스디아는 짜증이 났으나 그때처럼 안타깝진 않았기에 다리만 강하게 꼬았다.

치프의 헬멧이 왼쪽 상단을 향해 까딱거렸다.

"저길 봐, 뎃디."

"뭔데?"

"우리가 그라니트 행성에서 한 번도 본 적 없는 생물들이 저기 있어."

데스디아는 치프가 가리킨 방향 쪽으로 고개를 움직였다.

치프가 가리킨 것은 어린 드래곤들이었다.

어린 드래곤들은 어른들에 비해 몸이 뭉툭했다. 날개의 경우에는 작은 돌기로만 존재했다.

그들은 다른 행성, 다른 종족의 어린아이들과 마찬가지로 떼로 모인 채 치프와 데스디아가 탄 차량을 구경하고 있었다.

데스디아는 자신에게 쏟아지는 전기 파장을 떨쳐내기 위해 정신을 집중했다.

"저 꼬마들이 내 기억을 훔쳐보려 하고 있군."

"하하, 귀여운데? 우리를 쳐다보는 눈들이 다 또랑또랑해. 이 둥지의 어른들과는 달리 지친 기색이 없어."

치프는 차량의 창문을 열고는 어린 드래곤들을 향해 손을 흔들었다.
그러자 어린 드래곤들 중 하나가 둔부를 치프 쪽으로 향하더니 방귀를 뀌는 무례를 저질렀다.
"그래, 저렇게 재롱을 떨 여유도 있고 말이지."
"가이우스가 그만큼 관리를 잘해왔다는 의미겠지. 아이들만이 아니라 둥지에 살고 있는 자들 대부분의 분위기가 그다지 절망적이진 않아."
데스디아는 정령의 흐름을 통해 드래곤들의 기분을 읽고 있었다.
"아무튼, 어쩔 생각이지? 정말 나랑 이곳에서 전투복 동력로가 나갈 때까지 살아갈 거야?"
"설마. 기초부터 다시 고민해 볼 거야."
치프는 손에 쥔 차량의 핸들을 오른손 검지로 톡톡 두드렸다.
"너를 이곳으로 던져 버린 게 3호라는 놈이었지?"
"맞아."
"그럼 그때 상황을 자세히 얘기해 줘."
치프는 차량의 창문을 다시 닫았다.
데스디아는 팔짱을 끼고는 치프의 질문에 대답했다.
"난 3호라는 놈을 완전히 끝장낼 기회를 잡았지. 함교를 좀 크게 부수긴 했지만 말이야. 그랬는데 놈이 갑자기 이상한 물건을 꺼내고는 함교 밖으로 집어 던지더군. 그 물체가 고리 모양으로 전개되더니 진공청소기처럼 나를 빨아들였어. 그리고 난 이곳에 떨어졌지."

"3호는 그걸 1회용 탈란바토르라고 했어."

치프가 중얼거렸다.

"혹시 놈이 그걸 던지기 전에 특별한 행동을 했었어? 뭔가 입력하거나, 아니면……."

"전혀. 그냥 버튼을 한 번 눌렀을 뿐이야."

"그렇다면 그 1회용 탈란바토르의 출구 좌표가 이곳으로 미리 설정되어 있었다는 뜻일 거야."

"흐음."

데스디아는 그의 머리가 이제야 제대로 돌아가기 시작했음을 느끼고는 만족스럽게 고개를 끄덕거렸다.

"뎃디, 미안한데 내 헬멧 좀 벗겨줄래?"

"원한다면 목도 같이 뽑아줄 수 있어."

"애정이 듬뿍 느껴지는 농담이네."

"후후."

웃음소리를 낸 데스디아는 헬멧 뒤편에 손을 댔다. 그녀의 생체 파장을 인식한 치프의 헬멧이 전투복의 목 보호대에서 무사히 분리되었다.

치프의 헬멧에 등록된 생체 파장은 치프 자신의 것과 데스디아와 사만다, 죠니, 안드레이의 것뿐이었다.

실은 셀레스티아의 것도 등록하려 했지만 드래곤들의 생체 파장은 매시간 미묘하게 달라지기에 어쩔 수가 없었다.

그녀의 도움으로 헬멧을 벗은 치프는 컵 홀더에 미리 꽂아놓은 탄산음료를 들었다.

플라스틱병의 뚜껑을 치아로 물어서 열어젖힌 치프는 병 안에 든 딸기 맛 음료를 만족스러운 표정으로 들이켰다.

"크, 당분이 내 몸 전체로 퍼지는군."

"됐으니 탈란바토르에 대한 얘기나 계속해 봐."

"흠."

치프는 플라스틱병을 컵 홀더에 다시 꽂았다.

"그 1회용 탈란바토르의 사용처를 생각해 보자고. 내 예상으로는 둘 중에 하나일 거야. 상대하기 어려운 적을 없애기 위한 비장의 무기, 아니면 탈출용이겠지."

"그럴싸하군. 당신은 어떻게 생각해?"

질문한 데스디아는 헬멧을 벗고 머리를 풀어헤쳤다.

전투복과 헬멧의 습도 조절 기능 덕분에 그녀의 피부와 머리카락은 평상시와 같았다.

치프는 알타이르 행성인 특유의 식물성 체취를 맡으며 입을 열었다.

"3호의 태도를 생각해 보자면 탈출용일 가능성이 커."

그의 말을 들은 데스디아는 납득하기 어려웠는지 가볍게 고개를 저었다.

"내 생각과는 다르군. 난 틀림없이 무기일 줄 알았는데? 탈출용으로 생각하는 근거가 뭐지?"

"우선 녀석이 입고 있던 복장을 생각해 봐. 우리가 입은 전투복 이상으로 밀폐가 잘되어 있었어. 아마 이 공간의 환경에도 대응할 수 있을 거야. 그다음은 3호 녀석의 행동이지."

치프는 턱으로 전투복 왼쪽 팔뚝 보호대에 들어 있는 단말기의 화면을 꾹 눌렀다. 화면이 켜지면서 음성 명령 대기 상태로 전환됐다.

"당시 영상을 데스디아에게 보여줘."

―알겠습니다, 원사님.

데스디아는 단말기에서 사만다의 목소리가 들리자 눈썹 사이를 구겼다.

'인공지능의 음성까지 사만다의 것과 비슷하게 맞출 필요는 없잖아?'

그녀는 치프의 단말기에 심어져 있는 잭팟의 존재를 아직 모르고 있었다. 치프도 잭팟을 감추고 싶었기에 일부러 그 인공지능의 이름을 부르지 않았다.

이윽고 차량 앞 유리 오른쪽 구석에 작은 화면이 떠올랐다.

그 화면에서 치프와 3호가 마주쳤을 때의 영상이 재생되었다.

"잘 봐, 뎃디. 그 1회용 탈란바토르가 근거리에서 폭발, 아니 기동했는데도 불구하고 그 녀석은 너나 함교 내의 시체들과 달리 이곳으로 빨려 들어가지 않았어. 탈란바토르의 전개와 기동 시의 특성에 익숙하지 않으면 저렇게 여유를 부리진 못하겠지."

하지만 정작 데스디아가 주목한 것은 치프가 던진 접착제 용액을 헬멧에 뒤집어쓰고 허우적거리는 3호의 모습이었다.

영상 속의 3호는 치프의 단검에 유린당한 뒤 권총에 심장을 뚫리고 함교 밖으로 내던져졌다.

"저 녀석이 왜 저렇게 간단히 당하는 거지? 난 아직 완성되지 않은 기술까지 사용했는데도 놈을 제압하지 못했어!"

그녀의 갈색 피부가 붉게 상기됐다. 이마에는 핏대까지 솟아 있었다.

당혹감을 느낀 치프는 잠깐 차량의 천장을 본 뒤 다시 앞으로 시선을 옮겼다.

"지금 그게 문제가 아니잖아, 뎃디."

"자존심 문제야!"

그녀가 몸을 들썩거리며 분노를 토했다. 그녀가 맨 안전벨트의 버클이 삐걱거릴 정도였다.

"그래, 나중에 다 들어줄게. 아무튼 위스콘신에서는 탈란바토르의 존재를 감지하지 못했어. 중력의 왜곡으로 모든 걸 감췄더라고. 다른 건 몰라도 중력 왜곡을 이용한 위장 장치는 1회용 무기에 쓰기엔 너무 거창한 옵션이잖아?"

눈을 감고 분을 삭이던 데스디아가 잠시 생각한 뒤 입을 열었다.

"당신 말대로 단순한 공격 무기치고는 꽤 세련된 녀석이군."

"맞아. 하지만 탈출용이라면 말이 되지. 살기 위해서 사용하는 수단이니 저 정도 옵션을 아낄 이유는 없으니까. 단말기, 영상 재생 종료."

—지시대로 재생을 종료합니다.

영상이 꺼지고 차량의 앞 유리 구석에 뜬 가상 스크린도 사라졌다.

"뎃디. 이곳은 어찌 보면 훌륭한 은신처야."

"그렇겠지. 아무런 장비도 없이 추적해 왔다가는 얼어 죽을 테니까."

"장비가 있어도 곤란해. 영하 200도에 가까운 환경에서 제대로 작동하는 기계를 생산할 수 있는 세력은 한 손에 꼽을 수 있을 정도로 적어."

"으음."

데스디아가 고개를 끄덕끄덕 움직였다.

치프의 이야기가 계속됐다.

"그리고 이 둥지로 오기 전에 말했듯이 이 행성의 환경과 라이트스톤이 만든 행성 냉각 장치의 환경은 거의 흡사해. 라이트스톤이 이 행성을 연구해서 행성 냉각 장치를 만들었다면 라이트스톤의 연구 기지가 이곳 어딘가에 존재할 가능성이 있지."

앞서 걸으면서 치프와 데스디아의 대화를 듣고 있던 가이우스가 우뚝 멈췄다.

그는 천천히 몸을 돌려 치프와 마주봤다.

"연구 기지가 정말 존재할 가능성은 어느 정도인가?"

가이우스가 절박한 눈빛으로 치프를 보며 물었다.

"이제부터 알아봐야지. 하지만 만약 존재한다고 해도, 해당 시설의 소유주가 라이트스톤인 이상 찾아내기가 쉽지 않을 거야."

"하지만 그 시설을 찾아낸다면 우리가 자네에게 빚을 질 일도, 자네가 큰 부담을 떠안을 일도 없겠지."

"진정해, 가이우스. 보장된 건 아무것도 없어."

"음……."

시선을 아래로 내린 가이우스는 다시 돌아서서 둥지 안을 걸었다.

치프는 차량에 설치된 기계들을 이리저리 점검했다.

"드론에 사용할 예비 동력로의 숫자가 적은 게 걱정이군."

치프의 행동을 지켜보던 데스디아가 그의 앞으로 머리를 불쑥 내밀었다. 놀란 나머지 브레이크를 밟을 뻔한 치프는 한숨을 크게 쉬었다.

"왜?"

"아까 죽네 마네 했을 때와는 다르게 머리가 잘 돌아가는 것 같아서 말이지. 이유가 뭐야?"

그녀가 묻자 치프가 멋쩍게 웃었다.

"나도 다급하면 앞뒤를 가리지 못할 때가 있어. 다른 사람도 아니고 네가 얼어 죽을 위기에 빠졌는데, 어쩔 수 없지."

"흐흠."

그의 한마디에 기분이 확 풀린 데스디아는 코웃음 소리를 내며 똑바로 앉았다.

치프는 무전기의 마이크를 들었다.

"이봐, 가이우스. 타이탄의 이동 경로를 알고 있다면 나한테 알려줄 수 있겠어?"

"이동 경로?"

가이우스가 치프를 흘끔 보며 물었다.

"타이탄이 정말 무섭고 귀찮은 놈들이라면 라이트스톤 역시 놈들이 잘 오지 않는 곳에 시설을 설치했겠지. 안 그래?"

"호오, 듣기만 해도 기분이 좋아지는 가설이로군."

가이우스는 실로 오랜만에 미소를 지었다.

"그래서 말인데, 가이우스. 혹시 이 지역의 전체적인 구조를 알고 있어?"

치프가 가이우스에게 물었다.

가이우스는 다시 앞을 보며 말했다.

"행성 전체 말인가? 아니면 탐색이 가능한 장소까지를 말하는 것인가?"

"탐색을 방해하는 거라도 있나 봐?"

"식량 문제가 가장 크지. 우리들이 24시간 단위로 소비하는 칼로리 수치는 지구인들의 상상을 초월한다네. 동포들에게는 가급적 움직이지 말 것을 권하고 있지."

가이우스의 이야기를 들은 치프는 고개를 옆으로 기울였다.

"인간의 모습, 혹은 그보다 더 작은 생물체의 모습을 만들어서 영혼을 옮기면 되잖아?"

치프의 지금 던진 질문 속에는 드래곤들과 함께 생활하면서 연구하고 경험한 지식들이 함축되어 있었다.

가이우스는 그의 그러한 이야기가 조금 두렵긴 했다.

"자네, 거기까지 알아냈군. 우리 종족의 비밀이 대체 어디까지 밝혀진 것인가?"

"생체 실험 같은 골 때리는 방법을 쓰진 않았으니 안심해."

"자네를 믿겠네."

가이우스는 작은 목소리로 말했다.

"이곳에서는 우리의 본체가 보관되는 공간을 열 수가 없다네. 그래서 생존에 적합하게 설계된 육체를 만들어봤자 소용이 없지."

"그거 정말 아쉽겠군."

"그야말로 극한의 상황이지. 덕분에 난 우리의 마음속에 숨겨져 있던 추악한 면을 모두 볼 수 있었네."

가이우스는 그 추악함에 대한 설명을 피했다. 대신 다른 이야기를 하여 치프를 이해시키려 했다.

"엠페라투스가 부활한 날의 일이었다네. 자네는 자네가 경험했던 험악한 일들을 우리에게 말해줬지. 소년병이라던가, 마약이라던가, 자살 테러라던가."

"뭐, 그랬지."

치프가 쓴웃음을 지었다.

"당시에는 자네의 이야기가 와닿지 않았다네. 루할트는 자네가 경험한 구질구질한 이야기 속의 추잡한 놈들과 엠페라투스를 비교하지 말라며 항의까지 했지. 엠페라투스가 그처럼 궁지에 몰릴 일이 있겠냐면서 말이야."

가이우스는 아주 긴 한숨을 쉬더니 이야기를 계속했다.

"그런데 궁지에 몰려보니 우리도 딱히 다르지 않더군."

가이우스의 피로감 섞인 목소리를 들은 치프는 안 좋은 예감이 들었다.

"떠올리기 싫은 이야기라면 굳이 하지 않아도 돼, 가이우스."

"아니, 자네는 들을 자격이 있다네. 내 동포들에게 터무니없는 비난을 들어오지 않았나?"

입을 힘주어 다문 가이우스의 발성 기관이 미세하게 떨렸다.

"특정 환상종을 잡을 욕심에 어린이들을 미끼로 던진 자들이 있었다네. 그 환상종의 체액이 우리의 신경계에 '즐거운' 영향을 준다는 사실이 알려졌거든. 정말 많은 동포들이 그 은밀한 가치를 소유하고 즐기기 위해 무엇이든 했다네."

"하아……."

치프는 자신도 모르게 한탄할 만큼 마음이 아팠다. 그는 전쟁터에서, 그리고 도시에서 그런 식으로 삶이 파괴된 자들을 너무 많이 봐온 사람이었다.

"치프. 나는 태어나서 처음으로 폭력을 이용한 제압과 처벌을 실행할 수밖에 없었다네. 우리는 날개 달린 자가 아니라, 그저 날개가 달린 것에 불과한 자들이었어. 이제는 우리 모두가 그러한 일에 익숙하다네. 서로에게 감정을 숨기고 극도로 경계하고 있지."

"……."

"치프. 자네가 만약 우리들을 이 지옥에서 꺼내준다 해도, 그들의 마음에 남은 상처가 치유될지는 잘 모르겠군."

가이우스가 말을 맺으며 걸음을 멈췄다.

그의 앞에는 드래곤 하나가 들어가서 쉬기에 충분한 공간이 있었다.

"이곳을 쓰게. 바닥이 좀 차가울 수도 있겠군."

"여기서 잘 생각은 없어."

치프는 가이우스가 제공해 준 둥지의 빈 공간 밖에 차량을 세웠다.

"우린 24시간 내로 회사에 돌아가야만 해. 느낌이 안 좋아. 그러니까 한시라도 빨리 타이탄의 이동 경로를 알려줘, 가이우스."

그는 차량에서 드론을 띄워 가이우스와 동반하도록 조작했다.

"광자 데이터를 그 드론에 전송해 주면 돼."

"알겠네. 기다리게."

날개가 없는 드래곤 영주, 가이우스는 치프를 안내할 때와 달리 빠른 걸음으로 둥지를 달렸다.

치프는 데스디아의 도움을 받아 차량 지붕에 설치된 각종 장비를 둥지 바닥에 내렸다.

아까부터 치프의 뒤를 따라온 어린 드래곤들은 콧김으로 데스디아의 긴 머리카락을 흔들 수 있을 만큼 가까운 거리에 자리를 잡고 앉았다.

"너희들, 또 왜? 아저씨는 바빠."

치프는 어린 드래곤들을 쓱 둘러본 뒤 다시 장비에 손을 댔다.

"그딴 거 집어치우고, 엠페라투스와 싸울 때의 얘기나 해주세요."

어린 드래곤들 중 하나가 대단히 건방진 투로 말했다.

"농담이 아니라 정말 바쁘다니까?"

치프는 제발 봐달라는 표정으로 그 드래곤을 돌아봤다.

하지만 정작 그의 눈에 들어온 것은 어린 드래곤들 앞으로 다가가는 데스디아의 뒷모습이었다.

"후우……."

데스디아는 눈을 감고 심호흡을 했다. 어린 드래곤들의 몸에서 흘러나온 정령의 기운들이 그녀에게 흡수되었다.

자신들과 데스디아 사이에 무슨 일이 일어났는지 모르는 어린 드래곤들은 당황하여 꼼짝도 하지 못했다.

정령 교감을 통해 힘을 모은 데스디아는 아까 치프에게 시비를 건 드래곤의 꼬리를 붙잡았다.

"너희들의 우두머리가 아까 제압과 체벌이라는 얘기를 하더구나."

데스디아는 꼬리를 붙든 팔을 위로 치켜 올렸다. 아프리카 코끼리와 덩치가 비슷한 어린 드래곤이 지푸라기처럼 공중으로 떠올랐다.

"어어?"

갑자기 하늘을 보고만 어린 드래곤은 머릿속이 하얗게 되는 느낌을 받았다.

데스디아는 그 드래곤을 그대로 땅에 매쳤다. 혼쭐이 난 드래곤은 얼른 몸을 뒤집고 땅에 바짝 엎드린 채 눈물을 글썽댔다.

데스디아는 팔짱을 끼며 드래곤들을 둘러봤다.

"얌전히 구경하겠다고 약속하면 야단맞을 일은 없을 거야."

"야, 약속해요! 약속할게요!"

다른 어린 드래곤들까지 땅에 엎드렸다.

"우리만을 위한 일이 아니니 이해해 주렴. 알았지?"

"예!"

데스디아는 다시 치프의 곁으로 돌아왔다.

치프는 그녀가 전투복의 근력 보조 체계를 사용하지 않고도 그런 괴력을 발휘했다는 사실에 매우 놀라고 있었다.

"뎃디, 아까 뭔가를 막 흡수하던데……?"

"드래곤들의 본체에서 정령의 힘을 추출할 수 있어. 당신이 없을 때 젝스를 상대로 연습했지. 일주일 정도 지나니까 젝스가 잠을 좀 재워달라면서 울더군."

"어이, 어이."

치프는 너무 심한 짓이 아니냐는 표정으로 데스디아를 바라봤다.
“걱정하지 마. 그 이후로는 연습 시간을 오후로 바꿨어.”
“그걸 떠나서, 기술 자체를 처음 보는 것 같은데?”
“드래곤이 본체를 사용하지 않는 상태에서는 사용이 불가능하거든. 우리 회사에서 본체의 모습으로 지내는 자가 없잖아?”
“하긴, 그렇지.”
치프는 회사로 돌아가면 젝스에게 맛있는 것을 사주자고 다짐하며 기계들을 조립했다.
“좋아, 완료.”
치프가 단말기를 조작하자, 차량의 위쪽에 설치된 안테나가 위로 길게 늘어나더니 접시 모양으로 활짝 펴졌다.
어린 드래곤들은 안테나에 흐르는 고출력 전류를 느끼자마자 재미를 느끼고 환호했다.
데스디아는 땅에 설치된 간이 발사 장치를 봤다.
발사 장치의 높이는 데스디아의 허리까지 왔고, 여섯 개의 원형 통에 담긴 발사체의 길이는 치프의 다리 길이와 비슷했다.
“이제 이걸 쏴 올리면 되는 건가?”
“맞아.”
치프는 안전을 위해 헬멧을 다시 꺼내어 데스디아에게 건네줬다.
머리를 정돈하기 귀찮아 인상을 쓰긴 했지만 데스디아는 서둘러서 헬멧을 쓸 준비를 마쳤다.
“이 작은 물체들이 둥지 위쪽에 부는 눈보라와 폭풍을 견딜 수 있을지 모르겠네."

그녀가 묻자 치프는 어깨를 으쓱했다.

"목성이나 토성처럼 대기 상황이 미쳐 돌아가는 곳에서도 거뜬히 버티는 놈들이야."

"위성 같은 건가?"

"대기권 내에 체류하면서 정보를 수집하지. 참고로 무지막지하게 비싸."

"얼마나 비싼데?"

그녀가 묻자 치프는 자신의 헬멧을 이리저리 만지작거리며 계산을 해봤다.

"포프의 주급으로 계산했을 때, 우리 회사에서 천 년 정도 일을 하면서 한 푼도 쓰지 말고 돈을 모아야만 살 수 있어."

"저렴한데?"

"응?"

그녀의 감상에 치프가 깜짝 놀랐다.

"포프가 1,000명 있다고 해서 이 기계와 똑같은 일을 할 수는 없을 테니까."

"하긴."

치프는 '역시 어른의 가치관을 다르다' 라고 생각하며 헬멧을 단단히 썼다.

"날아갈 때 뭔가 이리저리 튈 수도 있으니 너희들도 조심해."

그는 열심히 구경 중인 어린 드래곤들에게 경고했다. 그들은 뒤로 조금 더 물러난 뒤 땅에 바짝 엎드리고 눈을 감았다.

이윽고 두 발의 발사체가 보호용 뚜껑을 부수며 하늘로 올라갔다.

속도에 비해 조용히 치솟은 발사체는 치프의 조작에 맞춰 동쪽과 서쪽으로 각각 날아갔다.

날아가는 도중에 관측 장치를 토해낸 발사체는 눈보라에 휘말려 사라졌다.

어린 드래곤들이 눈을 찡그렸다.

"뭔가 이리저리 튄다면서요?"

"튀었잖아?"

치프는 잘게 부서진 보호용 뚜껑을 집어 들었다.

"뭔가 좀 더 멋지게 날아갈 줄 알았는데요?"

"군용 무기가 시끄럽게 날아가는 건 300년 전의 얘기야. 적에게 들키면 안 되잖아?"

치프는 차량에 연결된 화면을 이용하여 관측 장치의 위치를 확인했다.

"동쪽과 서쪽의 지형을 확인. 행성 자기장은 정상이군. 제길, 이게 뭐야?"

"왜?"

치프의 입에서 거친 소리가 나오자 데스디아가 그의 옆에 밀착하여 화면을 봤다.

화면에 떠오른 것은 바구니처럼 움푹 파인 지형이었다.

"이건 뭐지? 지역 전체가 벽에 둘러싸인 건가?"

"벽은 벽인데 좀 특수한 벽이야. 일종의 폭풍인데… 어떤 물질인지 알 수가 없군."

치프는 좀 더 정확한 자료를 얻기 위해서 남은 네 개의 발사체를 모두 날렸다.

화면에 잡힌 지형이 좀 더 뚜렷해졌다. 주변뿐만 아니라 하늘까지도 그 정체불명의 폭풍에 둘러싸여 있음이 확인되었다.

"호주 대륙 면적 정도의 공간이 이 폭풍에 둘러싸여 있어."

치프가 왼손 주먹을 꽉 쥐며 말했다.

지구의 지도를 대충 아는 데스디아는 고개를 끄덕거렸으나 어린 드래곤들은 호주가 어디냐는 투로 치프를 바라봤다.

치프는 폭풍의 모양과 흐름을 따라서 화면에 댄 손가락을 움직였다.

"폭풍을 이루는 기체가 어떤 물질로 이뤄져 있는지 알 수 없지만 냉각용으로 사용된다는 것만은 분명해. 지표로 떨어지는 항성의 복사열, 그리고 행성의 지열까지도 이 폭풍에 휘말려서 다른 곳으로 가고 있어."

"눈보라에도 불구하고 하늘이 밝은 이유는 뭐지?"

데스디아가 물었다.

"폭풍이 빛과 열을 흡수하여 머금고 있기 때문이야. 일단 그렇게 보이는군."

대답한 치프가 움찔했다.

여섯 방향으로 움직이던 관측 장치들을 가운데 하나가 갑자기 사라진 것이다.

"북동쪽으로 움직이던 관측 장치의 신호가 꺼졌어. 뭔가에 요격당한 것 같은데?"

"북동쪽이라고 했나?"

가이우스의 목소리가 모두의 뒤쪽에서 들려왔다.

치프가 요구했던 타이탄의 이동 경로를 모아서 드론에 전송한 가이우스가 자료를 담은 드론과 함께 천천히 다가오고 있었다.

"공교롭군. 타이탄들 역시 북동쪽으로는 가지 않는다네."

치프는 가이우스의 말을 확인할 겸, 드론으로부터 가이우스가 제공한 데이터를 자신의 단말기로 옮겼다.

단말기에 데이터를 남겨놓고 그것을 차량의 장비로 다시 옮긴 치프는 데스디아, 가이우스, 그리고 어느새 가까이 다가온 어린 드래곤들과 함께 화면을 봤다.

이윽고 관측 장치가 만들어낸 지도에 타이탄의 이동 경로가 겹쳐졌다.

다소 구불구불한 원형들이 지도 이곳저곳에 떠올랐다.

원형의 범위는 지도에 비해 한참 작았고 그 숫자도 그렇게 많지 않았다. 그리고 둥지가 있는 장소로부터 아주 먼 곳의 이동 경로는 아예 존재하지 않았다.

'폭풍에 갇힌 장소의 크기가 호주 대륙 수준이니 어쩔 수 없지.'

치프는 이동 경로가 표시된 지점들의 바깥쪽에 커다란 원형을 그렸다.

"가이우스. 감시자들의 행동반경이 여기까지야?"

"그렇다네. 식량과 기온의 문제 때문에 자네가 표시한 범위 밖까지 감시자들을 보내는 것은 불가능하다네."

치프는 감시를 맡은 드래곤들의 행동반경과 관측 장치가 격추된 장소를 비교해 봤다.

지도 북서쪽에 × 자로 표시된 관측 장치의 격추 장소는 타이탄의 이동 경로와 전혀 겹치지 않았다. 뿐만 아니라 행동반경의 한계선을 아주 약간 넘어가고 있었다.

"거리가 아슬아슬하군. 하지만 지형이 험악하지 않으니 이 차량으로 10시간 정도 열심히 달리면 격추 지점에 도착할 수 있을 거야. 사막이나 빙하 위에서도 시속 200킬로미터 이상의 속도를 낼 수 있는 놈이거든."

치프의 말에 가이우스가 고개를 저었다.

"도중에 무슨 일이 벌어질지 모른다네, 치프. 그리고 직선으로 간다면 타이탄 두 마리의 영역을 침범하게 된다네. 괜찮겠나?"

"그래, 녀석들의 도움을 받으면 좀 더 빨리 갈 수 있겠지."

치프는 어깨를 으쓱거렸다.

가이우스는 헬멧에 감춰진 그의 표정이 궁금하여 벗기고 싶을 정도로 당황했다.

"타이탄을 너무 우습게 보는군."

"뭐가 됐든 엠페라투스보다 강할 리가 없잖아?"

"자네가 저 화면을 보면 생각이 달라질 거야."

가이우스의 지적에 치프가 다시 화면을 봤다.

관측 장치가 실시간으로 전해주는 지형 정보에 바위산처럼 생긴 물체가 갑자기 나타났다.

높이만 600미터, 지름이 2킬로미터가 넘는 그 물체는 정말 느리긴 했지만 확실히 움직이고 있었다.

"오, 저게 타이탄이로군."

치프는 탐구심이 가득한 목소리로 중얼거렸다.

타이탄의 등판, 즉 산처럼 보이는 물체의 형태는 전체적으로 날카롭고 뾰족했다. 그리고 그 물체의 아래에는 여덟 개의 두꺼운 다리가 꿈틀거렸는데, 다리 역시 등판과 마찬가지로 두꺼운 갑각에 보호되어 있었다.

“저런 괴물이 어떻게 표준 중력에 가까운 세상에서 움직일 수 있는 거지? 몸이 무게를 버티지 못할 텐데?”

데스디아가 당황한 목소리로 물었다.

“상식을 초월한 신체 재생 능력을 갖고 있다면 가능할 거야. 인대와 근육, 뼈가 무게를 못 버티고 끊어지는 속도보다 재생되는 속도가 더 빠르면 버틸 수 있겠지. 아니면 드래곤들과 마찬가지로 반중력 기관을 갖고 있을 수도 있고.”

치프는 헬멧의 턱 보호용 장갑판을 만지작거리며 대답했다.

“그보다는 무엇을 식량으로 삼는지가 문제야. 얼음 속의 환상종들을 캐서 먹는 것 같진 않아. 음식 섭취로 유지할 수 있는 몸이 아니거든.”

고개를 갸웃거리던 치프가 문득 데스디아를 봤다. 데스디아는 그가 왜 자신을 보고 있는지 궁금했다.

“그래, 맞아. 타이탄은 알타이르 왕족의 조상일 수도 있어.”

“당신, 뇌가 얼었나 보군.”

데스디아는 치프의 말을 헛소리로 치부했다. 너무 어이가 없었는지 웃음소리조차 내지 않았다.

하지만 치프는 진지했다.

“살아 있는 상전이 기관에 대한 이야기야. 정령이 알타이르 왕족과 교감하여 육체에 흡수되면 또 상전이, 즉 다른 형상으로 변하지. 그 변환 과정에서 엄청난 에너지가 방출되는데, 그게 알타이르 왕족들이 발휘하는 괴력의 원천이야. 해적선들을 나포해서 지구의 군항에 들렀을 때 톰 아저씨에게서 들었어."

치프의 설명을 들은 데스디아는 헬멧을 벗고 말았다.

"그래, 맞아. 저번에 '닥터'가 어머님과 나를 앞에 두고 상전이 기관이라는 걸 입에 담았지."

그녀는 입에서 닥터, 즉 진짜 아르마게일의 이름이 나올 뻔한 것을 가까스로 참아냈다.

가이우스가 치프에게 머리를 가까이 했다.

"상전이 기관이라는 것은 어떻게 생긴 물건인가? 기계 같은 것인가?"

치프의 이야기에 흥미를 가진 건 가이우스만이 아니었다. 어린 드래곤들도 옹기종기 모여서 치프의 말을 기다렸다.

"알타이르 왕족의 육체 전체. 그러니까 피부와 골격, 오장육부 등등이 상전이 기관이야. 하지만 상전이 기관을 통해 얻은 에너지는 오로지 공격과 방어 능력에만 사용되기 때문에 식사와는 무관해. 웃기게도 식사를 못 하면 우리처럼 비실거리지."

설명을 한 치프는 화면을 가리켰다.

"하지만 타이탄은 다른 것 같아. 놈은 물을 식량으로 삼고 있을 거야. 얼음, 눈보라 등등을 흡수하고 그걸 상전이시켜서 식량을 대신하고 있을걸?"

"무엇을 근거로 그렇게 생각했나?"

가이우스가 물었다.

"녀석의 형태를 봐. 지구의 관측 장비는 해상도가 아주 좋지. 그런데 놈의 몸 어디에도 눈이 쌓인 흔적이 없어. 놈의 근처에 부는 눈보라의 밀도까지 급격하게, 그것도 실시간으로 떨어지고 있다고. 이건 놈이 물을 흡수한다는 증거라고 봐도 돼."

"흠……."

대답을 들은 가이우스는 고개를 끄덕거렸다.

"완전히 납득할 수는 없지만 그럴싸하긴 하군."

이어서 데스디아가 자신의 머리를 쓸어 넘기며 말했다.

"라이트스톤이 우리 알타이르 왕족의 창조주 같은 존재라지? 당신 말대로, 그 망할 놈이 타이탄의 생체를 기초로 우리를 개조했다면 당신 말이 맞을지도 모르겠군. 이 장소에 녀석의 연구 기지가 존재할 확률이 더욱 커졌어."

그리고 가이우스와 데스디아가 동시에 말했다.

"자네, 타이탄을 잡을 방법은 있나?"

"당신, 정말 저걸 잡아버릴 생각은 아니겠지?"

거의 같은 타이밍에 질문을 받은 치프는 대답 없이 어깨를 으쓱했다.

"생물인 이상 잡으려고 노력하면 잡히겠지."

그의 반응에 말문이 막힌 가이우스는 다른 곳을 보며 생각을 하다가 다시 치프에게 눈을 돌렸다.

"알겠네. 언제 출발할 건가?"

"지금 당장."

치프는 차에 실린 비전투 장비들을 서둘러 분리했다.

"장비들은 여기에 놓고 갈 테니 잘 써먹도록 해. 여기서 날린 관측 장치는 이 날씨에도 2년 이상 버틸 수 있어."

"이 물건으로 자네들과 통신을 할 수 있나?"

가이우스가 묻자 치프는 아주 천천히 고개를 끄덕거렸다.

"물론이지, 하지만 일이 끝날 때까지 먼저 통신을 시도하지는 말아줘. 라이트스톤의 연구 기지가 정말 존재한다면 우리의 접근을 알아차릴 거야."

치프의 말에 데스디아가 헛웃음을 터뜨렸다.

"설마? 이미 알아차리지 않았을까? 그 라이트스톤인데?"

"당연히 알아차렸겠지. 그래도 조심하자고."

치프는 아직 분리되지 않은 비전투 장비들을 마저 분리했다.

"일이 끝나거나 문제가 생기면 이쪽에서 연락할게."

"알겠네."

가이우스는 차량에 탑승하는 치프를 바라보다가 이내 급히 말을 걸었다.

"잠깐, 기다리게."

"응?"

"우리의 고향에는 아직 희망이 있나?"

"……."

대단한 부담감이 실린 질문이었다.

차량에서 다시 내린 치프는 헬멧을 벗고 가이우스와 마주 봤다.

"내 입장에서 솔직히 얘기하자면, 그냥 다 때려치우고 지구로 돌아가고 싶어. 군복 벗고 알타이르 행성으로 가서 새로운 생활을 즐기고 싶기도 해."

"음……."

"셸리, 아니 셀레스티아는 여전히 많은 걸 배워야 하고, 엠페라투스는 좀 더 강력해졌으며, 지구에서는 우주 연합을 갈아 엎고 게이트의 독점권을 가지려 하고 있지. 게다가 라이트스톤까지 미쳐 날뛰고 있어."

"…당황스러울 정도로 복잡한 상황이군."

가이우스의 목이 땅을 향해 축 늘어졌다.

하지만 치프는 밝게 웃었다.

"그래도 희망은 있어."

"어째서 그런가?"

가이우스는 치프와 다시 눈을 마주했다.

"내가 아직 포기하지 않았거든."

"하하, 그건 자네만……."

어이가 없어 웃던 가이우스의 목소리가 잦아들었다.

우울함으로 가득했던 가이우스의 눈이 점점 커졌다.

"그래, 치프. 자네 말대로군. 엠페라투스와 처음 만났을 때도 자네만 정신이 멀쩡했지. 자네가 온갖 장비들과 함께 이 지옥에 들어온 것도 분명 데스디아 브라토레를 포기하지 않았기 때문일 거야."

가이우스의 말을 들은 치프는 너무 깊게 생각하지 말라는 듯 눈웃음을 지었다.

"자네도 마찬가지잖아? 덕분에 이 둥지가 만들어졌고, 결국 자네가 우리를 발견해서 이곳으로 이끌어줬지."

치프의 말을 들은 가이우스는 고개를 끄덕거렸다.

"누군가의 의지가 이런 식으로 이어지다니, 정말 놀라울 따름이야."

"그런 맛에 사는 거지."

가이우스는 자신보다 훨씬 짧은 생을 살았고, 지금부터 계산해도 잘해야 100년 남짓을 더 살아가게 될 치프가 '삶의 맛'을 논한다는 것에 대해 생각해 봤다.

'가장 짧은 삶을 살기에 가장 치열하게 살 수 있는 것이군.'

가이우스는 지구인의 짧은 수명이 조금 부러웠다.

"그럼 좋은 소식을 기다리겠네, 치프. 다시 보세."

"꼭 연락하지."

헬멧을 다시 쓴 치프는 가이우스를 향해 팔을 흔들어 인사한 뒤 어린 드래곤들에게 다가갔다.

그는 대형 애완견을 다루듯 드래곤들의 턱 아래쪽을 만져주었다.

"말썽부리지 말고 잘 있어. 꼭 집으로 돌려보내 줄게."

치프가 입은 경장갑 전투복은 단단하고 차가웠으나 어린 드래곤들은 그 느낌이 싫지 않았다.

인사를 마치고 차량에 올라탄 치프는 둥지의 출입구를 향해 차를 몰았다.

가이우스와 어린 드래곤들은 기도를 하는 성직자들처럼 바른 자세로 치프의 뒷모습을 조용히 지켜봤다.

109
거수 사냥

치프와 데스디아를 태운 차량이 목표 지점을 향해 달린 지 4시간이 지날 무렵이었다.

자율 주행 장치에 운전을 맡긴 채 잠들어 있던 치프는 의자의 등받이를 똑바로 세운 뒤 헬멧을 벗었다.

"아, 역시 달리는 차에서 잠을 자면 몸이 쑤셔."

"그런 것치고는 잘 자던데?"

헬멧을 벗은 채 눈보라와 설원을 구경하고 있던 데스디아가 치프를 보며 빙긋 웃었다.

그녀와 마주 본 치프는 눈을 살짝 찡그렸다.

"이봐, 뎃디. 헬멧을 쓰고 있으라고 했잖아? 혹시라도 차가 습격당해서 맨몸이 노출된다면 큰일 나."

"이 추위에도 어쩐지 적응이 되는 것 같더라고."

"그건 추위에 정신이 나가고 있다는 증거야."

"그러는 당신은 왜 헬멧을 벗었는데?"

"난 항상 제정신이 아니니까."

"하하하하."

데스디아가 무게감 있는 표정을 풀고 웃음을 터뜨렸다. 치프도 실실 웃으며 그녀의 미소를 보고 즐겼다.

그는 글러브 박스에 미리 넣어둔 전투식량과 탄산음료를 꺼내서 배를 채웠다.

데스디아도 전투식량의 포장을 뜯고 그 안에 든 흰색의 막대, 칼로리 스틱을 씹었다.

"당신은 셸리에 대해 어떻게 생각해?"

"걔가 저번에 실수한 것 때문에 그러는 거지?"

"음, 뭐……."

데스디아는 어색한 표정으로 말끝으로 흐림으로서 그의 말을 인정했다.

치프는 눈썹을 움직이더니 고개를 끄덕끄덕했다.

"그래, 실수라고 치부하기에는 너무 거하게 사고를 쳤지. 나도 화가 났었으니까 말이야. 하지만 셸리의 정신연령으로 따졌을 때, 한두 가지의 사고 정도는 칠 수도 있잖아?"

"아, 그래? 내가 보기엔 사만다가 자기 얼굴에 남자 거시기 모양의 문신을 새기고 나타난 수준인데?"

"참아, 뎃디. 상상만 해도 내 심장이 찢어지는 것 같으니까. 그리고 나중에 더 얘기하자고."

치프는 오른손에 든 탄산음료를 단숨에 들이켰다.

눈보라의 저편에서 산이 움직이고 있었다. 거리가 너무 멀어서 발소리조차 희미하게 들렸지만 그 움직임만큼은 분명 압도적이었다.

오해의 여지가 없었다. 타이탄이었다.

데스디아는 입에 물고 있는 칼로리 스틱을 우적우적 씹어 삼켰다.

"당신이랑 단둘이 얘기할 기회가 또 날아가는군."

"그러게? 나에게 얼마 남지 않은 행복인데 말이야."

중얼거린 치프는 헬멧을 단단히 썼다.

헬멧과 전투복이 밀착되는 소리가 살기등등했다.

치프가 앉은 운전석이 180도 방향을 틀었다. 전술 기동 차량의 내부 공간은 그 정도로 넓었다.

뒤에 적재된 각종 장비의 보관함도 그만큼 컸다.

보관함에 적재되어 있는 중화기와 탄약의 양은 치프 혼자서 사용하기엔 여러모로 벅찰 정도였다.

치프가 장비들을 선별하고 점검하는 사이, 데스디아는 머리카락을 정리하고 자신의 헬멧을 들었다.

각종 소재로 두툼한 헬멧의 안쪽을 가만히 살피던 그녀가 이내 쓴웃음을 지었다.

"생각해 보니 신기하군."

"뭐가?"

치프가 그녀 쪽으로 고개를 돌렸다.

"이 전투복과 헬멧 말인데, 전부 고분자 화합물이잖아? 그런데 이걸 입고 있어도 불편하지가 않아. 정령과의 교감에도 문제가 없었어."

경장갑 전투복의 구조와 사용되는 소재, 제작 과정 모두를 알고 있는 치프는 고개를 갸웃했다.

"글쎄? 전투복 안쪽에 들어 있는 나노 크리스털 내장재 덕분일지도 몰라."

"나노 크리스털 내장재?"

"응. 그게 없으면 장거리 통신이 어려울뿐더러 쾌적함을 느낄 수도 없어. 나름 천연 물질에서 추출되는 거라서 너에게 맞는 걸지도 몰라. 아니면 네가 이러한 소재에 적응을 했던가."

"음."

데스디아는 전투복 장갑에 보호된 자신의 손을 봤다.

"적응이라. 지구에 처음 갔을 때는 플라스틱 숟가락만 사용해도 손이 빨갛게 부었는데, 지금은 정말 아무렇지 않아. 적응이란 참 무섭군."

"가이우스를 비롯한 드래곤들도 환경에 적응했잖아? 전에 없는 모피까지 두르고 말이야."

"아, 모피."

데스디아가 모피라는 말에 반응했다.

"가이우스의 몸에 난 털의 모양을 봤어?"

"헬멧의 카메라로 촬영만 하고 자세히 보지는 못했어. 왜?"

"뿌리 쪽으로 갈수록 모양이 달랐어. 털의 끝자락은 우리의 머리카락과 똑같았지만 뿌리 부분은 냉기를 보다 확실히 차단하기 위한 구조로 바뀌고 있었지."

데스디아의 말을 들은 치프는 단말기를 이용해 헬멧으로 촬영한 사진들을 자세히 살펴봤다.

가이우스의 체모 사진을 확대하니 데스디아의 말대로 털의 뿌리 부분 형태가 달랐다.

털 위에 작은 털들이 빼곡하게 자라고 있었다.

"과연. 이건 적응이라기보다는 진화에 가깝군."

"3세대의 날개 달린 자들은 이런 환경에도 적응할 수 있도록 만들어진 걸까?"

그녀가 궁금함을 드러냈다.

치프는 가볍게 어깨를 으쓱였다.

"나중에 라이트스톤을 만나면 물어보자고. 이 사진을 보여주면 따뜻한 차라도 내주겠지."

"하."

데스디아는 기가 막혀 짧게 웃었다.

조금 뒤 다시 출발한 차량은 1시간을 더 달린 끝에 타이탄과 가까워졌다.

타이탄의 걸음에서 오는 진동이 너무 격렬한 탓에 차량의 바퀴가 얼음 위로 뜨면서 운전이 어려워졌다.

치프는 자율 주행 장치에 운전을 맡겼고, 차량은 운전에 지장이 없는 거리까지 물러났다.

"뎃디, 조금만 기다려. 이제 목적지까지 편하게 갈 수 있을 거야."

데스디아의 어깨를 두드리며 말한 치프는 달리는 차의 문을 열고 지붕 위로 올라갔다. 거의 곡예나 다름없는 행동이었지만 치프는 자석처럼 차량의 지붕에 딱 달라붙었다.

그는 멀지도, 가깝지도 않은 장소에서 묵묵히 걷는 타이탄을 향해 오른손을 내밀었다.

'네가 금속으로 된 등껍질을 왜 짊어지고 있는지 모르겠지만 좀 빌리도록 할게. 부디 평화롭게 끝내자고.'

헬멧 속에서 치프의 오른쪽 눈이 백금색의 빛을 냈다.

산처럼 큰 타이탄의 등껍질로부터 푸른색의 금속 입자가 대량으로 올라왔다. 그 입자들은 눈보라를 뚫고 하늘을 지나 치프의 머리 위에 모여들었다.

모여든 입자들은 대형 항공기의 본체와 엔진 등의 모양새를 갖췄다.

지금 치프가 만들려고 하는 것은 회사에서 사용하는 수송기, 슈퍼 오스프리였다.

등껍질을 이루는 금속이 줄어드는 것을 감지한 타이탄은 걸음을 멈추고 치프 쪽으로 방향을 확 돌렸다.

치프는 그 움직임에 주목했다.

'뭐지? 감지되는 몸무게에 비해서 방향 전환이 대단히 빨라. 저건 근육으로 만들어낼 수 있는 움직임이 절대 아니야.'

거체가 갑자기 움직인 탓에 타이탄 근처의 눈보라가 회오리바람으로 변했다. 갑자기 밀려 나간 공기가 압축되면서 타이탄 주변에 벼락이 치기도 했다.

지름 2킬로미터의 초대형 생물이 마치 화가 난 코뿔소처럼 투덕투덕, 손쉽게 움직이는 것은 부자연스러운 일이었다.

타이탄의 등껍질 가장자리에 걸리는 속도부터 시속 수백 킬로미터에 달했다. 자연이 뒤틀리는 것은 당연했다.

"치프, 녀석의 움직임이 이상해!"

데스디아가 문을 열고 소리쳤다.

"그냥 봐도 이상해 보이니 구체적으로 말해줘!"

치프는 헬멧의 통신기를 써달라는 말을 생략하고 직접 소리쳤다. 낯선 상황이 엄청난 규모로 긴박하게 돌아가는 터라 어쩔 수 없었다.

"중력의 변화가 심해! 드래곤들의 날개에서 발생하는 현상과 비슷해!"

"정말이야?"

"놈의 크기와 무게 때문에 변화의 폭이 엄청나! 제대로 감지하기가 힘들어!"

"알았어!"

치프는 타이탄 쪽으로 뻗은 오른손을 꽉 쥐었다.

조금 뒤 타이탄의 움직임이 멈췄다.

치프와 데스디아가 탄 차량을 향해 타이탄이 드러낸 것은 고드름과 빙벽으로 꽉 막혀 있는 거대한 구멍이었다.

그 구멍의 얼음에 금이 가더니 두껍고 뭉툭한 물체가 모든 장애물들을 부수며 튀어나왔다.

그것이 바로 타이탄의 머리였다.

전체적인 생김새는 거북이의 머리와 비슷했지만 부리가 크고 두꺼웠으며, 머리 전체에 깔린 수백 개의 눈이 일제히 파란색으로 빛났다.

"뎃디! 저 녀석, 아무래도 화가 난 것 같지?"

치프가 다급히 물었다.

"틀림없어! 공격할 태세야!"

데스디아가 외쳤다.

타이탄이 부리를 쩍 벌리더니 온몸으로 냉기를 빨아들였다. 빨아들인 냉기는 부리 안쪽에 압축되어 푸른색의 스산한 빛으로 변했다.

"방법이 있으면 지금 사용해, 치프!"

그녀의 목소리가 점점 더 커졌다.

타이탄이 발산하는 살기는 데스디아마저 본능적으로 공포를 느낄 만큼 강력했다.

"조금만 기다려 봐, 뎃디!"

치프는 타이탄의 다리 여덟 개가 슬그머니 구부러지는 모습과 눈보라의 움직임을 침착하게 관찰하며 때를 기다렸다.

타이탄이 다리를 완전히 굽히는 순간, 치프의 오른쪽 눈에서 발산되는 빛이 강력해졌다.

타이탄의 등껍질로부터 서서히 흩날리던 금속 입자의 양이 일순간 폭증했다.

그 때문에 등껍질의 절반을 갑자기 잃은 타이탄의 거체가 하늘로 떠버렸다. 타이탄의 몸에 존재하는 반중력 기관이 체중의 변화를 따라가지 못한 것이다.

타이탄은 부리 안쪽에 모은 냉각 물질을 땅으로 토해내며 발악했다. 타이탄이 뱉은 냉각 물질이 땅에 떨어지자 수 킬로미터 높이의 얼음 기둥이 하늘로 솟아올랐다.

반중력 기관의 혼란, 그리고 자신이 만들어낸 얼음 기둥으로 인해 몸이 뒤집힌 타이탄은 그 상태 그대로 땅에 떨어지고 말았다.

그 강렬한 운동에너지가 땅을, 아니 얼음들을 분쇄시켜 하늘로 치솟게 만들었다.

충격파와 함께 사방으로 퍼지는 얼음 파편의 모습은 산맥 하나가 통째로 이동하는 것처럼 웅장하고 파괴적이었다.

치프가 황급히 만들어낸 슈퍼 오스프리 수송기가 후방 출입문을 열고 램프웨이를 내리며 지상에 붙듯이 비행했다.

수송기의 제어는 치프의 단말기에 들어 있는 인공지능, 잭팟이 맡고 있었다.

치프는 나머지 금속 입자들을 하늘에 방치한 채 차량 안으로 들어왔다.

"뎃디, 안전벨트를 매!"

운전을 수동으로 바꾼 치프는 수송기의 램프웨이 쪽으로 차량을 몰았다.

"안전벨트가 의미 있나? 이 상황에서?"

데스디아가 천지를 가를 기세로 닥쳐오는 충격파의 산맥을 향해 소리쳤다.

"당연하지!"

치프가 더 큰 소리로 외쳤다.

정신이 퍼뜩 든 데스디아는 다급히 안전벨트를 맸다.

수송기 안으로 차를 욱여넣은 치프는 차량 하단에 설치된 로켓 앵커를 작동시켰다.

계곡을 돌파하기 위해 사용되는 화살 모양의 닻들이 수송기의 벽을 뚫었다. 닻에 연결된 케이블이 팽팽하게 당겨져 차량을 확실히 고정시켰다.

데스디아는 로켓 앵커의 고정까지 완료한 뒤에야 안전벨트를 매는 치프의 모습이 믿겨지지 않았다.

"당신, 솔직히 즐기고 있지?"

데스디아가 짜증을 실어 고함을 질렀다.

"하, 그렇게 보여?"

"지나치게 침착하잖아!"

차량의 고정을 감지한 잭팟이 수송기의 기수를 수직으로 들어 올리고 전속력으로 상승했다.

수송기는 얼음 파편이 섞인 충격파가 닥치기 전에 하늘 높이 솟았다.

그럼에도 불구하고 수송기는 충격파가 흔들어 버린 공기에 휘말리면서 폭풍 속의 낙엽처럼 고속으로 회전했다.

그러한 혼란도 조금 뒤 잦아들었다. 수송기도 천천히 안정을 되찾았다.

실제로는 수송기 동체가 완전히 찢어질 뻔한 상황이었지만 치프가 정신을 집중한 채 무장 제조 능력을 계속 사용한 덕분에 무사할 수 있었다.

기체가 안정된 것을 몸으로 감지한 데스디아는 헬멧을 벗고 한숨을 돌렸다.

"치프. 타이탄 사냥 말인데, 두 번은 못 하겠어."

대답 대신 헬멧을 벗어 던진 치프는 글러브 박스에 미리 비치된 비닐봉투를 열고 입에 대고는 배 속에 있는 것들을 쏟아냈다.

데스디아는 한숨을 쉬며 치프의 등을 두드려 주었다.
"마무리까지 멋졌으면 얼마나 좋을까?"
"넌 왜 멀쩡한… 우웁!"
치프는 구토를 멈추지 못했다.
데스디아는 싱겁게 웃었다.
"알타이르 행성인의 균형 감각을 우습게 보지 마."
"우우웁!"
치프가 고통스러워하는 한편, 데스디아는 눈으로 그의 신체 상태를 살펴봤다.
"신기하네? 무장 제조 능력을 그처럼 강력하게 사용했는데 당신 몸이 멀쩡하잖아? 혹시 부작용이 구토로 바뀐 거야?"
"몰라! 우웁!"
데스디아는 봉투를 입에서 떼지 못하는 치프의 모습을 보고 고개를 슬슬 저었다.
"수송기는 확보했고, 그다음은 뭐지? 전함이라도 만들 거야?"
"목적지에 도착하면… 생각해 봐야지."
더 이상 쏟아낼 것이 없었던 치프는 헛구역질만 해댔다.

*　　　*　　　*

동결 지옥 어딘가에 있는 라이트스톤의 연구 기지에서, 지루하게 화면을 바라보던 헬멧의 남자들이 갑자기 자리를 박차고 일어났다.
"경비견 하나가 죽었다."

"믿을 수 없군."

똑같은 디자인의 헬멧을 쓴 남자 두 명이 서로를 바라보며 말을 나눴다.

"창조주께 보고드려야 해."

남자들 중 한 명이 창조주를 입에 담은 그때였다.

남자들이 있는 경비실의 문이 좌우로 활짝 열렸다.

문을 열고 들어온 자는 윤기가 흐르는 검은색 헬멧의 사내, 라이트스톤이었다.

"창조주시여."

헬멧의 남자들이 허리를 반쯤 숙이며 인사했다.

"7호와 9호. 수고하는군."

"언제 오셨습니까, 창조주시여?"

남자들, 7호와 9호는 자세를 유지한 채 물었다.

"3호와 4호의 생명 신호가 몇 시간 전에 끊겼네. 둘 다 어처구니없이 죽었을 뿐만 아니라 이곳으로 통하는 문까지 열어젖혔더군."

3호와 4호가 죽었다는 말에 7호와 9호가 동시에 움찔했다.

"그들은 전투 담당입니다, 창조주시여. 간단히 죽을 리가 없습니다."

"나도 몇 시간 전까지는 그렇게 생각했었지."

라이트스톤은 다소 퉁명스럽게 대답하며 화면 앞 의자에 앉았다.

"무슨 말씀이신지……?"

7호라는 이름의 남자가 당황했다.

화면에 손을 대려던 라이트스톤은 동작을 멈춘 뒤 7호를 돌아봤다. 헬멧 때문에 표정을 알 수는 없었지만 7호는 본능적으로 몸을 움츠렸다.

"개죽음을 당했단 말일세. A—1730에게, 단검 한 자루로."

한숨을 쉰 라이트스톤은 화면 이곳저곳을 두드려서 자신들이 '경비견'이라 부르는 존재의 사망과 관련된 자료를 살폈다.

"아무래도 그에게는 미지의 능력이 있는 것 같군."

그는 다른 때에 비해 뚜렷이 화를 냈다.

"전투 담당들은 고도로 훈련된 알타이르 전사들과도 맞서 싸울 수 있도록 만들어졌지. 반면 A—1730은 고작 지구인을 기초로 한 존재일 뿐이야. 대체 그가 어떻게 전투 담당들의 약점을 한 번에 파악하고 그들을 죽일 수 있었던 거지?"

라이트스톤은 분노한 것치고는 꽤 잔잔한 음성으로 중얼거렸다.

화면을 두드리던 그의 손가락에 힘이 확 들어갔다.

"설마?"

그의 손가락 힘에 눌린 화면은 당장에라도 깨져 나갈 듯이 흔들렸다.

"그의 엠파시 능력과 확률 간섭 능력이 내 예상을 초월하는 수준이란 말인가?"

라이트스톤은 엠페라투스를 죽이는 것에 실패했을 때만큼이나 놀라고 있었다.

가만히 있던 7호의 헬멧이 라이트스톤 쪽으로 움직였다.

"지시를 내려주십시오, 창조주시여. 전투 담당들을 모두 깨워서 A—1730에 대비하겠습니다."

"아닐세."

라이트스톤이 오른손을 들어 7호를 진정시켰다.

"전투 담당뿐만 아니라 관리 담당들까지 모두 깨우게. 이 시설을 폐쇄하겠네."

"창조주여? 무슨 말씀이십니까? 이 연구 기지는……!"

이번에는 9호가 거의 대들듯이 그에게 바짝 다가왔다.

라이트스톤은 9호 쪽으로 의자 좌석의 방향을 돌렸다.

"그렇다네. 이 연구 기지는 우리의 본거지이자, 나의 젊음을 모조리 녹여서 완성한 곳이지."

그는 자신의 손가락에 눌려 망가질 뻔한 화면 쪽으로 손을 뻗었다.

화면을 만지작거리는 그의 손길은 애완동물, 아니 반려동물과 교감하는 사람의 그것 이상으로 애정이 넘쳤다.

"이곳은 신들이 환상종들을 얼려서 보관하기 위해 만든 특별한 곳이네. 이곳에서 얼어버린 생물들은 따뜻한 장소에 옮겨놓기만 하면 곧 녹아서 펄펄 뛰어다니지. 냉동과 해동에 의한 세포 조직 파괴? 이곳에 그런 건 없어. 이 동결 지옥은 바깥세상의 상식이 완전히 파괴되는, 그야말로 꿈의 장소라네."

화면에서 손을 뗀 라이트스톤은 화면에 존재하는 무수한 자료들을 무의미하게 바라봤다.

"내가 이곳을 발견하게 된 계기는 작은 우연 덕분이었지. 하이시리스는 운캄타르 님과 엠페라투스를 이곳에 가두려고 했지만 실패했고, 결국 싸움 끝에 자기 자신이 우주로 추방당하고 말았다네. 당시 이곳에 잠깐 갇혔던 두 영웅이 억지로 탈출하는 과정에서, 이 동결 지옥에는 탈란바토르를 거칠 필요가 없는 작은 출입구가 마련됐지."

라이트스톤은 양팔의 팔꿈치를 팔걸이에 대고 추억을 계속했다.

"난 그 비밀 출입구를 눈여겨봤고, 오랜 세월이 지난 뒤에 이곳을 다시 찾아 연구용 시설을 만들었다네. 비밀 출입구를 통과하기 위해서는 인간과 비슷한 크기의 작은 육체가 필요했는데, 그 육체는 이 동결 지옥의 냉기를 버틸 수 없었네. 난 연구를 위해 제작한 이 육체를 보호하기 위해 고심했고, 결국 이 옷과 헬멧의 기초가 되는 전신 보호복을 만들어내는 데 성공했지."

라이트스톤이 천천히 의자에서 일어났다.

"처음에 만든 보호복은 이 극한의 환경을 불과 1시간도 버티지 못했다네. 그러나 난 포기하지 않았고, 이 지옥의 얼음에 파묻힌 환상종들을 끊임없이 연구한 끝에 알타이르 왕족의 원시적인 육체를 만들어냈지. 난 그들의 숫자가 일정 기준 이상으로 불어나면 엠페라투스를 잡을 수 있을 거라 생각했는데, 정작 알타이르 행성에 정착한 알타이르 왕족은 내 명령을 무시하기 일쑤였고 수컷들의 수명은 짧아졌지. 난 번식 문제로 그들을 포기했다네."

그가 어깨를 으쓱 움직였다.

"번식 문제를 해결하기 위해 만든 오크들은 오로지 번식만을 위해 수단 방법을 가리지 않는 해충으로 전락했지. 나는 최근

들어 그 폐기물들의 후예에게 높임말을 써줬네. 정말 산뜻한 모욕감을 느꼈지. 하지만 나름대로 괜찮은 자극이었어."

라이트스톤이 오른손 주먹을 꽉 쥐었다.

"이 연구 기지에서 나온 모든 결과물들은 운캄타르 님과 우리 종족의 영원한 번영을 위해, 그리고 엠페라투스의 완전한 죽음을 위해 탄생한 것들이었네. 3세대의 날개 달린 자들까지 말일세. 그런데… 후후."

말끝을 흐린 그는 두 팔을 좌우로 크게 벌렸다.

"이 연구 기지를 잃는 것은 실로 안타까운 일이지만, 새로운 시작을 위해서는 그것도 감수해야 마땅하겠지. 마무리는 내가 할 테니 자네들은 모든 이들을 이끌고 두 번째 연구 기지로 이동하게."

"알겠습니다, 창조주시여."

7호와 9호가 라이트스톤을 뒤로하고 경비실 밖으로 나갔다.

라이트스톤은 피아노를 치듯 조작용 기판에 두 손을 내려놓으며 고요히 숨을 내쉬었다.

"A—1730이여……. 어찌 보면 그대야말로 내가 만들어낸 창조물 중에 최고일지도 모르겠소. 다시금 긴 이야기를 나눠봅시다."

*　　　*　　　*

치프는 관측 장치가 격추된 장소 부근에 수송기를 착륙시켰다.

로켓 앵커의 케이블로부터 차량을 분리해 수송기를 빠져나온 치프는 수송기를 금속 입자로 바꾼 뒤 지형 정보를 참고하여 차를 몰았다.

데스디아는 자신들을 꾸준히 따라오는 금속 입자의 구름을 돌아봤다.

적란운처럼 두껍고 높은 그 금속 입자의 구름은 파랗게 빛을 내고 있었다.

"저것들, 당신이 조작해서 따라오는 게 맞지?"

"맞아."

"저렇게 입자들을 이동시키는 원리가 뭐지? 힘의 근본이 의심스러운데?"

"응용이라고나 할까? 입자들을 결합 직전의 상태로 만든 채 이동시키는 거야."

치프의 대답을 들은 데스디아는 그가 걱정됐다.

"몸에 이상은 없어?"

"신기할 정도로 괜찮아. 하지만 실망스러운 점이 있어."

"뭐지?"

"게이트 내지는 브리치를 만들 수 있을 줄 알았는데, 결국 떠오르는 게 아무것도 없어서 실패했거든."

그가 그러한 시도를 했다는 사실조차 몰랐던 데스디아는 화가 난 나머지 헬멧을 벗을 뻔했다.

"일을 저지르기 전에 나한테 얘기 좀 해주면 안 되나?"

"아, 미안."

치프는 오른손을 살짝 들며 사과했다.

데스디아는 팔짱을 꽉 꼈다.

"알타이르 행성에서는 성공했다며? 당신이 고향의 대기권에서 만들어낸 게이트를 목격한 사람이 생각보다 많아."

"엠페라투스가 나에게 신의 지식을 나눠준 적이 있어. 그 지식 안에 게이트와 브리치의 설계도도 존재했지. 하지만 휘발성이라서 금방 잊게 될 거라고 녀석이 말했는데, 정말 그랬나 봐."

"그 말은, 당신이 목숨을 대가로 브리치를 만들 경우는 이제 없다는 거겠지?"

"뭐, 그렇지."

"아주 × 같을 정도로 다행이군."

그녀가 강한 어조로 안도했다.

치프의 헬멧에서 한숨 소리가 나왔다.

"뎃디, 가장 안전하고 확실한 탈출 방법이 사라진 거야."

"……."

데스디아는 그에 대해 아무 말도 하지 않았다.

머쓱해진 치프는 앞쪽을 보고 핸들을 까딱까딱 움직이면서 적당한 이야깃거리를 떠올려 봤다.

그가 목적지로 지정한 장소에 도착하기까지는 아직 몇 시간을 더 달려야만 했다.

"아, 맞다. 수영장에 가본 적 있어?"

치프가 평소와 달리 평범한 질문을 하자 데스디아가 움찔했다.

"수영장? 지구에 있을 때 한번 가봤지. 호텔 내의 수영장이었어. 하지만 수영장의 물에서 올라오는 약품 냄새 때문에 들어가 보지도 못했지."

수영장 물에 소독약을 첨가한다는 사실을 알고 있는 치프는 안타깝다는 듯 고개를 저었다.

"인기 좋았을 텐데 말이야."

그가 중얼거리자 데스디아의 헬멧에서 웃음소리가 피식 터졌다.

"내가 인기 있을 이유가 어디 있지? 혹시 몸매 때문인가?"

"아니. 수영할 때의 동작이 굉장할 것 같거든."

그가 틀림없이 몸매에 대한 이야기를 할 줄 알았던 데스디아는 살짝 실망했다.

"동작 하니까 떠오르는군. 대사관 직원들과 함께 해수욕장에서 물놀이를 한 적이 있는데, 지구인 직원이 나보고 아가미가 어디 있냐고 묻더라고."

"아가미? 물속에 그렇게 오래 있었어?"

이번엔 치프가 움찔했다.

"아니. 알타이르 왕족들은 팔 동작 없이 몸과 다리의 움직임만으로도 물속에서 자유롭게 움직일 수 있거든. 내가 잠영을 하는 모습이 꼭 물고기처럼 보였나 봐."

"꼭 한번 보고 싶네."

"그럼 메이&노드로 수영복이나 사러 갈까? 당신이 골라줘."

데스디아가 강하게 제안했다.

"그건 좀 어렵네. 난 네 몸에는 흥미가 없어."

그가 말을 툭 던지자 데스디아는 적잖이 상심했다.

"아, 그래? 단순히 수영을 잘하는 생물을 보고 싶으면 돌고래 쇼나 보러 가시지?"

그녀가 사납게 쏘아붙였다.

치프는 한숨을 푹 쉬었다.

“네가 내 앞에서 옷을 벗어 던지고 돌아다닌 게 몇 번일 것 같아? 엠페라투스가 부활하기 전까지는 매일 그랬다고. 젝스도 덩달아서 벗어 던진 건 기억해?”

“아…….”

데스디아는 두 손으로 헬멧의 앞을 감쌌다.

“왜?”

“아니, 이제 와서 생각하니 너무 부끄러워서.”

“그럼 그때는 왜 그랬던 거야? 내가 얼마나 불편했는지 알아?”

“그땐… 내가 당신을 이렇게 좋아하게 될 줄은 몰랐거든.”

데스디아가 솔직하게 대답했다.

“…….”

치프는 굉장한 압박감을 받았다.

‘잠수 훈련을 받을 때처럼 압박감이 느껴지는군.’

하지만 그는 슬쩍슬쩍 올라가는 입꼬리를 주체할 수가 없었다.

데스디아가 헬멧에서 손을 떼었다.

“그러고 보니 젝스가 요즘 당신한테 어리광을 부리더군. 최근 그 농도가 점점 진해지고 있어.”

“그래?”

젝스에 대해 전혀 의식하지 못했던 치프는 다시 당황했다.

“단순하게 넘길 수준이 아니야. 자기 오빠 앞에서도 무뚝뚝한 애인데, 당신만 보면 머리부터 들이대며 몸을 꼬더라고.”

"걔 머리에 들이받혀서 토할 뻔한 기억은 나네."

"설마 젝스한테 이상한 짓을 한 건 아니겠지? 사탕 하나 주면서 사장실로 따라오라고 했나?"

데스디아는 질투가 섞인 질문을 꽂았다.

"털끝 하나 건드린 적 없어. 젝스는 아직 애라고."

"나이는 당신보다 많은 '여자'애지."

그녀는 젝스의 성별을 특히 강조했다.

그러나 치프는 그 강조의 이유를 파악하지 못했다.

"회사에서 나보다 어린 여자는 포프랑 포프의 동생들뿐이야, 뎃디. 요르엘과 오라클은 연령 미상이고."

"……."

"그래, 캠리. 혹시 캠리도 여자였나?"

치프의 농담에, 데스디아는 웃기지 말라는 듯 왼손을 뻗어 치프의 어깨를 툭 쳤다.

데스디아는 시간을 들여 마음의 준비를 한 뒤 다시 치프를 봤다.

"저기, 셀리 말인데……."

그때, 운전석 옆에 마련된 무전기의 등불이 파란색으로 점멸했다.

—A—1730. 내 말이 들리오? 들리면 대답하시오, A—1730.

라이트스톤의 목소리가 들려오자 치프는 데스디아에게 나중에 얘기하자는 손짓을 보낸 뒤 무전기의 마이크를 들었다.

"여기는 A—1730. 오랜만이네, 라이트스톤 사장. 정말 이 지옥에 당신이 관련되어 있을 줄은 몰랐어."

헬멧을 쓴 탓에 마이크를 굳이 얼굴에 댈 필요가 없었던 치프는 무전기 옆에 마련된 거치대에 마이크를 걸었다.

—아무래도 우리의 인연은 상상을 넘어설 정도로 특별한 것 같소, A—1730. 내 연구 기지의 위치를 알려줄 테니 그쪽으로 오시오.

라이트스톤이 제안하자 치프의 헬멧에서 웃음소리가 났다.

“하, 괜찮겠나? 내가 다소 거친 행동을 할지도 모르는데?”

—걱정 마시오. 여기서 하고 싶은 일이 있다면 무엇이든 하시오. 난 그대에게 패배한 적이 없소. 그저 불쾌감을 느낀 일이 몇 번 있을 뿐이오. 이번에도 그렇지 않겠소?

“……”

치프의 단말기 화면에 데이터 수신을 알리는 메시지가 떠올랐다. 치프는 헬멧을 통해서 그 메시지를 확인했다.

“위치 정보 수신. 좋아. 그럼 조금만 기다리라고, 라이트스톤 사장.”

—그러리다.

통신은 깔끔하게 끝났다.

치프는 얼음 위에서 고속으로 달리던 차를 안전하게 세운 뒤 문을 열고 밖으로 나갔다.

“뎃디, 차에서 기다려.”

치프는 진지한 목소리로 당부했다.

그러나 그는 조수석 문을 열고 나와서 기지개를 켜는 데스디아의 모습을 묵묵히 지켜봐야만 했다.

“몸이 뻐근하면 미리 얘기를 해줘, 뎃디.”

치프가 두 팔을 들었다 내리며 가볍게 항의했다.
데스디아가 그를 돌아봤다.
"아까 회사에서 당신보다 어린 여자애 목록을 말했지? 거기에 왜 사만다가 빠졌는지 궁금해서 말이야."
그녀가 지적은 가이우스와의 통신을 위해 밖으로 나왔던 치프의 뒷목을 아프게 만들었다.
"갠 가족이잖아?"
"과연 사만다도 그렇게 생각할까?"
데스디아가 팔짱을 낀 채로 치프를 봤다. 치프는 질투로 불타는 데스디아의 모습을 보고 어이가 없었다.
"뎃디, 이 기회에 내 여성 관계에 대한 정산 비슷한 걸 하고 싶은 것 같은데, 나와 사만다의 관계를 너무 그렇게 생각하지 말아줘."
"아니, 난 괜찮아."
"괜찮다니? 뭐가?"
치프가 묻자 데스디아는 머쓱하게 어깨를 움직였다.
"그러니까… 그렇잖아? 당신이 앞으로 얼마나 살아갈지 모르겠는데, 어쨌거나 나와 똑같은 시간을 살아가는 것은 불가능하잖아?"
"아쉽지만 그렇겠지."
수명에 대한 부분만큼은 치프도 체념하고 있었다.
"그래서 말인데, 괜찮다면 당신이 사만다도 책임져 줬으면 좋겠어."
"……."

데스디아의 말에 말문이 막힌 치프는 너무 어이가 없었다.

"책임을 지라는 말의 뜻을 잘 모르겠는데?"

"헛소리가 아니야, 치프. 당신이 나와 함께 알타이르로 가면 사만다는 혼자가 돼."

"여객선을 타고 가끔 보러 가면 되잖아? 우리가 토네이도에 휩쓸려서 이상한 나라로 가는 것도 아니고! 게다가 사만다는 스스로 자신의 인생을 살아갈 수 있는 나이야."

"과연 그럴까?"

데스디아가 가볍게 고개를 저었다.

"그 아이는 4세대의 날개 달린 자야. 이 시점에서 그 정보가 과연 우리만의 것일지는 장담할 수는 없어. 지구, 혹은 날개 달린 자에 대한 흥미를 가진 행성에서 과연 그 아이를 가만히 둘 것 같아?"

"……."

"당신 말대로 사만다는 어른이지만, 당신이 지켜주지 못하면 이야기가 달라지고 말아. 사만다가 당신에게 배운 것은 캠핑 기술이지, 전술적인 은신이 아니야."

"음……."

치프는 차량의 주변을 이리저리 움직이며 생각을 정리해 봤다.

데스디아의 말에도 일리가 있었기 때문이다.

"일단 여길 빠져나간 뒤에 생각해 볼게."

"흠. 아무튼, 아까 얘기했다시피 난 괜찮아. 넷째 부인까지는 허락할 용의가 있어. 하지만 본처는 어디까지나 나라는 것을 잊지 마."

"알았으니 회사에 가서 얘기하자고. 제발."

"흠."

짧게 한숨을 쉰 데스디아는 다시 차량 안으로 들어갔다.

치프는 헬멧의 통신기를 이용하여 가이우스에게 신호를 보냈다.

타이탄이 쓰러지면서 대기가 불안정해진 탓인지 신호의 감이 좋지 않았다.

'넷째 부인은 또 뭐야? 후보들은 누구고?'

치프가 투덜거리며 고민하는 한편, 헬멧 안에서 가이우스의 목소리가 희미하게 들려왔다.

—치프. 치프인가? 대답하게.

"아, 가이우스. 나야. 내 목소리 잘 들려?"

—자네가 두고 간 기계의 근처로 이동하니 잘 들리는군. 감시자들에게 타이탄에 대한 이야기를 전해 들었다네. 한 마리가 뒤집혀서 쓰러졌다던데, 자네가 한 일인가?

"맞아. 그런데 난 감시자들을 못 봤는데?"

—그들은 높은 고도에서 모습을 감춘 채 활동한다네. 다들 놀랐지. 금속은 충분히 확보했나?

치프는 금속 입자의 구름을 한번 봤다.

"확보하긴 했지만 게이트나 브리치로 만들지는 못할 것 같아. 만들려고 시도했는데 실패했어."

—아, 정말 안타깝군.

"그래도 라이트스톤의 연구 기지의 위치를 알아냈어."

—그러한 장소가 정말로 존재했단 말인가?

"맞아. 일단 위치를 전송해 줄게."

치프는 단말기를 조작하여 라이트스톤에게 받은 위치 정보를 가이우스의 번호 쪽으로 전송했다.

단말기와 드래곤의 직접적인 정보 전달이었는데, 드래곤들이 디지털 데이터를 해석하여 이해할 수 있기에 가능한 일이었다.

―정말 북서쪽에 있었군. 이제부터 그곳으로 갈 건가?

"그럴 거야. 그곳에 도착해서 정찰을 한 뒤에 다시 연락하긴 할 건데, 이런 말을 해서 미안하지만 자네들에겐 좀 더 긴 시간이 필요할지도 모르겠어."

―괜찮다네. 자네는 우리에게 희망을 선물했다네. 자네가 오기 전까진 다들 절망에서 벗어나지 못했지. 하지만 이제는 그렇지 않아.

가이우스는 담담하게 대답했다.

"좋아, 가이우스. 혹시 내가 10시간 정도 지난 뒤에도 연락을 하지 못하면 절대로 날 찾지 마. 내가 그 기지에서 반드시 살아남는다는 보장은 없거든."

―알겠네. 하지만 둥지의 모든 이들과 함께 자네의 무사를 기원하지.

"고마워. 꼭 연락할게, 가이우스."

―기다리겠네, 친구여.

그와의 통신을 마무리한 치프는 다시 차로 들어와서 차량 내의 온도를 조절했다.

영하 2도로 실내 온도를 높인 치프는 헬멧을 벗고 탄산음료를 들었다. 칼로리 스틱으로 배를 채우는 것도 잊지 않았다.

수송기에서 거하게 구토를 해버린 그였다. 작전을 앞둔 이상 칼로리 스틱으로나마 배를 채우는 것은 필수였다.

식사를 마친 그는 의자의 방향을 뒤로 돌린 뒤 소총과 권총을 꺼냈다.

소총과 그 탄약은 평소에 다를 바 없었지만 권총은 그렇지 않았다. 데스디아가 깜짝 놀랄 만큼 크고 생김새도 특별한 권총이 보관함에서 나왔다.

권총의 대략적인 생김새는 표준 사이즈의 키보드에 권총 손잡이가 달린 것 같았다. 그 어떤 상징적인 디자인도 느껴지지 않는, 그야말로 몽둥이와 같은 물건이었다.

"그거, 권총 맞지?"

데스디아가 묻자 치프는 웃음소리를 내며 고개를 끄덕거렸다.

"권총이야. 화약이 아니라 전자기력으로 탄환을 쏘는 물건이지."

"지구에서 사용한다고 들었던 휴대용 레일건이 그 녀석이었군."

"그렇지. 크기가 너무 커서 좀 불편하긴 하지만 위력은 확실해. DD탄을 쓸 수 있었으면 일반 권총을 사용했겠지만, DD탄은 영하 100도 이하에서 격발이 안 되는 약점이 있지. 이 정도면 제아무리 라이트스톤이라고 해도 비명을 지를걸?"

아르마게일이 제공한 특수 탄환, DD탄에 대해 잘 알고 있는 데스디아는 걱정이 되어 한숨을 내쉬었다.

"여기서 라이트스톤을 작살낼 생각이야?"

"그렇진 않아. 죽일 수 있으면 최고겠지만, 우리의 최우선 과제는 탈출이니까 어쩔 수 없어."

"흠……."

데스디아는 언짢은 숨소리를 냈다.

"그 연구 기지에 당신 혼자 들어갈 생각은 아니겠지?"

"나 혼자 들어갈 것처럼 보여?"

"당연하지."

"내 마음을 너무 잘 아시는군요."

치프가 가볍게 웃었다.

"이봐, 어째서?"

데스디아가 손을 뻗어서 치프의 어깨를 붙잡았다.

치프는 권총을 놓은 뒤 자신의 어깨에 놓인 데스디아의 손을 만져주었다.

"잘 들어, 뎃디. 라이트스톤은 알타이르 왕족을 완성시킨 자야. 우리가 예상치 못한 방법으로 너에게 피해를 줄 수도 있고, 최악의 경우 너를 조작해서 나와 싸우게 만들 수도 있지."

"난 이겨낼 수 있어!"

데스디아가 힘껏 말했으나 치프는 고개를 저었다.

"너, 병원에서 셀리와 교감한 채로 반달리온과 싸운 일을 기억하지? 딱 그때의 일인데, 알케온이 우연찮게 라이트스톤의 행동을 본 적이 있어. 그가 정확히 빅시티 쪽을 바라보면서 자신의 단말기를 조작했다고 하더라고."

"……."

"알케온의 그 목격담은 너도 들은 적이 있었을 거야. 그러니 역시 나 혼자 가는 게 나아."

"그는 당신을 탄생시킨 알파 프로젝트에도 관여했어. 당신도 그에게 영향을 받을지도 몰라."

"내 몸에 섞인 셀리의 일부가 나에 대한 간섭을 막아내는 것 같아. 저번에 행성 냉각 장치에서 만났을 때도 문제는 없었지. 물론 서로가 죽기 살기로 싸운 건 아니라서 그럴지도 모르지만 말이야."

데스디아는 치프의 어깨에서 손을 뗐다.

"치프. 뭔가 방법이 있으니 그런 소리를 하는 거겠지?"

"물론이지."

치프는 보관함에서 데스디아의 환도를 꺼냈다.

"네 칼은 여기 있어, 뎃디. 총기류가 필요하면 뭐든 꺼내서 써도 돼."

"파프니르가 있었으면 좋았을 텐데."

데스디아가 아쉬워했다.

"그건 군용 이상의 화력을 가진 민간용 무기라서 이 날씨에는 못 써. 어차피 가져오지도 않았지만 말이야."

"그럼 군용 건하운드는 있나?"

"있긴 있지만 소재가 문제네. 아까 확보한 금속 입자는 내가 쓸 거야."

치프의 말에, 데스디아는 차량의 특수 유리를 통해서 금속 입자의 구름을 한 번 더 봤다.

"저만한 양의 금속 입자를 대체 어디에 쓸 건데?"

"글쎄?"

치프는 대답을 피했다.

반시간 뒤, 데스디아와 함께 준비를 마친 치프는 라이트스톤의 연구 기지를 향해 차를 몰았다.

110
헤어짐은 잠시

라이트스톤의 연구 기지는 얼음이 아니라 암석의 낭떠러지 위에 존재했다.

그 낭떠러지는 오랜 세월 쌓인 눈보라로 인해 빙산처럼 보였지만 연구 기지의 장벽과 연결된 부분만큼은 바위의 모습이 생생히 드러나 있었다.

연구 기지의 크기는 그라니트 용역의 절반 크기였다.

기지의 곳곳에는 불이 들어와 있었고, 그 빛 아래에서는 온갖 감지 장치를 장착한 드론들이 침입자에 대비해 분주히 움직였다. 드론의 숫자는 80제곱미터당 한 대꼴로, 집착적인 촘촘함이었다. 그 삼엄한 경비에는 이유가 있었다.

연구 기지의 뒤쪽에 위치한 거대 고리, 즉 인공적으로 만들어진 브리치 때문이었다.

기지의 정문에는 라이트스톤이 팔짱을 낀 채 서 있었다.

'예상보다 조금 늦는군.'

라이트스톤은 혹시나 하는 생각에 브리치 쪽을 돌아봤다. 그것도 부족했는지 브리치에 설치된 폭약들도 점검해 봤다.

'문제는 없는데, 왜 이렇게 불안하지?'

그는 드론을 보내어 치프의 차량을 감시했어야 했다며 자책했다.

'A—1730을 만난 이후 이렇게까지 불안감을 느낀 적은 처음이군. 엠페라투스를 죽일 수 있다고 확신하고 있을 때도 이 정도는 아니었어.'

그로부터 10여 분 뒤, 치프가 라이트스톤의 눈에 들어왔다. 그는 차량을 타지 않고 걸어서 이곳으로 오고 있었다.

라이트스톤과 치프 사이에는 금속으로 된 다리가 존재했다. 치프는 그 다리 앞에 걸음을 멈췄다.

등에 소총 한 자루와 로켓 발사기 한 대를 거치한 치프는 라이트스톤을 향해 팔을 흔들었다.

"오랜만이야, 라이트스톤 사장."

치프는 다리 밑의 계곡이 울릴 정도로 크게 소리쳐 인사했다.

"그대를 이곳에서 만날 줄은 몰랐소, A—1730이여."

라이트스톤은 두 팔을 느슨하게 벌리면서 답례했다.

둘은 서로를 향해 걸었고, 이윽고 둘의 간격이 세 걸음 정도로 좁혀졌다.

"그대를 위한 선물은 2주 뒤에 마련될 예정이었소만, 운명은 내 호의를 허락지 않는구려."

라이트스톤이 반가운 목소리로 말했다.

"2주 뒤? 그땐 특별한 날이 없는데?"

치프가 고개를 갸웃거리며 의아해했다.

"내가 일방적으로 준비한 선물이니 너무 신경 쓰지 마시오. 그보다, 어떻소? 이 동결의 지옥 말이오."

"글쎄? 추위를 싫어해서 말이지."

"이곳은 신들의 우두머리 격이었던 제루스트라가 자신의 창조물들을 버릴 때 사용했던 곳이오. 제루스트라의 부인인 하이시리스도 애용했기에, 얼음에 갇힌 환상종들의 숫자는 실로 엄청나다오."

"이곳으로 오는 도중에 아주 덩치가 큰 거북이 비슷한 걸 잡았거든? 그건 멀쩡히 움직이던데?"

치프가 타이탄에 대해 말하자 라이트스톤의 헬멧에서 웃음소리가 났다.

"그것들은 제루스트라가 만든 경비견, '오르트로스'라오. 화염의 지옥을 지키는 환상종, '케르베로스'의 형제와 같은 존재요."

"당신이 만든 건 아니라는 소리군."

"지나칠 정도로 거대한 생물을 만드는 것에는 관심 없소."

라이트스톤이 팔짱을 꼈다.

"거래를 합시다, A—1730."

"거래?"

"그대를 이 지옥에서 탈출시켜 주겠소. 그 대신 데스디아 브라토레는 이 지옥에 남겨놓으시오."

치프가 미리 마련한 대형 권총이 라이트스톤의 헬멧에 닿았다. 라이트스톤은 치프의 움직임을 전혀 인식하지 못했으나 그는 꼼짝도 하지 않았다.

"그것으로 날 죽여봤자 의미가 없다는 것은 얼마 전에 확인하지 않았소?"

당시 라이트스톤은 '왕의 군대'라는 능력이 무엇인지 보여주겠다며 죽음을 자처했다. 그리고 사망 즉시 라이트스톤의 또 다른 육체가 다른 공간에서 튀어나와서 죽음의 의미를 퇴색시켰다.

"여기서 만난 내 친구의 말로는 본체가 보관되는 공간을 열 수가 없다던데?"

"그럴 수밖에 없소. 이곳은 그라니트 행성이 아니기 때문이오."

"거긴 좀 특별한가 보지?"

"후후."

라이트스톤은 자신의 헬멧에 닿은 권총을 무시하듯 양팔을 벌렸다.

"운캄타르 님의 육체가 빅시티 지하에 있는 한, 날개 달린 자들은 마음껏 본체 보관용 공간을 사용할 수 있소. 물론 그 즐거운 시간도 얼마 남지 않았지만 말이오."

치프는 라이트스톤과 평범한 시간을 보낸 적이 없었다. 또한 일상적인 이야기를 나눠볼 기회도 거의 없었다.

그들이 공유한 시간과 대화는 모조리 범상치 않은 것들뿐이었다. 1분 1초, 그리고 말 한 마디 등등. 그들은 서로에게 헛된 것을 내놓은 적이 없었다.

그래서 치프는 '시간이 얼마 남지 않았다'는 라이트스톤의 말을 그냥 넘길 수가 없었다. 치프는 손에 든 초대형 권총으로 라이트스톤의 헬멧 앞쪽을 밀었다.

"운캄타르의 육체가 어쨌다는 거지? 시간 얘기는 또 뭐고?"

"빅시티의 지하에 운캄타르 님의 육체, 아니 본체가 있다는 사실은 알고 있소?"

"자주 들었지. 하지만 내 눈으로 직접 확인한 적이 없어서 믿고 있진 않아."

"훌륭한 처세술이오."

라이트스톤이 위아래로 고개를 끄덕이며 웃었다.

"A—1730이여. 왕녀 전하께선 잘 계시오? 저번에 당신과 만났을 때, 당신은 왕녀가 신성함을 얻었는지, 얻었다면 어디에서 누구에게 얻었는지 몰라서 고민하고 있었지 않소?"

치프는 상대가 권총에 대한 공포나 거부감 없이 주절주절 이야기하는 모습에서 불쾌감을 느꼈다.

"갑자기 그 얘기가 왜 나와? 혹시 뭔가 알고 있나?"

"나 역시 그때와 마찬가지라오. 왕녀가 정확히 누구를 통하여 신성함을 습득했는지는 모른다오."

라이트스톤은 크게 심호흡을 한 후 말을 덧붙였다.

"엠페라투스가 그대에게 쏟아부은 신의 지식이 원인일지, 아니면 나와 손을 잡고 움직여 준 하이시리스가 원인일지? 후후후후."

"…하아."

격분한 치프는 왼손으로 단검을 뽑아 들고는 라이트스톤이 입은 옷에 치명적인 흠집을 내려고 했다.

그러나 라이트스톤은 무술을 하듯 팔과 다리, 허리를 교묘하게 움직여서 치프의 단검을 피했다. 헬멧에 닿아 있는 권총을 이동용 중심축으로 쓰기까지 했다.

"후후, A—1730이여. 화가 났소?"

"하이시리스와 손을 잡았다는 게 무슨 소리야!"

"왕녀의 의식에 접촉할 수 있는 비밀 코드를 그 어머니 신에게 선물로 줬다오. 운캄타르 님의 육체를 완전히 부수기 위해서 말이오."

라이트스톤은 단검을 쥔 치프의 오른손을 왼손으로 꽉 쥐었다. 경장갑 전투복의 힘과 내구력을 능가하는 압력이 치프의 손을 괴롭혔다.

치프가 들고 있던 단검이 바닥에 떨어졌다.

라이트스톤의 헬멧 전체가 빛을 내는가 싶더니 떨어진 단검이 교량 밖으로 밀려 날아가 계곡 아래로 떨어졌다.

"하이시리스와 손을 잡아? 셀레가 그것 때문에 얼마나 괴로워했는지 알기나 해?"

"수술대에서 산채로 조각나는 것보다는 훨씬 신사적이지 않소?"

라이트스톤의 차디찬 대답에, 권총을 쥔 치프의 손이 순간 움찔했다.

가까스로 사격을 참아낸 치프는 이내 냉정을 되찾았다.

"그래, 이성적으로 대화하자고. 당신이 하이시리스를 끌어들일 줄은 몰랐는데?"

"난 그녀에게 창세의 보석과 운캄타르 님의 본체를 주기로 했소. 하지만 온갖 방법을 동원했음에도 불구하고 운캄타르 님의 본체를 찾지 못한 하이시리스는 힌트를 얻기 위해 왕녀 전하의 의식에 개입했던 것이오."

"그러니까, 왜 하이시리스를 끌어들였냐고!"

"나와 어머니 신 사이에 이해가 맞아떨어졌을 뿐이오."

"썩을!"

치프의 권총이 결국 불을 뿜었다.

탄환에 헬멧이 관통되어 앞으로 쓰러진 라이트스톤의 시신은 금방 차갑게 얼어버렸다.

그 옆에서 또 다른 라이트스톤이 나타나 자신의 옷을 매만졌다. 치프는 권총을 흔들어 잔탄을 계산하며 라이트스톤을 쏘아봤다.

"왜 운캄타르까지 적대하려는 건가?"

"말했지 않소? 내가 만든 모든 것들을 부수겠다고 말이오."

라이트스톤은 다시금 두 팔을 벌렸다.

"나의 기술은 우주 연합에도 흘러들어 갔소이다. 우주 연합의 수도를 디자인한 사람은 내가 모르는 젊은이지만 우주 연합 전체를 우주 공간에 고정하고 유지시키는 기술의 원천을 제공한 사람은 바로 나라오."

그가 어깨를 으쓱했다.

"자기 자랑은 여기까지 합시다. A—1730이여. 그대에게 희소식이 있소."

"뭐지?"

"하이시리스는 운캄타르 님의 본체를 발견하지 못했소. 아, 무능력하기도 해라."

"……."

고개를 설레설레 저은 라이트스톤은 얘기를 계속했다.

"어머니 신은 왕녀의 의식에서 추출한 정보를 따라서 빅시티의 지하를 수없이 탐험했지만 수많은 수호자들과 아주 커다란 방을 발견했을 뿐, 재미를 보진 못했소. 그래서 조만간 왕녀가 갖고 있는 것으로 추정되는 창세의 보석을 빼앗으러 올 것이오."

라이트스톤이 어깨를 으쓱했다.

"영주들은 덜떨어졌고, 장로라는 꼬마도 별 도움이 안 될 것이고, 왕녀는 지난 일로 인해 몸을 사리게 됐소. 위스콘신 따위는 있건 없건 상관없소. 하이시리스는 왕녀를 만나자마자 그녀의 몸을 분해하여 창세의 보석을 추출해 낼 것이오. 과연 누가 그 어머니 신을 막아낼 수 있을지 모르겠소."

이야기를 들은 치프는 웃음소리를 냈다.

"투사, 바라쿠스에 대해 알고 있나?"

"바라쿠스? 물론 알고 있소. 엠페라투스와 싸우다가 결국 먹히고 만 2세대 최강의 싸움꾼이 아니오?"

"그 바라쿠스가 지금 우리 회사에 있지."

"…그럴 리가?"

놀라서 가만히 서 있던 라이트스톤이 이내 오른손으로 헬멧 앞을 가리더니 등을 휘며 껄껄 웃었다.

"후후, 하하하하! 아하하하하! 바라쿠스? 하하, 이런! 정말 즐겁게 웃었소!"

라이트스톤의 헬멧 턱 아랫부분에서 하얀색의 김이 길게 뿜어졌다.

"바라쿠스라. 상관없소. 어쨌거나 내가 짠 모든 파괴적 계획들은 무사히 현재진행형이라오."

그가 박수를 한 번 크게 쳤다.

"A-1730이여. 당신은 연구 기지 저편에 있는 탈란바토르를 이용해 이곳을 빠져나갈 생각인 것 같소만, 무의미하오. 저 탈란바토르는 이 기지의 역사와 함께 사라질 것이오."

치프는 연구 기지의 절벽에 비스듬히 누워 있는 거대 금속 구조물, 탈란바토르를 살폈다.

라이트스톤은 헬멧 때문에 치프의 눈을 보지 못했다.

치프는 연구 기지와 탈란바토르의 구조를 자세히 파악한 나머지 지루해하고 있었다.

"저 탈란바토르 말인데, 내가 여태까지 목격했던 탈란바토르와는 형태가 다르군."

"그럴 수밖에 없소. 내가 직접 만들어낸 물건이기 때문이오."

"그런 물건을 부수다니, 아깝지 않은가?"

"전혀."

라이트스톤은 손사래를 치고 고개를 저었다. 라이트스톤답지 않게 경박한 자세였는데, 치프는 그 모습을 통하여 라이트스톤이 매우 기뻐하고 있음을 느꼈다.

"당신과 데스디아 브라토레, 그리고 엠페라투스에 의해 이곳에 갇힌 3세대들은 이제 외부의 부름 없이는 이곳을 빠져나갈 수 없소."

"……."

"그대의 능력이 아무리 내가 상정한 범위를 넘어섰다고 해도 의미는 없소."

라이트스톤의 헬멧 표면이 다시 오색으로 빛을 냈다.

"우선 저 탈란바토르부터 부숴봅시다."

"……."

탈란바토르는 꿈쩍도 하지 않았다.

멍한 자세로 탈란바토를 바라보던 라이트스톤의 귀에 뭔가 떨어지는 소리가 들렸다.

바로 치프가 탄띠에 단단히 매달고 있던 기폭 장치였다

치프는 도박패를 버리듯 기폭 장치들을 하나씩 땅에 떨어뜨렸다. 그것들이 탈란바토르를 맡은 폭탄의 부품임을 알아본 라이트스톤은 어이가 없었다.

"드론들의 감시를 어떻게……? 엠파시를 이용한 것이오?"

"뭐 그렇지. 달리 폭파하고 싶은 부분, 또 있나?"

라이트스톤은 헬멧을 이용해 연구 기지 전체, 심지어 동력부까지 설치해 둔 폭탄들을 기폭시켰다.

하지만 치프는 라이트스톤이 무슨 생각을 하는지 다 안다는 듯 그가 기폭시키는 폭탄의 기폭 장치를 단띠에서 분리해 바닥에 떨어뜨렸다.

"설마 기지의 절벽을 이용해 올라서 안으로 침투한 것이오?"

라이트스톤이 물었다.

치프는 가볍게 설명해 주었다.

"그건 내 전문이거든. 다만 암벽등반용 기계를 만들기가 좀 힘들었어. 무장 제조 능력으로 능동 위장 장치까지 완전히 재현하는 건 정말 힘들어. 재료도 많이 들고 말이야."

"그래서 늦게 온 것이구려. 오르트로스에게서 추출한 금속을 그런 식으로 사용한 것이오?"

"역시, 이해가 빠르시군."

치프는 껄껄 웃었다.

"후우……."

라이트스톤의 헬멧 아래에서 긴 입김이 흘러나왔다.

치프는 또 다른 단검을 뽑아 왼손에 든 뒤 권총 밑에 받쳐 들었다.

둘 사이를 흐르는 차가운 공기가 감정적으로 동결되어 아예 멈추고 말았다.

"나랑 싸우면 마음이 편해질 거야, 라이트스톤 사장."

"데스디아 브라토레, 아니 드래곤 슬레이어를 두고 혼자 온 점만은 칭찬하리다."

"왜?"

"난 틀림없이 그녀를 꼭두각시로 삼아 당신과 대결시켰을 것이오. 후후, 역시 당신은 머리가 좋소."

"당신이라면 그딴 짓을 할 거라고 생각했거든!"

라이트스톤의 격투 능력은 사실 미지수였다. 그가 워낙 마법사 같은 행동만 보여줬기에 이상한 일은 아니었다.

하지만 치프는 자신의 권총을 중심으로 쏟아져 들어오는 라이트스톤의 주먹과 손날, 발차기, 그리고 급소를 노린 관절기를 피하기 위해 사력을 다하여 움직였다.

라이트스톤의 왼쪽 발이 치프의 오른쪽 발목을 걷어찼다.

중심 이동을 위해 오른발을 땅에 디뎠던 치프는 하늘에 붕 떠올랐다.

'능숙해!'

치프는 상대의 자세와 공격의 속도, 그리고 절도에 감탄했다.

라이트스톤은 작은 권총을 꺼내 치프의 가슴과 헬멧에 탄환을 꽂았다.

그가 사용한 것은 구시대의 권총과 탄환이었다.

그것들로는 치프의 경장갑 전투복을 뚫을 수는 없었지만, 맨몸으로 맞았다면 즉사 상황이었다.

"첫 번째 죽음입니다. A—1730."

치프의 자존심이 확 상했다.

치프는 권총과 나이프를 든 채로 라이트스톤과 격투를 벌였다. 치프는 약간 방어적인 자세로, 라이트스톤은 공격적인 자세로 서로의 빈틈을 노리거나 유혹했다.

둘의 팔과 다리들이 금속제 불똥을 튀기며 격돌하는 가운데, 치프가 라이트스톤의 상체에 올라타더니 팔과 다리로 상대의 몸을 봉쇄했다.

라이트스톤이 다른 동작을 이용하여 치프를 떨구려는 찰나, 치프가 구렁이처럼 상대의 몸 위에서 자세를 바꾸더니 권총을 쥔 라이트스톤의 오른팔에 '암바'를 시도했다.

어깨와 팔꿈치가 탈구될 상황임에도 불구하고 라이트스톤은 지금 입고 있는 전투복의 힘으로 치프의 기술을 부수려고 했다. 그러나 암바는 준비 과정에 지나지 않았다.

팔을 고정시킨 치프는 발끝으로 상대의 목을 꺾으며 자신의 권총을 앞으로 쭉 들이밀었다.

상대에게 확실한 죽음을 선사해 주기 위한 자세였다.

라이트스톤은 팔을 휘둘러 치프를 때려 했지만 치프가 방아쇠를 당기는 것이 더 빨랐다.

머리에 구멍이 난 라이트스톤은 그 자리 쓰러졌다.

"근접전을 위해 설계한 육체가 적어서 미안하오, A—1730이여."

멀쩡한 모습의 라이트스톤이 공간의 왜곡에서 걸어 나왔다.

"협상합시다, A—1730이여. 그대가 나에게 2주 정도 시간을 준다면 그대의 전투 욕구를 충족시켜 줄 만한 육체를 만들어서 다시 돌아오리다."

순간 라이트스톤의 뒤에서 나타난 치프가 상대의 후두부에 권총을 밀었다.

"다 필요 없어."

"다른 걸 원하시오?"

새로운 라이트스톤이 또다시 나타났다.

"그래, 맞아! 저 탈란바토르를 사용해서 나와 뎃디, 그리고 드래곤들을 빼낼 거야! 도와줄 생각이 없다면 꺼져!"

"흠, 그럼 의견을 물어봅시다."

라이트스톤이 고개를 갸웃했다.

그에게 권총을 겨누고 있던 치프가 순간 옆으로 튕겨 날아갔다. 오른손에 환도를 쥔 데스디아가 치프를 향해 환도의 끝을 쭉 내밀었다.

가까스로 공격을 피한 치프는 짐승처럼 으르렁거리는 데스디아의 경장갑 전투복 차림을 보자마자 눈앞이 아뜩했다. 그가 상정했던 최악의 경우 중에 하나가 지금 터져 버린 것이다.

"전파 상태가 안 좋아서 그녀의 초대가 좀 늦었소. 여기서 잘 싸우고 계시오. 난 폭탄들을 다시 점검하러 갈 테니까 말이오."

돌아서서 연구 기지를 향해 걷던 라이트스톤이 갑자기 앞으로 쓰러졌다.

데스디아와 대치 중이던 치프가 그의 뒤통수를 쏴버린 것이다. 치프가 들고 있는 대형 권총은 라이트스톤이 사용하는 개인용 보호막과 헬멧의 특수 합금을 확실하게 관통하고 있었다.

"가긴 어딜 가!"

고함을 지른 치프를 향해 데스디아의 칼날이 들이닥쳤다.

피하는 와중에 가슴 쪽 장갑판이 살짝 베인 치프는 격투 기술로 데스디아를 어떻게든 제압해 보려고 했다.

그러나 그녀의 왼손 주먹 한 방에 치프의 전투복 옆구리 장갑판이 으깨지고 가루가 됐다.

만약 치프가 맨몸이었다면 대형 해머에 맞은 구체 관절 인형처럼 상체와 하체가 분리됐을 것이다.

'죽을 뻔했어! 역시 라이트스톤을 관찰하면서 대적할 수 있는 상대가 아니야!'

치프는 전에 데스디아에게 두들겨 맞은 A—1729, 로젤라를 떠올리며 즉각 외쳤다.

"잭팟! 헬멧의 카메라로 라이트스톤의 주변을 관찰해 줘! 뎃디는 내가 상대할게!"

—알겠습니다, 원사님.

사만다의 목소리로 대답한 인공지능, 잭팟은 치프의 헬멧에 있는 카메라를 이용하여 라이트스톤의 시체와 그 주변을 살폈다.

죽은 라이트스톤의 옆쪽 공간이 뒤틀리면서 새로운 라이트스톤이 나타났다.

그는 자신의 시체를 한참 바라보다가 치프 쪽으로 고개를 돌렸다.

"정말 난처한 사내구려. 이 육체와 복장들이 얼마나 비싼지 알긴 하시오?"

불만을 터뜨리는 라이트스톤의 헬멧이 총알에 관통됐다.

또 죽어버린 라이트스톤은 팔다리를 활짝 편 채 앞으로 풀썩 쓰러졌다.

데스디아에게 총을 쏘는 척하며 라이트스톤을 쏴버린 치프는 남은 탄환의 숫자와 권총의 배터리를 살폈다.

'앞으로 잘해야 10발이야.'

고민하는 치프의 몸이 위로 붕 떠올랐다. 돌진해 온 데스디아의 무릎에 맞아서였다.

"치프……! 오오오오!"

확실한 기회를 잡았다고 판단한 데스디아는 엄청난 속도로 환도를 휘둘렀다. 그녀가 입고 있는 전투복 곳곳에서 독한 연기가 터졌다.

제아무리 UNSMC용 고급 전투복이라 하더라도 인간을 아득히 넘어선 그녀의 운동 능력을 완전히 소화하는 것은 불가능했다.

자세 제어용 로켓 모터로 몸을 띄워 데스디아의 공격을 피한 치프는 권총을 허벅지에 거치했다.

무릎에 맞는 순간 정신을 잃을 뻔했던 치프는 전투복 내의 주사 장치와 약을 이용하여 버티고 있었다.

'정령 교감을 사용하지 않는 상태인데도 저런 괴력을 발휘하다니, 어처구니가 없군. 한 방이라도 제대로 맞으면 난 죽을 거야.'

치프는 절대로 죽을 수가 없었다.

만약 그가 여기서 죽어버린다면 데스디아의 미래는 참담할 것이다.

라이트스톤은 그녀를 연구하기 위해 철저히 해부를 하거나, 일반인은 받아들이기 힘든 수준의 생체 실험을 하여 그녀를 엉망으로 만들 것이 뻔했다.

그런 것들을 상상조차 할 수 없었던 치프는 리스크가 큰 도박을 택했다.

그는 착지하면서 소총을 들어 데스디아를 겨눴다.

총구를 본 데스디아가 치프에게 다시 돌진했다. 그에 맞서 치프의 어깨에서 분리된 박스로부터 모기 형태의 소형 드론들이 데스디아에게 달려들었다.

오크들에게 독극물을 주입하며 활약했던 그 살인 기계들은 데스디아의 주먹과 환도에 맞아 순식간에 파괴됐다.

드론들은 회피 운동을 했으나 데스디아의 속도와 집중력 앞에선 아무것도 아니었다.

드론들이 틱틱틱 파괴되는 모습이 꼭 불꽃놀이의 일부처럼 보였다.

"미안, 뎃디. 좀 추워질 거야."

드론들 덕분에 시간을 번 치프는 수 시간 전에 가이우스에게 들었던 이야기들을 믿고 소총의 방아쇠를 당겼다.

데스디아는 전후좌우로 고속 이동을 하여 소총의 탄환을 모조리 피했다. 동작이 만들어낸 풍압이 치프를 밀어낼 정도로 강력했다.

데스디아가 입은 전투복의 관절 부위에서 더 독한 냄새가 피어올랐다. 근력 보조용 장치들이 그녀의 힘을 견디지 못해 터져나가고 있었다.

치프는 그녀의 움직임이 느려진 틈을 이용하여 소총의 탄창을 갈아 끼운 뒤 사격을 재개했다.

데스디아는 이번에도 탄환들을 피했으나, 얼마 못 가 전투복 다리 쪽의 장갑판들이 사방으로 날아가고 리퀴드 메탈 재질의 보호복마저 찢어지고 말았다.

전투복이 망가지면서 다리가 얼어버린 데스디아는 몇 번 꿈틀거리더니 바닥에 주저앉았다.

치프는 얼어가는 데스디아를 지켜보며 이를 악물었다.

'제발, 뎃디. 제발, 제발, 제발.'

그는 자신의 예상이 들어맞기를 기원했다. 하지만 겉으로 보기에는 패배자를 바라보는 승리자처럼 여유로웠다.

그야말로 필사적인 자제력이 동원된 연기였다.

"정말 과감하고 냉정하구려. 설마 데스디아 브라토레를 그런 식으로 제압할 줄은 몰랐소. 얼려서 죽이다니, 허허."

어느새 새로 나타난 라이트스톤이 진심으로 감동하여 박수를 쳤다.

"상관없어. 얼음 속의 환상종들처럼 따뜻한 곳으로 옮겨서 녹이면 되겠지. 이 행성의 추위는 세포 조직 파괴를 일으키지 않는 것 같거든."

치프는 소총으로 라이트스톤의 목을 쏴서 즉사시켰다.

쓰러진 라이트스톤의 옆쪽 공간이 뒤틀리고, 그 안에서 멀쩡한 라이트스톤이 걸어 나왔다.

"흥미롭구려. 이곳의 날개 달린 자들이 거기까지 알아냈단 말이오?"

순간 라이트스톤의 두 무릎이 권총에 맞아 떨어져 나갔다.

산 채로 쓰러진 라이트스톤은 고개를 들어 치프를 봤다.

"정말 예의가 없구려, A—1730."

"일단 감사할게, 라이트스톤 사장. 세포 조직 파괴 얘기는 사실 허풍이었어. 얼음 속의 환상종들을 꺼내면 살아서 날뛴다는 얘기를 듣긴 했지만 확신은 없었거든."

"허허……."

자신이 치프의 도박에 걸려 버렸음을 깨달은 라이트스톤은 끊어진 자신의 다리를 급히 재생시키려 했다.

하지만 치프는 권총을 연거푸 쏴서 그의 재생을 허락지 않았다.

"재밌는 사실을 하나 더 알아냈지. 사장, 당신의 부활에는 규칙이 있더라고?"

"무슨 말이오?"

"행성 냉각 장치가 있는 곳에서 당신을 처음으로 죽였을 때였어. 미지의 위화감이 느껴졌지. 그리고 아까 당신을 여러 차례 죽이면서 그 위화감의 정체를 확인할 수 있었어."

치프는 얼어버린 데스디아를 뒤에 남겨둔 채 라이트스톤에게 다가갔다.

"당신이 거리에 상관없이 새 몸을 꺼낼 수 있었다면, 처음 죽었을 때 연구 기지 안에서 새 몸으로 나타났을 거야. 하지만 시체가 있는 지점으로부터 반경 10미터 안에서만 다시 나타나더라고? 만능은 아닌가 봐?"

"큭……!"

라이트스톤은 팔을 들어 팔뚝에 부착된 무장을 이용해 치프를 공격하려 했다. 그러나 치프가 오른손에 든 권총이 그보다 훨씬 빨랐다.

치프는 양쪽 무릎 아래와 팔뚝이 없는 라이트스톤의 멱살을 잡아 왼팔로 들어 올렸다. 오른손에 든 권총은 다시 허벅지에 거치했다.

"아까 나한테 패배한 적이 없다고 얘기했던가? 첫 경험의 기억은 오래 가지."

치프가 주사기들을 꺼내며 말했다.

"…다음에 다시 만날 때는 반드시 그대를 죽이겠소, A—1730."

라이트스톤은 분함을 이기지 못하고 몸을 꿈틀거렸다.

"그날을 즐겁게 기대하지."

치프의 헬멧에서 묵직한 웃음소리가 새어나왔다.

라이트스톤의 팔뚝 절단 부위에 진통제와 마취제를 잔뜩 주사한 치프는 상대를 교량 밖 계곡 아래로 떨어뜨렸다.

라이트스톤은 아무 소리도 내지 않고 계곡 사이에 부는 눈보라 속으로 사라졌다.

"머리가 깨져서 즉사하지 않는 한 30분 정도는 살아 있겠지. 시간이 별로 없군."

치프는 팔뚝 보호대 안에 있는 단말기에 손을 댔다.

"잭팟. 차량을 이쪽으로 불러줘. 그리고 가이우스와 통신을 연결해."

—알겠습니다, 원사님. 그보다 원사님의 부상 상태가 심각합니다. 늑골 세 대가 부러졌고 내장에도 출혈이 있습니다.

"좀 있으면 재생되겠지."

—재생 속도가 그라니트 행성에 계실 때보다 느립니다.

"상관없어."

데스디아 옆에 자리를 잡은 치프는 소총과 권총의 탄창을 갈아 끼우고 드론들을 풀어서 혹시 있을지 모를 긴급 상황에 대비했다.

곧이어 차량이 다가오자 치프는 즉시 문을 열고 데스디아를 짐칸에 넣었다. 그는 얼어버린 그녀의 육체에 손상이 가지 않도록 극도의 집중력을 발휘했다.

짐칸의 문을 단단히 닫은 치프는 단말기를 이용하여 차량 내부의 온도를 올렸다.

그는 유리창에 상체를 붙이다시피 한 채 데스디아의 상태를 살폈다.

10분 정도가 지나자 얼어버린 데스디아의 갈색 피부에 생기가 돌았다. 다리가 녹자 데스디아가 팔을 움직여 헬멧을 벗었다.

차에서 치프를 기다리다가 정신을 잃은 것만 기억하고 있는 그녀는 냄새를 풍기는 전투복 상의와 파손되고 찢어진 하의를 보고 대단히 어이없어했다.

“어떻게 된 일이지?”

당황하던 그녀는 치프가 밖에서 유리창을 두드리자 그쪽을 돌아봤다.

“치프!”

그녀는 유리창에 닿아 있는 치프의 손에 자신의 손을 맞췄다. 그 기쁨은 얼마 가지 못하여 경악으로 바뀌었다. 치프의 전투복 장갑판 곳곳에 그어진 칼자국 때문이었다.

그녀는 어렸을 때부터 수많은 대상을 향해 칼을 휘두르며 수련해 왔다.

지금은 자신이 만들어내는 칼의 흔적들을 통하여 자신의 신체 상태까지 점검할 수 있는 경지마저 넘어서고 있었다.

그녀는 치프의 전투복에 새겨진 칼자국이 자신의 것임을 단번에 알아차렸다.

“내가 당신을 공격한 거야? 그런 거야?”

“괜찮아, 뎃디. 좋게 끝난 일이니 신경 쓰지 마.”

치프는 단말기를 조작하여 전투복 안에 설치된 진통제를 자신의 몸에 주사했다.

데스디아가 무사히 해동된 모습을 보자마자 긴장이 풀리면서 통증이 올라온 것이다.

“신경 쓰지 말라니? 당신 전투복이 엉망이잖아?”

"방한 능력에는 문제없어. 아무튼 짐칸 오른쪽에 위치한 은색 가방을 꺼내봐. 전투복 안에 입는 보호복이 있을 거야. 프리 사이즈라서 너도 입을 수 있어."

한시라도 빨리 밖으로 나가서 치프의 상태를 살피고 싶었던 데스디아는 은색의 가방이란 가방은 모조리 꺼내어 열어젖혔다.

특수 탄환, 예비 동력로, 권총과 기관단총 등이 짐칸의 사방으로 날아다녔다.

가까스로 보호복이 든 가방을 잡은 데스디아는 가방의 잠금장치를 손으로 으깨어 부순 뒤 활짝 열었다.

'저게 손으로 부서지는 거였어?'

치프는 데스디아의 악력에 새삼 놀랐다.

가방 안에는 비닐 팩에 든 검은색 액체 금속이 보온 상태로 보관되어 있었다.

"일단 전투복을 모두 벗어, 뎃디. 그다음에 비닐 팩을 열고 안에 있는 장치의 버튼을 누르면 리퀴드 메탈이 네 몸에 달라붙을 거야."

"알았어, 치프!"

데스디아는 수치심을 내던지고 전투복을 벗어 던졌다. 차량으로부터 등을 돌린 치프는 가이우스와의 통신을 시도했다.

'응답이 없군. 불안하게 만드네?'

조금 뒤, 차량 안에 있는 데스디아가 손으로 유리창을 두드렸다.

"다 됐어, 치프."

치프는 다시 차량 안쪽을 봤다. 검은색의 보호복이 데스디아의 턱 아래를 시작으로 몸 전체에 단단히 달라붙어 있었다.

"그 보호복만으로도 추위를 막을 수 있어. 하지만 헬멧만큼은 반드시 쓰도록 해."

"그렇군. 아, 치프. 궁금한 게 있어."

데스디아가 고양이처럼 손끝으로 유리창을 긁으며 물었다.

"얘기해, 뎃디."

"이 보호복에는 빈틈이 안 보이는데. 용변은 어떻게 봐야 하지?"

치프가 잠깐 할 말을 잃었다.

"…응?"

그는 대단히 당황하고 있었다.

라이트스톤의 끊임없이 부활할 때도, 데스디아가 자신의 적이 되어 나타났을 때도 흔들리지 않았던 치프의 사고 능력이 데스디아의 가벼운 질문에 무너지고 만 것이다.

"혹시… 급해?"

치프가 조심스럽게 물었다.

"아니, 그냥 궁금해서 물어본 거야."

대답한 데스디아는 유리창 너머로 보이는 치프의 모습을 자세히 봤다.

'허둥대고 있군.'

그녀는 치프의 몸짓만 봐도 그의 생각을 알 수 있었다.

알타이르 행성인 특유의 초감각을 발휘할 필요도 없었다. 인연과 시간, 그리고 애정이 빚어낸 그녀만의 능력이었다.

'역시 평범한 일에는 서툰 남자야. 나도 그렇지만.'

머리를 흔들어 생각을 바꾼 치프는 단말기를 통해 시간을 확인했다.

"뎃디, 헬멧을 쓰고 나와. 가이우스와의 통신을 회복해야 해."

"그러지."

헬멧을 쓴 데스디아는 보호복과 헬멧이 밀착되는 것을 확인한 뒤 차량의 짐칸 밖으로 나왔다.

교량의 도로를 밟은 데스디아는 헬멧의 뒤쪽을 매만졌다.

"맨발로 땅을 딛는 느낌이네."

그녀가 어색한 몸짓으로 발을 들어 자신의 발바닥을 살폈다.

"그 보호복까지 찢어지면 정말 방법이 없으니 어서 조수석으로 들어가는 게 좋을 거야."

치프가 걱정하여 말했다.

"아니, 고향에서는 맨발로 다니는 경우가 많았거든. 자갈밭 위도 문제없이 뛰어다녔고 나무도 거뜬히 탔지. 그런데 지구를 거쳐 그라니트 행성에서 생활해 온 탓인지 이젠 맨발이 어색해. 지금 당장 양말이라도 신고 싶어."

"알았으니 어서 조수석으로 가. 라이트스톤이 언제 다시 기어올라올지 모르거든."

"기어 올라오다니?"

데스디아의 헬멧이 치프 쪽으로 향했다.

치프는 어깨를 으쓱거렸다.

"자신의 시체 근처에서만 새로운 육체를 불어낼 수 있는 것 같더라고. 그래서 팔다리를 끊어버리고 진통제와 마취제를 잔뜩 주사한 다음에 계곡 밑으로 던져 버렸지."

"영리하게 처리했네? 아직 아무 일도 없는 걸 보니 녀석이 즉사하진 않은 것 같군."

"뎃디, 다시 얘기할게. 제발 조수석으로 들어가 줘. 보호복은 물리적 타격에 대한 대응 능력이 대단히 안 좋아. 고양이가 깨무는 것 정도만 안정적으로 막아낼 수 있다고."

치프가 두 팔을 가볍게 흔들며 재촉했다.

"흠. 전신 스타킹보다는 튼튼하다 이거군."

데스디아가 팔짱을 끼며 농담을 던졌다.

"말 좀 들으세요, 브라토레 부사장님."

"미안."

데스디아는 서둘러 조수석의 문을 열고 차량 안으로 들어갔다.

짐칸에서 중형 통신기를 꺼낸 치프는 헬멧의 통신기와 방금 꺼낸 중형 통신기를 동기화시키며 어딘가로 걸어갔다.

땅에 떨어져 있는 데스디아의 환도를 수거한 치프는 짐칸에 환도를 넣고 자석으로 고정한 뒤 짐칸의 문을 단단히 닫았다.

"응답해, 가이우스. 시간이 없다고."

치프는 자신의 헬멧과 중형 통신기를 계속 조정하며 가이우스를 불렀다.

약 1분이 지난 뒤, 가이우스의 목소리가 치프의 헬멧에 들려왔다.

—치프, 자네인가?

"맞아. 이제야 연결이 되는군. 연구소 비슷한 건물에 도착했어. 완전히 확보했다고 말하긴 그렇지만 탈란바토르가 여기 있군.”

—그런가? 고향으로 돌아갈 수 있다는 말이로군!

기뻐하는 가이우스의 목소리를 들은 치프는 일단 한숨 소리를 냈다.

“자네, 여기까지 날아오는 데 얼마나 걸릴 것 같아?”

—좌표를 아는 이상, 영주로서의 내 능력을 사용한다면 곧바로 갈 수 있네.

“그렇군. 미안하지만 이 건물과 탈란바토르를 얼마나 오랫동안 유지할 수 있을지 잘 모르겠어.”

치프의 말에 가이우스는 잠깐 침묵 후 목소리를 냈다.

—무슨 말인가?

“라이트스톤이 언제 여기를 완전히 부술지 알 수 없어. 녀석은 아무리 죽여대도 새로운 육체로 되살아나는 괴물이야. 내가 안전을 보장할 수 있는 시간은 1시간이 안 돼.”

—그렇군. 그렇다면 아이들을 우선 내보내도록 하겠네.

치프는 가이우스의 빠른 결단에 조금 놀랐다.

“괜찮겠어?”

—어른들은 이 공간에 어느 정도 적응했으니 괜찮다네. 아직 얼어붙은 채로 구조를 기다리고 있는 동포들을 버리고 갈수도 없지. 탈란바토르의 가동이 확인되면 다시 불러주게. 아이들을 데리고 그곳으로 가겠네.

가이우스의 목소리에 망설임이란 없었다.

치프는 작년에 있었던 사건, 일명 드래곤로크를 떠올렸다.

엠페라투스에 의하여 그라니트 행성의 드래곤들이 브리치로 빨려 들어가던 그때, 가이우스는 루할트를 지켜내고 그를 대신하여 브리치 안으로 사라졌다.

'당시 가이우스가 루할트를 구할 때는 우정만 앞세운 게 아니었어.'

치프는 그때 그 상황을 정확히 분석하고 있었다.

'가이우스 자신의 기사단은 구해낼 길이 없었지만 루할트의 기사단은 그렇지 않았거든. 적잖은 숫자의 기사단이 인간의 모습을 유지한 채로 루할트의 회사에 있었기에 브리치에 빨려 들어가지 않았지. 그들의 정식 지휘권을 가진 루할트를 그라니트에 남겨놓는 게 최선이었어. 가이우스는 자신이 어떻게 될지 모르는 상황에서도 그걸 계산해낼 만큼 영특한 존재야.'

한숨을 쉰 치프는 그를 확실히 구해낼 방도를 갖지 못한 자신이 원망스러웠다.

"그럴게. 조금만 기다리라고, 친구."

—행운을 빌겠네.

통신을 마친 치프는 소총을 들고 탄약을 확인한 뒤 연구 기지를 향해 뛰었다.

차량 조수석에 앉아 있던 데스디아는 자신이 운전을 해서 그를 따라가야 하나 고민했다. 하지만 다행스럽게도 차량의 자율주행 장치가 치프를 따라서 차량을 이동시켰다.

폭탄들을 해체할 때 연구 기지의 구조를 모두 파악한 치프는 차량에서 내린 데스디아와 함께 중앙 제어실로 달려갔다.

기지 내부를 밝히는 것은 붉은색의 희미한 비상등뿐이었다.

"지구의 옛날 영화 분위기가 나는데?"

"그러게? 왜 하필 붉은색 전등일까?"

치프는 가볍게 웃었다.

"저 갈림길에서 오른쪽으로 가면 중앙 제어실이야."

소총을 앞세운 치프가 총구를 오른쪽으로 움직였다.

보호복이 찢어지지 않도록 살살 뛰고 있던 데스디아는 대답 없이 치프의 뒤를 따라갔다.

그녀는 제어실의 입구 옆에 큰 구멍이 나 있는 것을 보고 움찔했다.

구멍은 폭탄 같은 것으로 부서진 게 아니라 열에 의해서 절단되어 있었다.

"레이저 토치를 쓴 건가?"

"노크를 했는데 안에 아무도 없더라고."

제어실 안으로 들어가면서 소총을 등에 거치한 치프는 제어판 위에 자신의 단말기를 올려놓았다.

단말기를 통한 해킹은 잭팟의 성능 덕분에 순식간에 이뤄졌다.

"단말기, 상태를 보고해."

치프는 데스디아를 의식하여 잭팟의 이름을 생략했다.

"시설의 운영체제가 지구에서 사용하는 것과 동일합니다. 운이 좋군요. 다수의 방화벽을 감지. 하지만 동력로와 탈란바토르의 가동에는 문제가 없습니다."

"왜 문제가 없지?"

의문을 던진 치프는 허벅지에 거치한 권총을 뽑으며 뒤로 돌아섰다.

데스디아 역시 맨손 격투 자세를 취하며 치프의 권총이 향한 곳으로 몸을 돌렸다.

치프가 만든 벽의 구멍을 통해 라이트스톤이 걸어 들어왔다.

"후후. 바늘허리에 실을 묶어서 쓸 사람들이구려."

라이트스톤이 어깨를 들썩이며 웃었다.

"빠르시군."

"그대가 나에게 지혈제를 투여해 줬다면 죽는 데 시간이 꽤 걸렸을 것이오."

라이트스톤은 두 손을 어깨 높이로 들었다.

"이곳에서 그대와 싸울 생각은 없소, A—1730. 그대에게 마지막 함정마저 들켰으니 포상을 하리다."

"포상?"

"그대와 데스디아 브라토레, 그리고 둥지에 있는 어린아이들을 그라니트 행성으로 돌려보내 주겠소. 대신 이 기지에 두 번 다시 접근하지 마시오."

라이트스톤이 아이들에 대한 이야기를 하자 치프의 권총이 조금 흔들렸다.

"통신까지 엿들었나?"

"그대들이 군용으로 사용하는 통신의 암호화 체계를 만든 자가 바로 나라오."

라이트스톤은 치프와 데스디아의 사이를 당당히 지나서 제어판 위에 손을 올렸다.

붉은색의 비상등이 꺼지더니 중앙 제어실은 물론 연구 기지 전체의 전등이 제대로 들어왔다.

"만약 그대가 동력로와 탈란바토르를 무단으로 기동시켰다면 동력로가 곧장 자폭했을 것이오. 역시 위험을 감지하는 능력이 좋구려, A—1730."

"칭찬은 됐어. 이 시설을 어지간히 아끼나 보군."

치프가 묻자 제어판을 조작하던 라이트스톤이 고개를 끄덕거렸다.

"이곳은 나의 첫 보금자리이자 수많은 결과물을 탄생시킨 위대한 장소라오. 특히 알타이르 왕족들에게는 진정한 고향이라 할 수 있소."

"시험관에서 태어난 존재에 불과하단 말을 한참 돌려서 하는군."

데스디아가 씁쓸한 웃음소리를 냈다.

그러자 라이트스톤이 손을 멈추고 데스디아를 돌아봤다.

"시험관보다는 좋은 도구를 썼으니 안심하시오."

"……."

데스디아는 즉각 라이트스톤의 헬멧에 주먹을 꽂고 싶었으나 인내심을 발휘했다.

라이트스톤은 제어판 위에 얹은 손을 다시 움직였다.

"이 소중한 곳이 더럽혀지는 꼴을 보느니 완전히 날려 버리려고 했소만… 생각이 바뀌었소. 역시 이곳은 나에게 몇 없는 보물이오. 그러니 내가 제안한 거래에 그대들이 응했으면 좋겠구려."

"저쪽에 물어보지. 하지만 괜찮은 대답이 올 거라고 생각하진 마."

치프는 권총의 총구를 라이트스톤의 헬멧 뒤쪽에 댄 뒤 가이우스와의 통신을 시도했다.

"가이우스. 내 말 들려?"

—오, 어떻게 됐나? 시설은 확보했나?

가이우스가 기대감에 꽉 찬 목소리로 물었다.

"미안. 라이트스톤이 다시 나타났어. 대신 거래를 제안하더라고."

—거래?

"둥지에 있는 애들만은 그라니트 행성으로 돌려보내 주겠다는군. 대신 이 시설은 두 번 다시 건드리지 말래. 아무래도 다른 이들이 귀환하려면 라이트스톤에게 따로 허락을 받아야 할 거 같아."

—음… 무슨 말인지 알 것 같군. 알겠네. 아이들을 모은 뒤 곧장 그곳으로 가겠네.

"미안, 가이우스."

치프는 조심스럽게 사과했다.

—아닐세, 친구여. 우리는 자네가 우리에게 안겨준 희망을 끝까지 안고 기다릴 것이네. 조금 뒤에 보세.

"그래, 준비되면 연락해 줘. 통신 종료."

헬멧에서 손을 뗀 치프는 라이트스톤의 헬멧을 한참 바라보다가 권총을 내렸다.

"그쪽 제안대로 하지."

"잘됐구려."

라이트스톤이 고개를 끄덕였다.

"좀 궁금해서 그러는데, 이곳에 두 번 다시 접근하지 말라고 했잖아?"

치프가 물었다.

"그렇소."

질문을 들은 라이트스톤은 가볍게 대답했다.

"대체 무슨 의도로 그런 조건을 붙인 거지? 너무 말랑말랑한 조건 아닌가?"

치프가 기가 막혀 묻자 라이트스톤은 고개를 좌우로 천천히 저었다.

"그대가 이 행성에 돌아올 여지를 어딘가에 남겼다는 것 정도는 예상하고 있소. 그것이 무엇인지, 어디에 있는지, 또 어떻게 작동하는 것인지는 전혀 모르겠소만, 이곳에 활동 중인 3세대들의 안전을 보장받고 싶다면 약속을 지키는 것이 좋을 것이오."

"흠……."

치프는 고개를 옆으로 돌린 뒤 한숨 소리를 냈다. 알았다는 뜻이었다.

"아, 한 가지 더 충고하리다. A—1730이여."

"뭐지?"

라이트스톤은 다시 제어판을 조작하며 말했다.

"나의 원본, 아르마게일을 너무 믿지 마시오."

111
남겨진 자들에게 희망을

"오, 당신 가짜였어?"

치프는 단 1초의 고민도 없이, 농담하는 투로 라이트스톤의 말을 받아쳤다. 그의 엉뚱하면서도 반사적인 대처는 데스디아에 대한 강력한 신뢰를 바탕으로 하고 있었다.

"치프. 그는 시체를 남겨가며 부활을 반복한 존재야. 모든 게 가짜겠지."

데스디아 역시 즉각 독설을 내뱉음으로써 치프의 말에 어울려 주었다.

"흠……."

라이트스톤은 그냥 숨소리를 냈을 뿐, 묵묵히 제어판을 조작했다.

하지만 그는 대단히 분주했다.

라이트스톤은 중앙 제어실 내의 카메라와 자신의 옷에 부착된 감지 장치를 이용하여 치프와 데스디아의 정신 파장, 심박, 체온 변화, 땀의 분비량 등을 살폈다.

치프는 별다른 변화가 없었고 데스디아 역시 마찬가지였다.

'전혀 모른단 말인가?'

라이트스톤은 약간 혼란스러웠다.

제어판 조작을 마친 그는 팔짱을 끼며 중앙 제어실의 대형 화면을 봤다.

"탈란바토르가 예열되기 위해서는 시간이 필요하오. 그동안 얘기나 합시다. 아까 바라쿠스에 대한 말을 하지 않았소?"

"그랬지."

치프는 이번에도 가볍게 대답했다.

"그가 어떠한 경로로 되살아났는지 알고 있소?"

"엠페라투스가 뱉었다고 하더군."

"뱉었다고 했소?"

"바라쿠스를 직접 만나보니까 외골격도 두껍고 체격도 엄청나더라고. 소화가 쉽진 않았을 것 같아."

농담을 섞어 대답한 치프가 어깨를 살짝 움직여 보였다.

치프가 말한 바라쿠스의 외모는 라이트스톤의 기억과 일치했다. 하지만 라이트스톤은 치프가 말한 '뱉었다'라는 의미를 이해할 수가 없었다.

치프의 헬멧이 좌우로 설레설레 움직였다.

"그런데 바라쿠스는 자신이 엠페라투스에게 어떻게 죽었는지 전혀 기억하지 못했어. 우리에게 이야기를 듣기 전까지는 엠페라투스를 꽤 좋게 봤을 정도였거든."

"그럴 것이오. 바라쿠스와 그의 가족은 엠페라투스와 꽤 친했소. 바라쿠스의 부인은 갓 태어난 파울라를 데리고 엠페라투스의 거처까지 혼자 날아갔소. 똑바로 날아가는 것조차 힘겨워하는 몸이었는데 말이오."

거기까지 이야기한 라이트스톤은 갑자기 웃음소리를 냈다.

"후후. 이 모든 일의 시작이 바라쿠스였다고 하면 그대가 믿을지 모르겠소."

치프와 데스디아는 무슨 소리냐는 표정으로 라이트스톤을 봤다.

"바라쿠스 아저씨가 시작점이라고?"

치프가 물었다.

라이트스톤의 헬멧은 다른 이들이 쓴 헬멧을 완전하게 투시할 수 있었다.

그는 두 사람의 순진한 표정과 시선을 흠뻑 만끽했다. 특히, 감질이 나서 떨리는 치프의 눈빛은 위험한 약에 가까웠다.

라이트스톤의 짧은 도취감은 '원본'에 대한 존재를 떠보려 했던 그 자신의 속셈까지 날려 버릴 정도로 강력했다.

"2세대들과 신들의 싸움은 처절했소. 신을 쓰러뜨렸다고 해서 끝나는 문제가 아니었기 때문이오. 신들의 육체에서 나온 모든 것들은 날개 달린 자들을 감염시켰고, 감염된 자들은 틀림없이 사망했소. 하지만 바라쿠스만은 달랐소. 어찌된 일인지 그는 면역에 성공한 것이오."

라이트스톤의 헬멧이 치프 쪽으로 향했다.

"그대처럼 돌연변이에 가까운 경우라고 할 수 있겠구려."
"괜히 사람 건드리지 말고 얘기나 계속해."
치프는 손에 든 초대형 권총을 까딱까딱 흔들었다.
"바라쿠스에게 면역 인자가 존재한다는 사실을 알아낸 나는 그 친구에게 어떤 여성을 소개해 주었소. 그녀는 유전자적인 문제로 인해 멍청했고, 그에 따라 심리적인 결함이 있었소."
"심리적인 결함?"
치프는 자신이 들을 것으로 예상되는 이야기의 불편함을 참으며 물었다.
"애정이 깊었던 것이오."
"…그게 결함이라고?"
짜증을 참지 못한 치프가 결국 공격적으로 말했지만 라이트스톤은 개의치 않았다.
"바라쿠스는 그녀와 혼인했고, 성공적으로 아이를 낳았소. 파울라는 바라쿠스에게 면역 인자를 물려받았으나 본인이 적극적으로 사용하는 것은 불가능했소. 아무래도 엠페라투스에게 축복을 받은 것이 원인인 것 같소만… 아무튼 충분했소."
도취감에 빠진 라이트스톤이 종교 행사를 하듯 두 팔을 벌렸다.
"성왕, 운캄타르 폐하의 씨를 받기 위한 최고의 자궁이 만들어진 것이오."
그의 발언에 치프와 데스디아는 서로를 잠깐 마주봤다.
"셀레스티아에게 면역 인자라는 것을 이어주기 위해서 그 난리를 쳤다, 이건가?"

데스디아도 화를 참지 않았다.
그러자 라이트스톤이 역으로 그녀에게 다가가 성난 목소리를 냈다.
"그렇지 않소. 가축 교배 따위와 혼동하는 것이오?"
"……."
"면역 인자를 가진 여성만이 운캄타르 님의 아이를 가질 수 있었소. 물론 왕녀가 실제로 태어날 확률은 그리 높지 않았다오. 하지만 확률이 생겼다는 것만으로도 충분했소."
라이트스톤의 온몸이 파르르 떨렸다.
"예전에는 그때를 떠올리기만 해도 즐거웠소만 지금은 아니구려. 안타깝소."
"그러시군."
치프는 그의 심리 상태를 이해하기 어려워 고개를 저었다.
조금 뒤, 치프의 헬멧에 통신이 들어왔다.
가이우스였다.
―아이들을 모두 모았네, 치프.
"그래? 잠깐만."
치프는 라이트스톤 쪽으로 고개를 돌렸다.
중앙 제어실의 화면을 통해 탈란바토르의 상태를 확인한 라이트스톤은 괜찮다는 손짓을 했다.
"좋아, 출발할 준비를 해."
―그러지. 흠, 긴장되는군.
"괜찮을 거야. 통신 종료."
치프가 통신을 마치자 라이트스톤이 중앙 제어실 밖으로 나갔다. 치프는 권총의 상태를 확인한 뒤 데스디아와 함께 라이트스톤의 뒤를 따라갔다.

*　　　*　　　*

연구 기지 뒤쪽의 탈란바토르는 마치 관문처럼 서 있었다.

하늘을 향하고 있어야 할 구멍은 지평선 쪽을 향하고 있었다. 오크들의 행성에 존재하고 있던 게이트와 비슷한 상태였다.

탈란바토르 앞에는 구축함이 착륙할 수 있을 만큼 큰 공터가 존재했다.

그 공터의 한가운데에 벼락이 내리고 가이우스의 모습이 나타났다. 털이 수북한 가이우스의 주변에는 크고 작은 어린 드래곤들이 옹기종기 모여 있었다.

라이트스톤은 그 날개 없는 어린 드래곤들을 차갑게 바라봤다.

드래곤들 사이에는 치프와 데스디아가 둥지에서 만났던 아이들도 있었다. 그 아이들이 치프와 데스디아에게 다가와서 고개를 내밀자 치프는 손으로 턱 아래쪽을 만져주었다.

"모험을 떠날 준비는 됐어?"

"우리가 살던 둥지로 돌아가는 게 아닌가요?"

아이들 가운데 하나가 묻자 치프는 고개를 저었다.

"미안. 여기 남을 어른들을 생각해서라도 마음 굳게 먹어야 해."

어린 드래곤은 실망스러운 표정을 지으며 뒤로 물러났다.

탈란바토르의 중앙 공간에 검은색의 소용돌이가 발생했다. 치프는 자신의 단말기를 꺼내며 그 소용돌이 앞으로 걸어갔다.

"통신 연결 확인. 단말기, 응답해."

—말씀하십시오, 원사님.

"탈란바토르와 연결된 공간을 확인하도록."

—그라니트 행성의 게이트 신호가 잡힙니다.

"좋아. 우선 네가 먼저 저 안으로 들어가서 그 신호가 진짜인지 확인하는 거야."

—저는 희생당하는 역할이군요.

단말기의 대답을 들은 데스디아는 헬멧 속에서 의아한 표정을 지었다.

'단말기에 들어가는 인공지능이 저런 식으로 말할 수 있었나?'

그녀가 보는 앞에서, 치프는 자신의 단말기를 좌우로 흔들었다.

"애들이 희생당하는 것보다는 낫지."

—어쩔 수 없군요. 소임을 다하겠습니다, 원사님.

"행운을 빌지."

치프는 탈란바토르의 소용돌이를 향해 단말기를 던졌다.

소용돌이의 아래쪽에 빨려 들어간 단말기는 작은 파문을 남기며 그곳에서 사라졌다.

라이트스톤이 탈란바토르로부터 멀리 떨어지는 가운데, 치프는 헬멧에 손을 대고 단말기와의 통신을 시도했다.

"단말기, 들리나? 들리면 응답해."

단말기를 호출한 치프는 가만히 응답을 기다렸다. 어린 드래곤들은 물론 가이우스까지도 긴장한 채 치프를 주시했다.

—여기는 단말기. 맑고 깨끗하게 잘 들립니다.

응답을 들은 치프는 가볍게 한숨을 내쉬었다.

"현재 위치를 보고하도록."

—그라니트 행성의 게이트 앞입니다. 영상을 전송하겠습니다.

치프의 헬멧 안쪽에 작은 화면이 떠오르더니 그라니트 행성의 전경이 들어왔다.

단말기가 우주 공간에서 회전하고 있는지 화면 속의 물체들 역시 시계 방향으로 움직였다.

치프는 데스디아의 단말기를 빌린 뒤 단말기의 위치와 게이트의 위치, 그라니트 행성의 현재 시각, 태양의 위치를 종합하여 영상에 거짓이 없는지를 확인했다.

"멀미가 날 것 같군. 아무튼 현재 위치의 탈란바토르와 그라니트 행성 인근의 게이트가 연결되었음을 확인. 긴급 지원 신호 AAX113918을 발동."

—원사님?

단말기의 AI, 잭팟이 신호 코드를 듣고 대단히 당황했다.

"통신 상태가 안 좋은가? 긴급 지원 신호 AAX113918이야."

—긴급 지원 신호 AAX113918을 확인. 발동하겠습니다, 원사님.

"좋아, 거기서 기다려."

치프는 데스디아에게 가까이 다가오라는 손짓을 했다.

"뎃디, 아이들을 데리고 가서 기다리도록 해. 위스콘신이 곧

게이트가 있는 곳으로 올라올 거야."

"그렇군."

데스디아는 두 팔을 벌린 뒤 치프를 꼭 껴안았다.

"이상한 생각은 하지 마, 당신."

"걱정 마. 꼭 돌아갈게."

"……."

그의 대답을 가만히 곱씹은 데스디아는 치프의 양어깨를 툭 쳐주고 뒤로 물러났다.

"당신, 정말 욕심쟁이로군."

데스디아의 지적을 들은 치프는 아무 말도 하지 않았다.

심호흡을 하며 그에게서 멀어진 데스디아는 어린 드래곤들을 향해 팔을 흔들었다.

"자, 다들 나를 따라오도록 해. 고향으로 가는 거야."

그녀는 일부러 목소리에 힘을 실었다.

"모험 아니었나요?"

"고향으로의 모험이지. 자, 어서 가자."

어린 드래곤들은 탈란바토르의 거대한 위용과, 그 안에 존재하는 검은색 소용돌이로부터 본능적인 공포를 느꼈다.

하지만 자신들의 뒤를 지켜주는 가이우스와 자신들을 인도하고 있는 데스디아의 파워풀한 분위기, 그리고 권총을 점검하며 고요하게 시간을 보내는 치프의 모습에서 용기를 얻고 발을 움직였다.

"A—1730이여."

탈란바토르로부터 멀찌감치 떨어져 있던 라이트스톤이 조금 큰 목소리로 치프를 불렀다.

"가장 최근에 괴로움을 느낀 것이 언제요?"

"오늘 새벽에도 악몽을 꿨지."

치프는 대형 권총으로 라이트스톤을 겨눴다.

"웃기는 짓을 할 생각이라면 그만둬."

"싫소."

탈란바토르의 소용돌이가 갑자기 속도를 높였다.

휘몰아치던 눈보라가 탈란바토르 안쪽을 향해 방향을 틀었다.

바람의 방향이 바뀐 게 아니었다. 탈란바토르가 주변의 모든 것을 빨아들이고 있었다.

데스디아는 본능적으로 몸을 낮추고 버텼으나 어린 드래곤들은 그러지 못했다.

그들은 발버둥을 치며 저항했지만 아직 완전히 돋아나지 않은 날개는 꿈틀거리기만 할 뿐, 빨려 들어가는 것을 막아주진 못했다.

"안 돼!"

비명을 지른 가이우스가 라이트스톤을 향해 꼬리를 휘둘렀다. 그러나 그의 두꺼운 꼬리는 갑자기 둘러쳐진 보호막에 막혀 튕겨나가고 말았다.

"닥치게, 영주."

라이트스톤이 손짓하자 가이우스의 몸이 하얗게 변하더니 완전히 얼어버리고 말았다.

"치프!"

데스디아는 바닥을 기어 치프 쪽으로 다가가려 했다.

하지만 마지막으로 빨려 들어가던 어린 드래곤이 지푸라기를 잡듯 꼬리로 그녀를 붙잡아 당겼다.

어린 드래곤들, 그리고 데스디아의 모습이 그 자리에서 사라졌다.

치프는 전투복의 자세 제어 로켓을 이용하여 탈란바토르의 흡입력을 버티고 있었다.

그의 헬멧 안에 잭팟의 목소리가 울려왔다.

—원사님. 그라니트 행성의 게이트에서 반응이 사라졌습니다. 문제가 있습니까? 언제 오시는 겁니까?

흡입을 계속하던 탈란바토르의 이곳저곳이 열리더니 새빨갛게 달아오른 골격을 노출하고 열을 방출했다.

방열과 동시에 탈란바토르의 소용돌이가 완전히 잦아들었다.

자세 제어 로켓을 끈 치프는 헬멧에 손을 댔다.

"단말기. 잭팟. 응답해."

응답은 없었다. 다시 방향을 되찾은 눈보라의 괴성만이 들려올 뿐이었다.

라이트스톤이 두 팔을 벌리며 치프에게 다가갔다.

"기분이 어떠시오, A—1730? 괴롭소? 아니면 외롭소?"

"충고하지. 전문가에게 함부로 시비 걸지 마."

치프는 상대에게 권총을 겨누고 방아쇠를 당겼다.

그 권총의 위력에 대비하여 자신이 동원할 수 있는 모든 장비를 몸에 두르고 있던 라이트스톤은 당당하게 탄환을 받아내려 했다.

하지만 가이우스의 꼬리와 달리 치프의 탄환은 검보라색의 폭발을 일으키며 라이트스톤의 보호막을 단숨에 날려 버렸다.

치프 쪽으로 걷던 라이트스톤의 두 다리가 멈췄다.

"이것은… DD탄? 아까 영하 100도 이하에선 격발이 안 된다고 했지 않소?"

"역시 첫 번째 통신을 기점으로 우리의 모든 걸 엿듣고 있었군. 행성 냉각 장치가 있던 곳에서도 신나게 쐈던 게 DD탄인데 여기서 격발이 안 될 리가 없잖아? 당신, 바보인가?"

"…후, 건방진!"

라이트스톤의 온몸에서 검은색의 아지랑이가 피어올랐다.

치프는 헬멧의 화면 구석에 뜨는 '해킹 감지' 메시지를 보고 움찔했다.

'아뿔싸!'

치프의 전투복에서 동력로가 튕겨 날아갔다.

동결 지옥의 냉기가 치프의 몸 전체를 급습해 왔다.

"이 지겨운 인연을 끝냅시다, 피조물이여."

라이트스톤의 오른팔에 장비된 두툼한 물체로부터 붉은색의 광선검이 뻗어 나왔다.

치프의 헬멧 안쪽 화면에 다시 불이 들어왔다.

화면의 오른쪽 상단에는 5분이라는 시간이 표시됐고, 그 시간은 차츰 줄어들었다.

그것은 경장갑 전투복에 내장된 보조 배터리의 성능 보장 한계 시간이었다.

보조 배터리는 최대 10시간까지 전투복의 성능을 유지해 줄 수 있지만 중력이나 기온, 방사능의 종류와 농도 등에 따라 그 한계 시간이 변동된다.

동결 지옥의 한가운데에서 보조 배터리가 제시한 한계 시간은 5분이었다. 그리고 그것도 이미 과거의 숫자였다.

하지만 치프는 그 숫자에 희망을 걸지 않았다.

해킹만으로 전투복의 동력로를 강제 사출 시킨 라이트스톤에게 있어서 보조 배터리 따위는 언제든 무력화시킬 수 있는 실낱에 불과했다.

'전투복의 동력로와 관련된 모든 장비들은 해킹에 대비해서 독립 방식으로 꾸며져 있어. 적어도 설명서에는 그렇게 적혀 있었지. 아무래도 그 설명서의 저자가 라이트스톤이었나 보군.'

치프는 전투복의 제어권이 이미 라이트스톤에게 넘어가 있다고 판단했다.

"피조물이여. 당신이 얌전히 있으니 좀 불안하구려."

광선검 출력 장치에서 사출된 붉은색의 빛이 라이트스톤의 헬멧과 복장에 달라붙어 있었다.

라이트스톤의 코트가 여러 갈래로 갈라지더니 다시 얽히고설키면서 굴곡이 뚜렷한 전투용 갑옷의 모습으로 변했다.

갑옷의 뒤편에서 뿜어져 나온 검은색의 아지랑이가 망토처럼 뭉쳐져 펄럭거렸다.

치프는 그 아지랑이의 망토를 주목했다.

'저 망토는 장식이 아니야. 입자들이 바람의 세기와 방향에 따라 움직이고 있어. 설마 에너지 반응식 보호 장구인가? 아직 기획 단계에 불과할 텐데?'

치프는 그 망토가 아르마게일이 준 DD탄, 즉 드래곤 디스트로이어 탄두마저 막아낼 가능성이 있다고 판단했다.

그는 DD탄이 장전된 권총을 다시금 라이트스톤에게 겨눴다.

"불안하시다고? 비타민 부족 같군."

"후후."

가볍게 웃은 라이트스톤은 두 팔을 가볍게 벌렸다. 치프는 저 자세가 그의 버릇이 아닌가 생각해 봤다.

"엠페라투스와의 2차전, 빅시티에 숨어 있던 신, 그리고 실버로드와 싸울 때처럼 발버둥을 쳐야 당신답지 않겠소? 난 그 모습을 기대했소만?"

"그건 전부 내가 이긴 싸움이잖아? 당신은 내가 몸부림을 치며 죽는 모습을 기대하고 있을 텐데?"

"정답이오."

라이트스톤은 두 팔을 내렸다.

"왕녀가 그대에게 적용한 힘, '왕의 군대'는 이 행성에서 먹히지 않소. 그 증거로, 그대가 데스디아 브라토레와의 싸움에서 입은 부상은 변화가 거의 없소. 갈 곳을 잃은 그대의 영혼은 이 동결 지옥에서 영원히 떠돌 것이오."

"말이 나온 김에 분명히 하고 싶군. 라이트스톤 사장."

치프가 권총을 두 손으로 파지하며 말했다.

"정말 여기서 끝을 보고 싶나?"

그의 목소리는 묵직했다. 앞서 상대했던 강적들을 대할 때의 톤이었다.

"아까 그대에게 약속하지 않았소? 다시 만나면 죽이겠다고 말이오."

"흠."

치프는 코웃음 소리를 냈다. 그뿐이었다.

"피조물이여. 혹시 이곳에서 죽는 것이 두렵소?"

라이트스톤이 웃음소리를 섞어 물었다.

"그렇진 않아. 이런 곳에서 죽는다면 오히려 드라마틱하겠지."

치프는 라이트스톤의 뒤로 보이는 눈보라와 희미한 설산들, 그리고 그 산들의 웅장한 자태를 아주 잠깐 훑어봤다.

"이곳은 그림이 되는 장소거든."

"……."

라이트스톤은 말이 없었다.

그는 이 동결 지옥의 경치를 보면서 '쓸쓸해서 참 좋다'라는 혼잣말을 자주 입에 담았다.

거듭되는 실패와 좌절, 그리고 고독을 이겨내며 자신이 원하는 것들을 하나씩 이뤄낼 때의 기억이 치프를 통해 되살아나서 라이트스톤의 감정을 흔들었다.

"라이트스톤 사장. 당신은 엠페라투스를 없애 버리는 게 목적이었잖아?"

"그렇소."

"당신은 이런 웃기는 장소에서 충실한 시설을 꾸미고 살아온 자야. 대체 몇 번이나 좌절해야만 이러한 시설을 꾸밀 수 있는 거지?"

"……."

"단 한 번의 실패를 이기지 못하고 무너지면 정말 끝장이라고, 사장. 아직 늦지 않았으니 그만하는 게 어때?"

"후후."

라이트스톤은 웃었다.

"그대의 입장이 피조물이 아니었다면 참 좋았을 것 같소."

그는 그렇게 선을 그었다.

치프는 1분 남짓 남은 배터리 한계 시간을 보며 한숨을 쉬었다.

"그래? 유감이네."

단념한 치프는 헬멧에 손을 대고 보조 배터리의 전원 공급을 끊었다.

자신의 손으로 그의 보조 배터리를 망가뜨리려 했던 라이트스톤은 생각지 못한 그의 행동에 당황했다.

치프는 즉각 권총을 다시 쥐고 검지를 까딱였다.

그가 쏜 DD탄은 순간적으로 반응한 라이트스톤의 망토에 가로막혔다.

망토는 DD탄의 위력에 반응하여 절반 이상이 터져 나갔다. 그렇지만 갑옷 전체에서 쏟아져 나온 아지랑이가 망토의 형태를 순식간에 재구축했다.

"잔재주를! 피조물 따위가!"

아지랑이가 아직 가시지 않은 상황에서 라이트스톤이 광선검의 출력을 높였다.

그대로 돌진하여 치프의 목숨을 끊으려 했던 라이트스톤은 아지랑이가 사라지자마자 동작을 멈췄다.

치프가 있던 자리에는 검은색의 거대한 기계 덩어리가 자리

잡고 있었다.

길고 두꺼우며 투박한 두 팔을 고릴라처럼 늘어뜨리고 있던 그 기계는 라이트스톤 쪽으로 방향을 맞춰 움직였다.

"질문 있는데, 당신의 예비용 육체는 몇 개나 남았지?"

라이트스톤은 광선검을 거두고 권총 형태의 무기를 손에 들었다.

"데토네이터 버전 4.8이라. 영리하구려. 무장의 구축 속도도 인상적이오. 그대의 무장 제조 능력이 향상된 것을 보니 창조주의 입장에서 아주 기쁘오."

라이트스톤이 든 권총 형태의 무기에서 푸른색의 빛이 올라왔다. 연구 기지 곳곳이 순식간에 입자로 변하여 권총 앞에 모여들었다.

권총이 일순간 만들어낸 대형 건하운드 포대가 치프의 데토네이터를 타격하여 밀어냈다.

그 포대는 라이트스톤이 빅시티에서 엠페라투스를 공격했을 때 사용한 것과 동일한 물건이었다.

치프의 데토네이터가 공터를 고속으로 이동했다. 속도, 이동방향 모두 불규칙했다. 그것은 포대로부터 날아올 공격을 피하기 위한 회피 기동이었다.

아쉽게도 그 기동성은 적의 무기가 금속 발사체, 혹은 미사일일 때에나 효과를 발휘할 수 있었다.

포대의 포구에서 뿜어진 붉은색의 광선이 피안화의 수술처럼 활짝 갈라졌다.

각각의 광선들은 레일건 탄환의 속도를 아득히 능가하여 치프의 데토네이터를 무자비하게 타격했다.

각 관절 부위와 로켓 모터를 모두 당해 버린 데토네이터가 공터의 단단한 바닥을 엉망진창으로 굴렀다. 데토네이터와 지면의 마찰 부위에서 불똥이 난잡하게 튀었다.

라이트스톤이 손에 든 권총, 아니 건하운드를 데토네이터 쪽으로 돌리자 포대 역시 고속으로 데토네이터를 향해 포구를 벌렸다.

"데토네이터 버전 4.8은 날개 달린 자와의 싸움을 상정하고 설계된 최초의 모델이오. 외장, 골격, 동력 구조 모두 구형 데토네이터와는 격이 다르오. 실버로드와 데토네이터 4.8의 전투 데이터를 제대로 모으지 못한 게 아쉽구려."

라이트스톤의 헬멧에 경고 신호가 잡혔다.

데토네이터의 어깨에서 뿜어진 대량의 카본 블레이드가 라이트스톤의 몸을 노리고 움직이며 공기를 찢어댔다.

분자 하나의 접촉면을 이용하여 적을 자르는 그 무기는 그냥 봐선 대단히 가는 실에 불과했다. 카본 블레이드에 찢긴 공기가 사방에서 너울대는 모습은 아름답기까지 했다.

다만 카본 블레이드의 실상은 평지에서의 살상 범위가 3킬로미터에 이를 뿐만 아니라 보호 장구를 갖춘 인간조차도 베어버릴 수 있는 대량 학살용 병기였다.

치프는 알타이르 행성을 침공한 오크들을 상대로 카본 블레이드를 사용하여 재미를 톡톡히 본 경험이 있었다.

라이트스톤은 망토를 낙하산처럼 확장하여 카본 블레이드들을 막아냈다.

'이제야 맛이 나는군.'

그는 기어코 시작된 치프의 저항을 즐겁게 기대했다.

카본 블레이드들이 노리는 것은 라이트스톤만이 아니었다. 그가 만든 건하운드 포대가 오히려 최우선 공격 대상이었다.

그러나 포대는 카본 블레이드들에게 휘감기기 전에 금속 입자로 변하여 사라졌다.

포대를 이루고 있던 금속 입자들은 권총형 건하운드를 만지작거리는 라이트스톤에게 일제히 모여들어 또 다른 형태로 구축되었다.

그것은 하얀색의 데토네이터 4.8이었다.

"4.8버전은 한랭지 전용 모델도 존재한다오. 아쉽게도 설계만 되었을 뿐, 간단하게 기각되었소. 개인적으로 매우 아쉬웠소."

"4.8의 설계자도 당신인가?"

치프가 데토네이터를 일으키며 질문했다.

"그럼 누구라고 생각했소?"

"잘됐군. 미안한데 조종석을 가죽 소재로 바꿔주면 안 될까?"

무장 제조 능력에 의해 기능을 되찾은 치프의 데토네이터가 두 팔을 좌우로 뻗었다.

조종석에 앉은 치프의 헬멧 안쪽에서 백금색의 빛이 피어올랐다. 그것은 그의 무장 제조 능력이 고양되고 있음을 알리는 신호였다.

데토네이터의 양팔에 권투 글러브와 비슷한 무장이 추가됐다. 그것은 보행 전차와의 육박전에 대비해 설계된 전기 충격 너클이었다.

너클 전체에 흐르는 대량의 전류가 주변의 공기를 진동시켰다.

"그 무장은 구식 데토네이터를 위한 것일 텐데 말이오."

라이트스톤은 그렇게 지적하면서도 자신이 탄 데토네이터에도 너클을 출력하여 장착시켰다.

"하지만 재밌어 보이는구려!"

라이트스톤이 즐겁게 소리쳤다.

서로에게 고속으로 접근한 데토네이터 4.8이 서로에게 주먹을 휘둘렀다.

너클끼리 충돌하면서 전기 불꽃이 튀고 천둥소리가 터졌다. 근방의 산 위에 덮인 빙하들이 그 충격음에 놀라 깨지고 무너져 내렸다.

빙하의 산사태는 눈의 산사태와 비교하여 규모와 위력이 달랐다. 치프와 라이트스톤이 탄 데토네이터들이 산사태를 오판하여 지진 경보를 울릴 정도였다.

"멋진 산사태로군!"

치프의 데토네이터가 무릎을 세워서 라이트스톤의 기체를 타격했다. 그 무릎에는 어느 순간 너클이 붙어 있었다.

타격을 받은 라이트스톤의 기체가 사정없이 밀려 나갔다. 그렇지만 데토네이터 4.8은 한 차례의 너클 공격으로 망가질 만큼 무른 물건이 아니었다.

라이트스톤은 자신의 기체 무릎에도 너클을 적용시켰다.

"피조물이여! 그대의 장점은 역시 임기응변이오!"

두 기체의 주먹과 무릎이 연속으로 충돌하며 연구 기지를 흔들었다. 그 파괴력은 얼어붙어 있는 가이우스에게도 영향을 주었다.

얼어붙은 그의 털이 망치에 맞은 고드름처럼 깨지고 있었다.

치프와 라이트스톤의 격돌은 끝없이 이어질 것 같았다. 빙하의 산사태가 그들을 덮쳤지만 기체간의 충돌이 산사태까지 갈라 버렸다.

치프는 장기전으로 갈 생각이 없었다. 몸을 소모하는 치프와 동력을 소모하는 라이트스톤의 리스크는 비교 대상이 아니었다.

실버로드와 결전을 벌일 때, 상상 이상으로 시간을 소비하다가 큰 손해를 봤던 치프는 최대한 빨리 이 싸움을 끝내고 싶었다.

조종간을 바삐 움직이던 치프는 자신의 허벅지에 거치된 대형 권총을 흘끔 봤다.

'잭팟이 있었다면 여러 가지 도움을 받을 수 있었을 텐데 말이야.'

결국 치프의 왼쪽 눈까지 백금의 빛을 토했다.

두 눈을 빛내는 치프가 권총의 탄창을 재빨리 분리하고 장전된 DD탄까지 뽑아냈다.

'데토네이터의 동력을 연결!'

무장 제조에 의해 만들어진 동력 케이블이 조종석 뒤쪽에서 튀어나와 치프의 권총 아래쪽에 박혔다.

케이블을 통해 에너지를 공급받은 권총은 곳곳에서 흰 연기를 뿜어댔다.

순간 라이트스톤의 기체가 치프의 기체를 두들겼다.

치프의 데토네이터는 두 팔이 떨어져 나갔고, 이어서 다리까지 파열되어 뒤로 나가떨어졌다.

팔의 너클로 상대 기체의 몸통을 찍어 누르려 했던 라이트스톤이 갑자기 흠칫했다.

조종석을 열어젖히고 나온 치프가 자신에게 권총을 겨눴기 때문이다.

치프가 쥔 대형 권총의 외장이 좌우로 활짝 열렸다. 전개된 외장의 틈새로 파란색의 전류와 방사능이 해일처럼 방출되었다.

"아이디어 무기."

중얼거린 치프가 방아쇠를 당겼다.

권총에서 뿜어진 푸른 광선이 모든 것을 가로질렀다.

빛은 서서히 사라졌다.

엉망이 된 공터 위에 두 대의 데토네이터가 누워 있었다.

검은색의 기체는 팔다리를 잃은 상태였고, 흰색의 기체는 상체의 일부만이 남아 있었다.

기체와 마찬가지로 허리 아래를 잃은 라이트스톤은 장갑판이 뜯겨 나가 노출되어 버린 하늘을 보며 가만히 숨을 쉬었다.

"신들의 무기를 쓰다니……. 피조물이여, 그대가 사용한 그 권총은 단지 값비싼 무기일 뿐, 그처럼 어처구니없는 물건은 아니었을 텐데 말이오?"

"떠올랐을 뿐이야, 라이트스톤 사장. 덕분에 내 몸은 엉망이지."

치프는 데토네이터 위에 누운 채로 대답했다.

"떠올랐다……?"

라이트스톤이 허탈한 목소리로 중얼거렸다.

"하긴, 그대는 게이트 크기의 탈란바토르를 만들어낸 전적이 있으니 이상할 것도 없구려. 아무래도 그대에게 잠시 주어졌던 신들의 지식이 그대의 머릿속에 애매하게 남아 있었나 보오."

라이트스톤은 도중에 말을 끊고 기침했다. 몸이 들썩거릴 정도로 심한 기침이었다.

"당신이 만들어낸 신들의 무기는 '마이크로 블랙홀 사출 장치'라오. 물론 진짜 블랙홀을 사출하는 물건이 아니라 블랙홀이라는 '개념'을 사출하는 물건이기에 우리 둘 다 살아 있는 것이오. 후후……."

라이트스톤은 하늘을 향해 힘없이 웃었다.

그는 현재 옷의 성능 덕분에 강제로 살아 있는 상태였다. 그런데도 그는 마이크로 블랙홀 사출 장치에 대한 얘기를 계속하려고 했다.

딱히 이유는 없었다. 그는 치프가 마이크로 블랙홀 사출 장치에 대해서 이해하리라는 기대조차 하지 않았다.

그는 정말 오랜만에 해방감을 만끽하고 있었다.

"운캄타르 님과 엠페라투스가 결전을 벌일 때, 운캄타르 님은 거의 마지막 수단으로 그 무기를 사용했다오. 그 결과, 고향의 대륙은 어지러이 쪼개졌고… 후, 그만합시다."

생명에 한계가 가까워졌음을 깨달은 라이트스톤은 마지막 힘을 다해 말했다.

"A—1730이여. 그대의 솜씨라면 내 머리를 쏠 수 있었을 텐데,

왜 다리를 노린 것이오?"

"마지막으로 확인해 보고 싶어서 말이야."

치프가 윗몸을 일으켜 라이트스톤과 마주봤다.

"라이트스톤 사장. 다 때려 부수고 싶을 정도로 애정이 있다면 포기하지 마. 한 번 더 용기를 내보라고."

"흠."

라이트스톤은 마지막 힘을 짜내어 오른손을 들었다.

주먹을 꽉 쥐고 있던 그는 치프를 향해 천천히 가운데 손가락을 펴 보였다.

"이거나 드시오, 피조물."

"…하."

치프는 헛웃음을 터뜨리고 말았다.

그것을 끝으로 숨이 끊긴 라이트스톤은 완전히 늘어지더니 삽시간에 냉동되었다.

그의 끝을 본 치프는 다시 드러누웠다.

그는 전원이 끊겨 아무런 메시지도 표시되지 않는 헬멧의 창을 보다가 가만히 눈을 감았다.

'이대로 그냥 잠들고 싶군. 영원히 말이야.'

누워 있던 치프가 일어났다.

'하지만 아직은 안 돼.'

그는 권총에 연결되어 있던 전선을 뽑아 자신의 전투복에 연결했다.

얼어가던 그의 전투복이 급속으로 달아오르고, 투명한 금속에 불과했던 헬멧의 창에도 온갖 메시지들이 떠올랐다.

'전투복의 퓨즈가 끊어지기 직전이군. 빨리 끝내야겠어.'

그가 헬멧의 옆쪽에 손을 댔다.

"이제 됐어. 나와도 돼, 아저씨."

그의 말에 반응하듯, 빙하 사이에 끼어 멈춰 있던 탈란바토르가 다시 가동되었다.

탈란바토르 중앙에 검은색 소용돌이가 일어나고, 그 한가운데에서 짙은 보라색의 거대한 드래곤이 머리를 내밀었다.

엠페라투스였다.

"네놈, 욕심쟁이로군. 저 멍청이를 꼭 네 손으로 끝장내고 싶었나?"

엠페라투스가 불쾌감 섞인 목소리로 물었다.

"그건 아냐."

치프는 아무것도 감지되지 않는 라이트스톤의 시신을 보며 대답했다.

"아저씨가 보는 앞에서 사장을 처리하고 싶진 않았어."

"날이 추우니 감수성이 솟구치나 보군."

엠페라투스가 비웃음을 흘렸다.

라이트스톤의 데토네이터가 입자로 변하고는 눈보라에 뒤섞여 사라졌다. 얼어붙은 라이트스톤의 시체도 강풍에 밀려 굴러다녔다.

치프는 그의 시신을 수습하여 눈 속에 묻어주었다.

라이트스톤의 헬멧을 벗겨서 그의 생김새를 확인해 볼까 하는 생각도 해봤지만 뜯겨진 복장 아래로 보이는 그의 푸른색 피부를 보고 단념했다.

엠페라투스는 치프의 행동을 잠자코 지켜봤다.

라이트스톤의 매장을 마친 치프는 눈의 봉분을 향해 손을 흔들었다.

"다시는 만나지 말자고, 사장."

치프는 아직도 얼어붙어 있는 가이우스를 돌아봤다.

"이 동결 지옥에 있는 드래곤들을 고향으로 돌려보내 줄 수는 없나?"

"룰은 룰이다, 치프."

엠페라투스가 눈을 번뜩이며 경고했다.

"그라니트 행성에 있는 탈란바토르들을 모두 부숴라. 하나만 남기고 말이지."

"하나를 남기라고?"

치프가 엠페라투스를 향해 돌아섰다.

"저번에는 전부 부수라고 했잖아? 그리고 그 남은 하나에서 뭐가 나타날지 어떻게 알아?"

"네 말대로 불분명하지. 그러나 뭐든 그 하나의 탈란바토르에서만 그라니트 행성에 나타날 수 있다. 출구가 여기저기에 있는 것보다는 낫겠지."

치프는 마치 마네킹처럼 가만히 서서 엠페라투스를 노려봤다.

"판이 어떻게 돌아가는지 확실히 깨달으셨나 보군. 그 탈란바토르에서 대체 뭐가 나타나길 바라는 거지? 아는 대로 불어!"

치프는 한시라도 빨리 이 모든 이야기들을 끝내고 싶었다.

엠페라투스는 철창 안의 애완용 원숭이를 구경하는 사람처럼 즐겁게 웃으며 그의 감정을 능욕했다.

"종말이 고동치는구나, 치프. 내가 원하는 방향으로 말이야."

"노래 가사 같은 말은 집어치우라고!"

"후후. 볼일이 끝나면 이곳으로 다시 와라. 계속 꾸물거리면 통로에 보호 중인 정령술사와 어린 녀석들을 본래 가야 할 장소로 보내 버릴 것이다."

"본래 가야 할 장소? 라이트스톤이 설정한 곳 말이야? 거기가 어딘데?"

"오크라는 놈들이 잔뜩 모여 있는 곳이더군."

"……."

어이가 없어진 치프는 라이트스톤을 묻어준 곳을 봤다.

"시간 낭비 말고 어서 가라."

엠페라투스는 짜증이 바짝 오른 치프를 앞발로 툭 밀어 재촉했다.

"밀지 마! 빌어먹을!"

소리를 친 치프는 자신의 데토네이터 안으로 들어간 뒤 무장 제조를 사용하여 기체를 복구했다.

떨어져나간 팔다리가 다시 생성된 검은색의 데토네이터는 연구 기지 옆쪽에 뚫린 도로 위를 질주했다. 길을 막고 있는 빙산은 팔에 장비된 너클로 박살 냈다.

치프의 뒷모습을 지켜보던 엠페라투스가 가이우스를 향하여 눈을 번뜩였다.

냉동 상태에서 일순간 풀려난 가이우스는 털썩 쓰러지더니 머리를 흔들며 정신을 가다듬었다.

"으음……!"

방향감각을 되찾은 가이우스는 신음을 하며 주변을 살폈다.

"오랜만이구나, 영주 나부랭이여."

엠페라투스의 목소리를 들은 가이우스가 그쪽으로 몸을 돌렸다.

"죄악의 선조여!"

가이우스의 거체가 워낙 빨리 움직이는 바람에, 산에 걸쳐 잠시 주춤하고 있던 빙하들이 다시 움직이려 했다.

"이 추위에 어울리는 모습으로 변했군. 진화라고 해야 하나? 후후, 그동안 잘 지냈나?"

엠페라투스의 두 눈에서 검은색의 전류가 찌릿찌릿 흘렀다.

산에서 굴러 떨어지던 빙하들이 그의 힘에 휘말리면서 단숨에 증발했다.

가이우스는 엠페라투스의 압도적인 힘을 보자마자 전의를 상실했다.

'내가 알던 엠페라투스의 힘과는 차원이 다르군. 그는 전과 비교할 수 없을 정도로 강해졌어!'

가이우스는 엠페라투스를 세심하게 관찰했다.

"너무 두려워 마라, 영주여. 네놈에게 제안하고 싶은 것이 있다."

"제안이라 했소?"

가이우스의 목과 머리가 움찔했다.

"그렇다."

엠페라투스의 입꼬리가 즐겁게 올라갔다.

"어린 녀석들의 기억을 살피니, 네놈이 이 동결 지옥에서 다른 녀석들을 이끌었더군. 날개를 희생해 가면서 말이야."

"……."

가이우스는 그의 다음 이야기를 가만히 기다렸다.

"네놈은 지도자의 자격이 있어. 이미 지도자지만 말이지."

엠페라투스가 그를 칭찬했다.

"대체 무슨 말을 하고 싶은 것이오?"

가이우스는 노골적으로 경계심을 드러냈다.

"넌 왕녀라는 이름의 '다른 종족'에게 너와 네 종족이 지배당하는 현실을 납득할 수 있나? 그 계집은 그저 운캄타르의 자손일 뿐, 너희와는 근본이 다른 존재다. 게다가 그리 유능하지도 않아."

"그건 알고 있소."

가이우스는 흔들림 없이 말했다.

"알고 있다면 대화가 빠르겠군. 내 제안을 받아들인다면 네놈을 왕으로 만들어주마. 또한 이 동결 지옥에 잠들어 있는 자들도 모두 돌려보내 주겠다."

엠페라투스의 유혹은 대단히 달콤했다.

하지만 가이우스는 가볍게 숨을 내쉬는 것으로 그의 유혹을 떨쳐냈다.

"죄악의 선조여. 내가 당신의 제안을 받아들인다면, 나 역시 그 순간부터 다른 종이 되는 것이나 다름없소."

"흠……."

엠페라투스의 표정이 서서히 식었다.

"난 이곳에 남아서 영주의 소임을 다할 것이오. 제안은 거절하리다."

가이우스는 눈을 감고 고개를 저었다.

"네놈을 따르는 자들도 그렇게 생각할까?"

엠페라투스가 살짝 웃었다.

"만약 그러한 자가 있다면, 내 직접 목숨을 바쳐 그대의 가면을 벗겨낼 것이오."

가이우스가 망설임 없이 말했다.

"그렇군."

엠페라투스가 머금은 미소의 질이 달라졌다.

"현명한 충신이여. 부디 그대의 마음이 변치 않길 기원하겠다."

엠페라투스로부터 뿜어져 나오던 모든 기운들이 개운하게 사라졌다.

가이우스는 자신이 시험받았다는 사실을 깨달았지만 그렇게 기쁘진 않았다.

그는 엠페라투스가 자신들의 눈앞에서 저지른 광기의 살육을 뚜렷이 기억하고 있었다.

'복잡하군. 치프는 더욱 복잡하겠지. 지금까지 엠페라투스 외에도 온갖 적들과 상대해 왔을 테니까.'

그는 이 모든 일들이 끝났을 때, 자신들이 치프에게 어떤 보상을 해줄 수 있을지 감이 잡히지 않아 마음이 무거웠다.

"아이들의 안부를 가르쳐 주시오."

가이우스가 엠페라투스에게 물었다.

“어린 녀석들은 정령술사와 함께 탈란바토르 사이에 놓인 통로에 얌전히 잠들어 있다. 통로는 날개 달린 자들조차도 제정신으로 거닐 수 있는 곳이 아니거든.”

그들이 있는 곳을 향하여 치프의 차량이 달려왔다.

치프가 경적을 울리자 엠페라투스가 앞발을 뻗어 그의 차량을 들어 올렸다.

치프는 운전석의 문을 열고 가이우스 쪽을 향해 팔을 흔들었다.

“조금만 더 참아, 가이우스! 꼭 꺼내줄게!”

“믿고 있겠네, 친구여.”

가이우스가 눈웃음을 지었다.

엠페라투스와 치프의 차량이 탈란바토르의 검은색 소용돌이 속으로 사라졌다. 엠페라투스의 힘을 받아 강제로 기동되던 탈란바토르는 곧 빛을 잃고 침묵에 빠졌다.

그 거대한 금속 물체를 아쉽게 바라보던 가이우스는 이윽고 두꺼운 번개로 변하여 그곳을 떠났다.

112
그들을 반겨주는 것

데스디아가 눈을 번쩍 떴다.

그녀의 눈에 들어온 것은 대낮에도 어두울 만큼 깊은 숲이었다.

헬멧을 조심스럽게 벗은 그녀는 주변에 느껴지는 정령의 농도를 파악했다.

'여긴 그라니트 행성이로군. 하지만… 어쩌지?'

그녀의 후각을 자극하는 것은 숲의 습한 냄새만이 아니었다.

여러모로 굶주린 오크들의 냄새가 진하게, 그것도 그녀를 향해 풍겨오고 있었다.

데스디아는 벗은 헬멧을 손에 들고 바람처럼 나무 위로 올라갔다.

나뭇가지에 헬멧을 걸친 그녀는 깊은 심호흡을 통하여 마음을 진정시키고 정령과 교감했다.

'오크들이 꽤 가까운 곳에 있군. 감지되는 숫자는 약 80명. 2분 내로 이쪽에 도달할 거야. 나를 감지한 건가?'

눈을 감고 있던 그녀가 고개를 들고 하늘을 봤다.

브리치 하나가 하늘에 떠 있었다.

'저걸 기준으로 다가오고 있군. 저 녀석들, 설마 라이트스톤과 미리 얘기가 된 건가? 하지만 왜 이곳이지? 특별히 강력한 존재가 감지되진 않는데?'

그녀는 일단 이곳을 벗어난 뒤 회사와 연락을 할 방법을 찾아보기로 결심했다.

순간 코끼리, 혹은 코뿔소 크기의 생물들이 그녀의 은신처 쪽으로 시끄럽게 몰려왔다.

"우와, 고향이다! 정말 우리 고향이야!"

그들은 동결 지옥에서 데스디아와 함께 이곳으로 강제로 이동된 어린 드래곤들이었다.

나무 위의 데스디아는 당황했다.

어린 드래곤들이 일으킨 소음 때문에 오크들의 접근 속도가 빨라졌기 때문이다.

데스디아가 주먹을 쥐고 움직이려는 찰나, 오크들이 뛰고 있는 숲으로부터 작은 물체 여러 개가 고속으로 날아왔다.

그 물체들은 어린 드래곤들의 몸 곳곳에 꽂혔다.

움찔한 드래곤들은 자신들에게 다가오는 녹갈색의 덩치들, 오크들을 보고 당황하다가 눈을 감으며 쓰러졌다.

두꺼운 판금 갑옷으로 중무장한 오크들은 그 복장에 어울리지 않는 최신 디자인의 대형 총으로 드래곤들을 노리고 있었다.

어린 드래곤들은 도망칠 여유도 없이 쓰러졌다. 그물 등을 던지며 다른 드래곤들의 동작을 방해한 오크들은 계속 사격했다.

데스디아는 정령 교감을 통해 모습을 감춘 채로 드래곤들의 상태를 확인했다.

'죽진 않았어. 잠들었군.'

안도한 데스디아는 오크들이 쓰는 총을 유심히 관찰했다.

오크들은 마침 그녀가 숨은 나뭇가지의 밑을 지나고 있었다.

'롸켓이 보여줬던 사냥 잡지의 광고에서 저 총을 본 것 같아. 마취용 스프링 주사를 정확하게 쏠 수 있는 물건이라고 쓰여 있었지.'

그녀는 총을 사용하는 오크들의 움직임도 놓치지 않았다.

오크들은 보조 손잡이와 광학 조준기를 능숙하게 이용하고 있었다.

게다가 평소의 이미지와 달리 우악스럽게 달려가지 않고 종종걸음으로 사격의 정확도를 추구했다.

'총에 익숙한 동작들이군. 원래 총을 쓰는 놈들이긴 했지만, 과거와 달리 전술적이야. 지구 출신 군인들의 동작과 유사해.'

표적을 쫓는 움직임, 다른 이와의 연계, 몰아세우는 방법, 전체적인 속도 등은 UNSMC에 비할 바가 아니었지만, 데스디아는 '그래도 제법 그럴듯하다'는 점에서 위기감을 느꼈다.

'오크들이 대장간에서 대충 두드려 만든 총을 쓰지 않고, 지구나 다른 행성에서 사용하는 최신식 총을 저렇게 숙련된 움직임으로 사용한다면 주의해야 할 거야.'

그녀는 알타이르의 활과 화살로 저들에게 대항하는 것이 과연 현명한 일일지 고민했다.

숲을 샅샅이 뒤져 어린 드래곤들을 모조리 잡은 오크들은 이후 특별한 작업에 들어갔다.

수십 명이 온 힘을 다하여 드래곤들을 끌어모으더니 이윽고 성별에 따라서 그들을 분류했다.

그 작업의 지휘를 맡은 것은 워스컬 계급의 오크였다.

짐승의 해골 형태의 투구를 머리에 쓴 오크 워스컬은 쉬지 않고 주변을 살폈다.

가벼운 복장을 입은, 제법 날렵한 몸매의 오크가 워스컬에게 다가갔다.

"작은 브라토레가 보이지 않습니다."

"어딘가에 있을 것이다. 맹금류들처럼 숨을 죽인 채 우리를 관찰하고 있겠지. 하지만 겁먹지 마라, 전사여. 제아무리 강력하다 해도 작은 브라토레일 뿐이다."

워스컬이 두 팔에 힘을 주며 말했다. 갑옷 사이로 보이는 녹갈색의 피부에 두드러진 정맥이 구렁이처럼 꿈틀거렸다.

"작은 브라토레는 죽었다가 깨어나도 자기 어미의 경지에는 이르지 못할 것이다."

워스컬의 도발적인 말을 들은 데스디아는 당장 내려가서 그를 분쇄하고 싶었다.

그러나 그녀는 오크들이 자신을 의도적으로 도발한다는 사실을 눈치채고 있었다.

'놈들은 저 브리치를 통해 넘어오는 존재가 드래곤들뿐만이

아니라는 걸 알고 있었어. 분명 무슨 대책을 갖고 있겠지.'

데스디아는 헤이파와 알타이르 행성에 사용된 그 약물을 떠올렸다.

'그깟 것에 당할 수는 없어. 하지만 이 자리에서 정령 교감을 풀고 다른 행동에 돌입하면 놈들이 반응할 거야. 칼이라도 있었다면 괜찮았을 텐데…….'

그녀는 오크들이 어째서 어린 드래곤들을 성별에 따라 분류하는지 알아보기 위해 관찰을 지속하기로 했다.

그러나 그 각오도 오래 지속되진 못했다.

하늘에 뜬 브리치가 강렬하게 반응하더니 치프가 사용했던 전술 기동 차량이 떨어진 것이다.

차량 하단의 로켓 모터가 불꽃을 뿜으며 착륙을 준비했다.

오크들은 마취용 총 대신 도끼 등을 뽑아 들고 그 차량을 노려봤다.

그들의 시선과 감각이 차량에 쏠린 사이, 또 다른 물체가 데스디아의 곁에 떨어졌다. 나뭇가지들을 부러뜨리며 땅에 착지한 것은 능동 위장 장치로 몸을 감춘 치프였다.

동결 지옥에서 활동할 때 전투복에 쌓인 충격이 컸는지, 치프의 능동 위장 장치는 얼마 못 가 꺼지고 말았다.

"쯧."

혀를 찬 치프는 등에 거치하고 있는 자동 소총을 땅에 내려놓았다.

치프는 자신의 머리 위쪽, 정확히는 데스디아가 숨어 있는 장소를 향해서 작은 약통 크기의 물체를 흔들었다.

그것은 전투복에 들어가는 동력로였다.

데스디아는 나뭇가지에 걸어놓은 자신의 헬멧을 봤다.

'저 헬멧의 신호를 따라서 이곳으로 왔나 보군.'

그녀는 즉시 치프의 뒤쪽에 내려왔지만 모습을 드러내진 않았다.

"당신, 괜찮아? 라이트스톤은?"

그녀가 속삭였다.

"나중에 얘기해 줄게. 우선 내 전투복에 동력로를 끼워줘."

"기다려."

치프의 손에서 동력로를 받아 든 데스디아는 보호용 장갑판이 강제로 떨어져 나간 동력로 설치 부분을 보고 인상을 구겼다.

"이건 왜 이래?"

"라이트스톤에게 전투복을 해킹당했었어. 동력로가 놀란 개구리처럼 튀어 나가더라고."

데스디아는 전투복에 동력로를 끼웠다. 전투복의 근력 보조 장치가 다시 작동하면서 치프의 온몸에 힘이 들어갔다.

"저들과 싸울 건가? 동력로 말인데, 제대로 고정이 안 돼서 당장에라도 튀어 나갈 기세야. 이럴 바에는 차라리 내가……."

데스디아가 걱정하자 치프는 미리 준비해 온 전투복 수리용 내열 밴드 몇 개를 그녀에게 내밀었다.

"동력로는 이걸로 고정시키면 돼."

"…하아."

한숨을 터뜨린 데스디아는 더 이상 따지지 않고 치프가 준 밴드로 동력로를 덮어 고정시켰다.

"드래곤들이 저기 저렇게 누워 있는 걸 봐서는, 놈들은 분명 너에 대한 대비책도 갖고 있을 거야. 그러니 저렇게 당당하겠지."

"알고 있어, 치프."

동력로를 완전히 덮은 데스디아는 손바닥으로 치프의 등을 툭 밀었다. 본래는 배구공 때리듯 후려치고 싶었지만 지금은 괜한 소음을 내선 안 되는 상황이었다.

"혼자 저들을 정리할 방법은 있어?"

"저기 있는 저 녀석, 워스컬 계급의 오크지?"

치프가 워스컬을 손으로 가리키며 물었다.

"맞아. 하지만 조심해야 할 거야, 치프. 저 워스컬은 정령 교감이 가능하도록 개조된 개체야."

"그럼 저 녀석을 멋지게 해치우면 되겠지. 필살 기술로."

치프는 전투복 가슴팍에 장비한 단검을 손으로 두드렸다.

데스디아는 무슨 놈의 필살 기술이냐는 표정으로 치프를 쏘아봤다.

"무슨 게임도 아니고……."

따지려던 그녀는 문득 자신의 왼팔을 봤다.

'잠깐, 필살 기술?'

데스디아는 자신이 뭔가 시시하면서도 굉장한 걸 보게 될지도 모른다는 느낌을 받았다.

치프는 허벅지에 거치하고 있던 단말기를 그녀에게 건네주었다.

"그리고 이거."

"아."
치프가 준 단말기는 데스디아가 차량에 남기고 갔던 그녀의 물건이었다.
"그걸로 엄마한테 전화해."
"지원 요청을 하면 되나?"
"아니, 지금은 그냥 안부만 전해 드려."
그의 말을 듣고 살짝 당황한 데스디아는 소총을 등에 거치한 뒤 오크들이 있는 곳으로 걸어가는 치프의 뒷모습을 지켜봤다.
치프는 헬멧을 벗고 휘파람을 불었다.
그가 미끼로 던진 차량에만 집중하고 있던 오크들은 휘파람 소리를 듣자마자 경악하여 그에게 시선을 돌렸다.
"안녕, 친구들?"
치프가 손을 흔들자 오크들의 표정이 당혹감으로 물들었다.
"A—1730!"
오크 워스컬이 고함을 질렀다.
"내 얼굴을 아는군. 얘기가 빠르겠네."
치프는 다시 헬멧을 썼다.
"지금 나한테 덤비는 놈은 무조건 죽을 거야. 왜냐고? 내가 지금 정신이 나갈 정도로 엉망이거든. 아프고, 배고프고, 졸리고. 최악이지."
"……."
오크들은 침묵한 채 마른침을 삼켰다.
그들이 정령 교감을 통해 얻은 것은 막대한 완력만이 아니었다. 오감은 물론 육감까지도 예민하게 강화된 상태였다.

그 육감이 오크들에게 맹렬히 경고를 보냈다.

지금 저 남자를 건드리면 정말 죽는다.

치프는 진득한 죽음의 기운을 너무나 쉽고 선명하게 뿌려대고 있었다.

오크들이 꼼짝도 하지 않는 가운데, 치프는 약에 당하여 기절한 어린 드래곤들을 슥 둘러봤다.

"전부 마취시키느라 수고했을 텐데, 아쉽게 됐네. 다 포기하고 철수해. 당장 떠나주면 아무것도 묻지 않을게."

"건방진 녀석!"

참지 못하고 소리친 오크 워스컬이 양손에 든 대형 손도끼를 맞부딪혔다. 강철의 소음과 불똥이 하늘로 튀었다.

워스컬이 치프를 향하여 묵직한 동작으로 걸어갔다.

"A—1730이여! 네놈이 알타이르에서 우리의 형제들을 모조리 죽였다는 이야기를 들었다! 하지만 나와 우리의 용사들은 그 무엇도 두려워하지 않는다!"

워스컬이 정령 교감을 사용하자 붉은색의 기운이 그의 육체와 갑옷에서 피어올랐다.

"네 친구들 표정은 좀 아닌데?"

치프가 오크들을 둘러보며 말했다.

오크 워스컬은 그의 설렁설렁한 태도에 결국 눈이 돌아갔다.

"네 이놈!"

격분을 터뜨린 워스컬이 뒤로 벌렁 누웠다.

어린아이의 발목 두께에 가까운 그의 투구가 좌우로 쪼개졌다. 완전히 드러난 워스컬의 이마에는 단검 한 자루가 야무지게 박혀 있었다.

오크들은 그 군용 단검이 투척되는 모습도, 워스컬의 이마에 박히는 과정도 목격하지 못했다.

그것은 데스디아도 마찬가지였다.

다만 그녀는 앞서 그와 비슷한 일을 한번 경험한 적이 있었다. A―1729, 로젤라가 자신에게 사용한 수수께끼의 단검 투척 기술이었다.

그때와의 차이점이라면, 로젤라가 단검을 던졌을 때는 반사적으로 단검을 막아냈지만 지금은 그렇지 않았다.

정말 아무것도 느낄 수가 없었다.

'필살 기술이라는 거, 농담이 아니었나?'

데스디아는 온몸에 돋는 소름을 억누를 수가 없었다.

지휘관을 잃은 오크들은 서로를 바삐 쳐다보더니 뒤도 돌아보지 않고 도망쳤다.

"아, 무거워."

치프가 그 자리에 주저앉았다. 새것이었던 동력로가 어째서인지 수명을 다한 탓이었다.

데스디아가 즉각 위장을 풀고 그에게 달려갔다.

"당신, 방금 무슨 짓을 한 거지?"

"필살 기술."

치프는 그대로 수풀 위에 누웠다. 데스디아는 그냥 그렇게만 이야기하고 말아버리는 치프가 조금은 야속했다.

"혹시 라이트스톤도 그 기술로 쓰러뜨리고 온 건가?"

"응? 아냐. 라이트스톤 사장은 죽지 않았어."

치프는 누운 채로 고개를 도리도리 저었다.

"…뭐라고?"

치프와의 거리가 두어 발자국 남은 상황에서, 데스디아의 걸음이 멈췄다.

"그거 잘됐군. 다음에는 내가 그를 때려죽이겠어."

데스디아는 오른손 주먹을 꽉 쥐며 전의를 드러냈다.

그녀에게 욕먹을 각오를 하고 솔직히 대답했던 치프는 천천히 상체를 일으켰다.

"뎃디. 누군가를 억지로 이해하려고 하면 안 돼. 인내라는 건 굉장히 단단한 감정이지만, 그만큼 무겁기도 해서 결국 마음 그 자체를 무너뜨리고 말거든."

"……."

치프의 말을 들은 데스디아는 심란한 표정을 지으며 주먹을 풀었다.

"뭐든 물어봐도 돼. 대답해 줄게."

그러자 데스디아는 입술에 힘을 한번 꽉 준 뒤 말했다.

"첫째 부인은 누구로 삼을 생각이지?"

"…오, 뎃디."

그녀의 뜬금없는 질문에 당황한 치프는 고개를 푹 숙였다.

"미안. 농담이었어."

데스디아는 표정을 풀고 당당하게 말했으나 빨갛게 달아오른 얼굴까지 가리진 못했다.

"진지하게 말할게, 치프. 라이트스톤은 그 동결 지옥에 남아 있는 건가? 그렇다면 그곳에 남은 다른 드래곤들은 그에게 무슨 일을 당할지 모르잖아?"

"괜찮아. 그 장소에서의 싸움은 끝났어."

치프는 무릎을 짚고 일어났다.

"라이트스톤의 그 시설은 완전히 비어 있었어. 폭탄을 해체하는 과정에서 변기 밑바닥까지 살펴봤지만 너무 깔끔했지. 가질 수 없으면 부숴 버리는 그 아저씨의 성격이 노골적으로 드러나 있더라고."

"하지만 시설의 동력로는 제대로 작동했잖아?"

데스디아가 지적했다.

"그렇지. 하지만 그 동력로는 소모된 연료봉 하나로 아슬아슬하게 유지되고 있었어. 아마 탈란바토르를 기동할 때 그 연료봉도 끝장났을 거야."

"단지 깔끔하게 비워졌다는 이유만으로 라이트스톤의 생존을 장담하는 건 무리 아닌가?"

"자재와 식량을 폐기하거나 분쇄한 흔적도 없었거든. 아마 그 모든 것들을 다른 시설로 옮겼을 가능성이 커."

"다른 시설?"

"그렇지. 라이트스톤은 우리가 타이탄이라는 이름으로 불렀던 생명체의 진짜 이름을 알고 있었어. 화염의 지옥을 지키는 환상종 케르베로스의 형제, 오르트로스라고 말이야."

"흠."

데스디아는 버릇대로 한숨을 쉬면서 팔짱을 꼈다.

"아무래도 당신은 화염의 지옥이란 곳에 또 다른 시설이 있으리라 생각한 것 같군."

"꼭 화염의 지옥이라고 단정할 수는 없지만, 라이트스톤이 세상 이곳저곳을 돌아다니며 연구를 했다는 것만은 확인된 거지. 정말 성실한 사람이야."

치프가 어깨를 으쓱했다.

"성실함이라기보다는, 오로지 엠페라투스의 제거에 미쳐서 움직이는 괴물로밖에 안 보이는데?"

데스디아의 평에, 치프는 오른손 엄지를 척 펴 보이며 동의했다.

"난 그가 왜 엠페라투스에 집착하는지 모르겠어."

치프의 헬멧 밖으로 한숨 소리가 새어나왔다.

"직접 물어보면 어때? 인내라는 건 굉장히 단단한 감정이네 어쩌네 하면서 말이야."

데스디아가 농담하듯 말했다.

"글쎄? 피조물 어쩌고 하면서 내 말은 귓등으로도 안 듣더라고."

"흠……. 그보다, 라이트스톤과의 싸움은 어땠지?"

"싸움? 아, 솔직히 말해서 떠올리는 것조차도 싫어."

치프가 짜증을 섞어 대답했다.

"상황 자체가 너무 어려웠지. 전투복에 바늘구멍 하나만 뚫려도 얼어 죽는 상황인데, 너랑 꼬마들은 어딘지도 모를 장소로 빨려 들어갔으니 어떻게든 빨리 싸움을 끝내야 했거든."

당시 데스디아는 탈란바토르 안으로 빨려 들어가는 것과 동시에 의식을 잃고 말았다.

그녀는 자신과 어린 드래곤들이 어째서 화염의 지옥 같은 곳이 아니라 그라니트 행성으로 왔는지 알고 싶었지만 지금은 일단 치프의 말을 듣기로 했다.

"난 저온에서 작동이 보장되는 무기를 만들어낼 자신도 없었는데, 다행히도 라이트스톤은 진짜 실력을 발휘하지 않았지. 내가 저항하는 꼬락서니를 보고 싶어서 환장한 느낌이었어."

"그래서 그를 쓰러뜨릴 수 있었나?"

"음… 어찌어찌. 운이 좋았지."

치프는 당시 머릿속에 갑자기 떠오르는 것을 바탕으로 마이크로 블랙홀 사출 장치를 만들었지만 그 이야기는 생략했다.

데스디아에게 그 물건이 정확히 무엇인지 설명할 엄두가 나지 않아서였다.

"만약 라이트스톤이 제대로 싸울 생각이었다면 난 별다른 저항도 못해보고 실험용 샘플이 됐을 거야. 내가 제작할 수 있는 무장의 대부분은 전부 그가 설계한 것들이거든. 정말 조물주를 상대로 싸우는 피조물 꼴이지."

"그래?"

치프의 걱정에 데스디아가 피식 웃었다.

"지구에서 심심풀이로 읽었던 각종 신화들이 떠오르는군. 거기에 나오는 창조주들은 전부 끝이 안 좋았지."

"듣고 보니 그러네."

치프가 힘없이 웃었다.

"아무튼 나 혼자서 라이트스톤과 맞서 싸우는 건 아무래도 무리인 것 같아. 아, 푹 쉬고 싶어. 맛있는 것들을 신나게 먹으면서 말이야."

"나도 마찬가지야."

데스디아는 피로감이 뚜렷한 미소를 지었다.

그녀는 치프와 좀 더 많은 이야기를 나누고 싶었지만 치프도 지쳤고 자신도 정말 피곤했기에 입이 떨어지지 않았다.

"우선 이곳부터 정리하자고."

치프는 근처에 쓰러져 있는 오크 워스컬의 시체를 슬쩍 봤다.

"근데 오크들은 자기네 지휘관의 시신도 함부로 취급하나?"

"놈들은 원래 그래. 포로를 잡아도 의미가 없지."

그때, 데스디아는 치프로부터 도망친 오크들을 떠올렸다.

"그보다는 아까 그 오크들을 그냥 놔준 게 더 큰 문제 같은데?"

"그건 걱정하지 마. 드론을 하나 붙여놨어. 도주 경로와 목적지를 알아낼 수 있을 거야."

"흠. 역시."

데스디아가 고개를 끄덕끄덕 움직였다.

치프는 기절한 어린 드래곤들에게 다가갔다.

"오크들이 이 애들을 분류한 거 같은데, 기준이 뭘까?"

"남자애와 여자애로 나눴어. 저쪽이 남자애들, 그리고 이쪽이 여자애들이야."

데스디아가 손을 좌우로 움직이며 설명했다.

"설마 놈들이 여자애들을 상대로 이상한 짓을 할 생각은 아니었겠지? 남자애들은 식량으로 삼고 말이야."

"그 설마일지도 몰라. 드래곤들은 난생이 아니니까."

이번엔 데스디아가 어깨를 으쓱했다.

"…오, 제길."

험한 상상을 해버린 치프는 헬멧을 손으로 누르며 어이없어 했다.

"애들 숫자가 많으니까 순양함을 불러야겠군."

중얼거린 치프는 헬멧 옆에 손을 댔다. 그의 조작에 맞춰, 숲 저편에 착륙한 채 대기하던 전술 기동 차량이 그들을 향해 달려왔다.

*　　　　*　　　　*

순양함과 함께 치프와 데스디아를 만나러 온 헤이파는 자신이 건네준 탄산음료를 생명수처럼 들이키는 치프를 위아래로 훑어봤다.

전투복 곳곳에 남아 있는 칼의 흔적이 헤이파의 표정을 서서히 일그러뜨렸다.

"첫째야."

그녀가 데스디아를 불렀다.

헤이파의 곁에서 페트병에 든 녹차를 마시던 데스디아가 얼른 병을 입에서 떼고 자세를 바로 했다.

"예, 어머님."

"혹시 저 친구와 싸웠느냐?"

"아… 예. 그렇습니다. 라이트스톤에게 지배를 당했던 것 같습니다. 어느 순간 의식이 흐릿해졌고, 그 이후로는 기억나지 않습니다."

데스디아는 꾸밈없이 대답했다. 그녀가 모친에게 품고 있는 존경심은 그만큼 깊고 단단했다.

"하아."

헤이파가 무겁게 한숨을 쉬었다. 그녀는 왼손의 손바닥 아랫부분으로 자신의 이마를 꾹꾹 눌렀다.

데스디아와 자신의 외모 구분을 돕기 위하여 일부러 말총머리를 한 헤이파는 찡그린 표정까지도 데스디아와 똑같았다.

"대책이 필요하겠군. 닥터에게 얘기해야겠어."

헤이파가 말한 '닥터'는 아르마게일이었다.

"자네 말일세."

그녀가 치프를 불렀다.

"예, 여사님."

"내 딸을 구해줘서 정말 고맙네. 우리 가문만큼 자네에게 빚을 진 곳이 없는 것 같군. 그래서 조용히 묻겠네만……."

헤이파는 치프의 뒤쪽으로 시선을 움직였다.

그곳에는 날개로 몸을 감싼 엠페라투스가 가만히 앉아서 시간을 보내고 있었다.

"저건 대체 뭔가?"

그녀는 엠페라투스가 왜 저곳에서 존재감을 과시하고 있는지 궁금했다.

엠페라투스에 대한 의문을 품고 있는 존재는 그녀만이 아니었다.

순양함을 타고 온 UNSMC 대원들은 물론 순양함과 함께 다급히 날아온 셀레스티아까지도 엠페라투스를 의식하고 있었다.

"라이트스톤이 분명 무슨 짓을 저지를 것 같아서 거래를 좀 했죠. 예상이 들어맞아서 우리 모두 무사히 돌아올 수 있었어요."

치프가 설명했다.

"거래?"

헤이파는 기가 막혔다.

"대체 누구를, 혹은 무엇을 그에게 갖다 바칠 생각인가?"

"조건은 간단했어요."

"그 간단한 조건이 뭔지 좀 듣고 싶군. 빨리 말일세."

헤이파는 당장에라도 멱살을 잡을 기세로 치프를 재촉했다.

"저 아저씨가 우리 회사에서 편하게 1박을 하는 거죠. 그뿐이에요."

"……"

헤이파는 신 것을 씹은 표정으로 치프를 노려봤다.

"…자네를 믿어보지. 믿고 자시고 할 입장도 아니지만 말일세."

한숨을 터뜨린 헤이파는 데스디아의 몸 이곳저곳을 살핀 뒤 두 팔로 꼭 안아주었다.

"고생했구나. 우리 예쁜 딸."

데스디아도 그제야 긴장을 풀고 어머니의 체온과 냄새를 듬뿍 느꼈다. 둘 다 눈물 한 방울 흘리지 않았지만 서로가 나누는 마음의 교감은 끝이 보이지 않을 정도로 깊었다.

딸의 무사함을 확인한 헤이파는 오른손으로 데스디아의 왼손을 꼭 잡은 채 다시 치프를 봤다.

"회사에 큰일이 있었네."

"예?"

탄산음료를 다시 입에 대려던 치프의 동작이 멎었다.

"큰일이라뇨? 혹시 누가 공격해 왔나요?"

"반대일세. 탈출했지."

헤이파가 씁쓸히 말을 던졌다.

"탈출이라니, 무슨 말씀을… 오, 이런."

치프는 눈을 질끈 감으며 고개를 뒤로 젖혔다.

데스디아는 거의 쓰러지다시피 하고 있는 치프의 모습에 깜짝 놀랐다.

"왜 그래?"

"미안, 뎃디. 로젤라가 탈출한 거 같아."

그의 말에 데스디아가 눈을 번쩍 뜨며 당황했다.

"탈출? 그년이? 어째서?"

"내 생명 신호가 16시간 이상 회사에 전달되지 않으면 로젤라가 깨어나도록 설정해 놨거든. 혹시 나한테 무슨 일이 생겼을 때, 모든 뒤처리를 맡기려고 말이야."

"……."

"아, 우리가 그 동결 지옥에 16시간 이상 있었나 보네. 이건 예상 못 했어."

치프가 헤벌쭉 웃었다.

어이가 없어진 데스디아는 치프의 말이 맞는지 확인하기 위해 헤이파에게 눈을 돌렸다.

헤이파는 떫은 표정으로 고개를 끄덕거렸다.

"그렇단다, 첫째야. 네 생명의 은인의 말대로 A—1729가 탈출해 버렸지. 장갑차를 몰고 유유히 말이야."

"이런, × 같은!"

데스디아의 분노가 결국 폭발했다.

그녀는 치프의 전투복을 붙들더니 앞뒤로 그를 흔들어댔다.

"당신, 정신 나갔나? 뒤처리를 왜 그년에게 맡겨!"

"내, 내가 말했잖아! 로젤라는 내가 할 수 있는 일의 99%를 해낼 수 있는……!"

치프는 태풍에 휘말린 사람처럼 심각한 표정을 지은 채 자신을 변호했다.

"닥쳐!"

데스디아는 치프를 그대로 들어 바닥에 꽂으려 했다.

헤이파가 격분한 딸의 등을 슬슬 토닥거렸다.

"생명의 은인에게 무슨 짓을 하는 것이냐? 넌 오늘부터 치프 앞에서 온갖 아양을 떨어야 할 입장이란다. 그가 고양이 흉내를 내라고 하면 군말 없이 따라야 해."

"왜 하필 고양이 흉내입니까?"

데스디아의 목소리가 당혹감에 쭉 갈라졌다.

"어렸을 때 나랑 할머니 앞에서 자주 그랬잖니? 아기 고양이 뎃디를 찾아주세요, 하면서 숨바꼭질도 하고 말이야."

"……."

주변이 고요해졌다.

로봇을 이용하여 어린 드래곤들을 옮기던 UNSMC 대원들, 사만다와 함께 서 있던 셀레스티아, 그리고 가만히 앉아서 딴청을 부리던 엠페라투스.

그 모두가 데스디아의 '그 모습'을 상상하며 그녀에게 시선을 꽂았다.

헤이파는 그때의 추억에 잠긴 나머지, 흙빛이 된 딸의 표정을 보지 못하고 이야기를 계속했다.

"넌 고양이 흉내를 낼 때마다 양쪽 뺨에 하얀 실들을 이렇게 붙이고 나타났지. 손은 요렇게 모았던가? 직접 해보려니 민망하구나. 후후후."

헤이파는 두 손으로 자신의 볼에 선을 긋는 등 그때를 자세히, 그리고 즐겁게 묘사했다.

헤이파가 데스디아의 과거를 흔들어 그녀를 진정시키는 한편, 그 상황을 지켜보며 웃고 있던 엠페라투스는 셀레스티아에게 눈을 돌렸다.

―내 말이 들리나, 왕녀여?

머릿속에 엠페라투스의 목소리가 들려오자 셀레스티아도 고개를 들려 그를 봤다.

―말씀하십시오, 죄악의 선조여.

―표정이 안 좋군. 하이시리스에게 잠깐이나마 지배당했던 탓인가?

셀레스티아는 시선을 잠시 아래로 내렸다가 다시 그를 봤다.

―선조여. 당신께선 하이시리스와 어떻게 싸워 이기셨습니까?

―음…….

엠페라투스는 괜히 말을 걸었나 싶었다. 쉽게 대답할 수 있는 일이 아니었기 때문이다.

—운캄타르가 없었다면 대적할 수 없었을 것이다. 운캄타르 역시 내가 없었다면 수 초 만에 분쇄됐겠지. 1초당 수백만 번씩 가해지는 의식의 개입을 버틸 수 있어야만 비로소 하이시리스와 싸울 자격이 주어지거든.

1초당 수백만 번이라는 그의 말에, 셀레스티아는 크게 당황한 나머지 자신의 곁에 서 있는 사만다 쪽으로 비틀댔다.

"공동 대표님?"

사만다가 급히 그녀를 부축했다.

셀레스티아는 다시 엠페라투스를 봤다.

—선조여. 회사에 나타났던 하이시리스는 정말 간단히 퇴치되었습니다!

—그 도구의 성능이 그만큼 훌륭했겠지. 똑같은 도구가 두 번 통할지는 모르겠군. 아무튼 넌 네 앞가림이나 고민해라, 왕녀여. 어른들 일엔 신경 쓰지 마.

—어른들의 일이라 하셨습니까? 당신의 진짜 목적은 무엇입니까, 선조여!

—시끄럽다, 애송이.

셀레스티아는 이후 꾸준히 자신의 의식을 엠페라투스에게 던져봤으나 엠페라투스는 대답을 거부했다.

좌절한 그녀를 향해 치프와 데스디아, 헤이파가 다가왔다.

"셀리, 왜 그러느냐?"

헤이파가 두 손으로 셀레스티아의 얼굴을 감싸며 부드럽게 말했다.

"여사님……!"

셀레스티아는 제대로 대답하지 못하고 헤이파를 껴안았다.

"흠."

고민스럽게 숨을 내쉰 치프는 헬멧을 들더니 헬멧 안쪽에 설치된 데이터 전송용 케이블을 뽑아 들었다.

"사만다. 미안한데 단말기 좀 빌려줘."

"예, 아저씨."

사만다는 급히 야전 상의 주머니에서 단말기를 꺼내 치프에게 건네주었다.

치프는 단말기와 헬멧을 연결한 후 헬멧 안의 영상 데이터를 사만다의 단말기로 옮겼다.

사만다는 치프가 무엇을 하는지 묻지 않았다. 지구의 군인 출신이라면 헬멧 내에 설치된 블랙박스로부터 영상을 직접 추출하는 작업을 모를 수가 없었다.

그는 사만다의 단말기를 손에 쥔 김에 그녀의 단말기에 들어 있는 각종 사진을 살펴봤다.

"꽃이랑 노을만 잔뜩 찍었네? 뭔가 재미난 사진은 없어?"

"아저씨!"

사만다가 당황하자 치프는 껄껄 웃으며 손을 저었다.

영상 데이터의 전송이 끝나자 치프는 케이블을 뽑은 후 자신의 헬멧을 전투복 뒤쪽의 거치대에 걸쳤다.

"됐어. 제대로 담겼네."

그는 이어서 셀레스티아의 어깨를 두드렸다.

"셀리, 이것 좀 봐."

"…응?"

눈 밑이 벌겋게 된 셀레스티아는 단말기에서 재생되는 영상을 보자마자 눈을 휘둥그레 떴다.

"둥지? 둥지잖아, 치프? 이렇게 큰 둥지는 처음이야."

"그래, 저 아이들이 살던 곳이지."

치프는 중형 로봇에 실려 순양함 안으로 옮겨지고 있는 어린 드래곤들을 손으로 가리켰다.

"물론 재들만 동결 지옥 속에서 살아가는 건 아니었어."

치프는 영상 밑에 보이는 막대 툴을 조작했다. 그의 손가락은 가이우스가 나오는 부분에서 정확히 멈췄다.

셀레스티아는 영상에 담긴 가이우스의 낯선 모습을 보고 한 번 더 놀랐다.

"가이우스 경?"

"오, 알아보네? 많이 변했지?"

셀레스티아는 영상 속에서 성큼성큼 걸어가는 가이우스의 모습을 자세히 살펴봤다.

"날개가… 없잖아?"

그녀의 목소리가 무겁게 떨렸다.

"둥지의 온도를 조절하기 위해서 자신의 날개를 희생했다더라고. 그는 적잖은 수의 드래곤들을 이끌며 저 둥지에서, 그리고 동결 지옥에서 살아가고 있어."

그는 손에 쥔 사만다의 단말기를 셀레스티아에게 건넸다.

"더 이상 그들을 방치할 수는 없어, 셀리."

"……."

셀레스티아는 단말기를 소중히 받아 들었다.

치프는 아무것도 묻지 않았다. 하지만 셀레스티아는 정확히 두 번 고개를 끄덕거림으로써 그의 마음에 응답했다.

* * *

셀레스티아는 회사로 돌아온 뒤에도 사만다의 단말기를 꼭 붙잡은 채 영상을 계속 지켜봤다.

그녀는 동결 지옥과 그 안에서 살아가는 동족들의 모습에서 눈을 뗄 수 없었다.

그녀와 함께 사장실의 소파에 앉아 있던 사만다는 저녁 식사 시간이 되자 셀리스티아의 어깨를 가볍게 흔들었다.

"공동 대표님. 식사하시지요."

"미안, 사만다."

셀레스티아는 눈웃음을 지으며 고개를 저었다.

"알겠습니다. 식사를 하고 돌아오겠습니다."

사만다는 자신의 단말기로 특별한 연락이 오지 않기를 빌며 사장실 밖으로 나갔다.

식당으로 간 사만다는 깔끔히 비운 그릇들을 앞에 둔 채 식탁에 엎드려 자고 있는 치프를 발견했다.

"아저씨?"

"응?"

치프가 움찔했다.

온갖 소리를 내며 식사 중이던 UNSMC 대원들은 그 누구의 부름에도 반응하지 않던 치프가 사만다의 목소리를 듣고 깨어나자 일제히 손을 멈췄다.

뒷목을 만지며 의자에서 일어난 치프는 사만다와 그 주변을 빠르고 세심하게 살폈다.

"왜? 무슨 일 있어?"

"아, 아니요. 너무 불편하게 주무시는 것 같아서……."

"하, 아저씨는 괜찮아."

치프는 그제야 졸린 표정을 지으며 자리에 앉았다. 오른손에 뽑아 들었던 권총을 권총집에 넣는 것도 잊지 않았다.

음식을 옮기던 도중에 그 모습을 본 켈리는 치프가 권총을 뽑는 모습을 보지 못했기에 깜짝 놀랐지만 UNSMC 대원들은 신경조차 쓰지 않고 다시 식사에 전념했다.

눈을 반쯤 감은 채 졸던 치프는 사만다가 식탁 맞은편에 앉자 다시 입을 열었다.

"셀리는 어때?"

"그 영상에서 헤어 나오지 못하고 계시죠."

"…괜히 보여준 걸까?"

치프가 묻자 사만다의 하얀색 말총머리가 좌우로 흔들렸다.

"오히려 좋은 자극이 될 거라고 생각합니다."

"음……."

치프는 컵 안에 조금 남은 물을 홀쩍 마셨다.

"이 일은 대체 언제쯤 끝나는 걸까?"

그가 물었다.

"제가 말씀드리기는 힘들군요."

"흠."

치프가 다시 한숨을 쉬었다.

"너도 이젠 좀 알겠지만, 모든 작전에는 견적이라는 게 있어. 아군 몇 명, 혹은 민간인 몇 명이 죽어야만 이 작전이 성공할 수 있겠구나, 하는 거 말이야."

"…예."

"솔직히 말하자면, 얼마 전까지는 이 행성의 일을 끝내기 위한 견적이 안 보였어. 캠프 그라니트라는 이름으로 대형 군사기지를 만들어야 하지 않을까 싶을 정도였지."

치프는 반쯤 잠에 빠진 채 중얼거리고 있었다.

"그런데 그 동결 지옥이라는 곳에서 의미 있는 숫자를 들었어."

"의미 있는 숫자요?"

"응. 2주."

치프가 오른손 검지와 중지를 펴서 흔들었다.

"라이트스톤이 2주 정도만 기다려 주면 내 전투 욕구를 충족시켜 줄 만한 육체를 만들어서 다시 돌아오겠다고 하더라고."

"그렇다면 그 전에 그를 해치워야겠군요."

사만다는 진지하게 말했지만 치프는 미소를 지은 채 고개를 설레설레 움직였다.

"라이트스톤 정도 되는 괴물이 겨우 날 해치우기 위해서 2주씩이나 투자할 리가 없잖아? 못해도 이틀이나 사흘 정도면 근사한 육체를 뽑아내겠지."

사만다는 치프가 대체 무엇을 강조하고 싶어 하는지 궁금했다.

"그 2주라는 숫자가 그냥 나온 건 아닐 거야. 너무 집중한 나머지 무의식적으로 튀어나온 말임에 분명해."

"그럼 우리에게 주어진 시간도 2주라는 뜻입니까?"

"글쎄? 어떤 큰 단락이 끝나긴 하겠지. 엠페라투스도 뭔가 아는 분위기고 말이야."

치프는 팔을 쭉 뻗어서 사만다의 손 위에 자신의 손을 얹었다.

"집에 가, 사만다."

"사양하죠."

"흠."

치프는 그럴 줄 알았다는 듯 심드렁한 표정을 지었다.

"그럼 난 숙소로 먼저 가서 잘게. 이대로는 2시간 내로 정신이 나갈 거 같아."

"예, 아저씨. 푹 쉬십시오."

사만다가 가볍게 웃으며 대답했다.

비틀거리며 일어난 치프는 혼자 터벅터벅 식당을 나선 뒤 숙소 쪽으로 걸어갔다.

따뜻한 수프와 빵을 들고 사만다의 자리로 온 켐리는 음식과 포크, 나이프들을 식탁 위에 차례차례 얹었다.

"팀장님. 혹시 들으셨나요?"

"뭘?"

냅킨으로 포크와 나이프를 닦던 사만다가 켐리를 올려다봤다. 악어 머리의 청년, 켐리는 주변을 살피더니 몸을 숙이고 사만다의 귓가에 속삭였다.

"부사장님께서 넷째 부인까지 허락하시겠다고 사장님께 말씀하셨대요."

"……."

잠시 침묵한 사만다는 손을 들더니 켐리의 긴 콧등을 꽉 잡았다.

"아, 아앗! 왜 이러세요!"

급소를 잡힌 켐리가 몸을 비틀며 괴로워했다.

사만다는 살짝 인상을 쓴 채 손에 힘을 주었다.

"나와 아저씨의 관계를 이상하게 보지 마, 제발."

"아아! 알았으니 놔주세요, 제발!"

그의 콧등을 놓아준 사만다는 팔짱을 끼고 혀를 찼다.

주름이 져버린 콧등을 손으로 잘 편 켐리는 치프가 남기고 간 그릇들을 정리했다.

"근데, 뭐 드실 건가요?"

"채끝 스테이크랑 구운 감자. 좀 많이."

그녀의 주문을 들은 캠리가 눈두덩을 으쓱 움직였다.

"역시 사장님이 돌아오시니 단골 메뉴를 찾으시네요. 귀여우셔라."

순간 사만다의 다리가 공격적으로 움찔했다. 켐리 역시 반사적으로 도망쳐서 조리대 속으로 숨어들어 갔다.

사만다는 치프가 앉아 있던 자리를 한참 노려봤다.

"넷째 부인? 하, 설마. 말도 안 돼. 아저씨가?"

그녀는 믿을 수 없다는 표정으로 중얼거렸다.

근처에 앉은 UNSMC 대원들은 필사적으로 웃음을 참았다.

*　　　*　　　*

샤워를 마치고 옷을 갈아입은 치프는 침대에 그대로 쓰러졌다. 막상 누우니 바로 잠이 오진 않았기에, 치프는 사만다가 업무용으로 사용하는 대형 단말기를 빌려서 화면을 켰다.

"이 친구는 어디에 있을까나?"

그는 헤드셋을 대강 머리에 걸친 뒤 자신의 단말기 쪽으로 통신을 시도했다.

—오랜만입니다, 사만다 카터 팀장님.

잭팟이 즉각 응답하자 치프의 입가에 미소가 떠올랐다.

"여어, 나야. 거긴 어때?"

—원사님이시군요. 저는 앞으로 16시간 28분 뒤에 그라니트 행성의 대기권으로 진입하게 됩니다. 그때는 정말 작별이겠군요.

"그래? 난 앞으로 10시간 정도 잠을 잘 생각이야. 자고 일어나서 네가 그리워지면 구하러 갈게."

치프는 가볍게 농담을 던졌다.

—원사님. 정말 피곤하신가 보군요.

"뭐, 그렇지. 추운 곳에서는 칼로리 소비도 심하잖아? 맞붙은 상대도 짜증 나는 아저씨였고 말이야."

—지금 사용하시는 단말기에는 문제가 없습니까?

잭팟이 묻자 치프는 단말기 안에 깔려 있는 모든 것들을 훑어봤다.

"음. 사만다가 내 사진을 앨범 안에 넣어놨군. 이건 11년 전에 바다에서 찍은 거잖아? 하하, 그렇네. 사만다가 이렇게 작았나?"

—옷장에 누군가가 숨어 있습니다.

잭팟이 작게 속삭였다.

거의 감기기 직전이었던 치프의 눈이 번쩍 뜨였다.

그는 자신이 다른 누군가의 침입과 잠복을 허용했다는 사실에 경악했다. 하지만 치프는 옷장을 보기만 할 뿐, 몸을 숨기거나 침대 밑에 숨긴 권총을 뽑지도 않고 가만히 있었다.

어떻게 피할 상황도 아니었거니와, 뭔가 이상했기 때문이다.

'상대가 암살자였다면 난 몇 번이고 죽었을 거야.'

만약 상대가 권총을 사용하는 암살 전문가였다면 치프가 방문을 열고 들어올 때, 샤워실 안에서 옷을 벗을 때, 샤워를 끝내고 나올 때, 침대에 누울 때를 노렸을 것이다.

암살자들에게는 표적이 방심하거나 동작을 멈추는 그 순간들이야말로 황금의 기회였다.

그런데 옷장 안에 숨은 존재는 꼼짝도 하지 않았다.

헤드셋을 제대로 쓴 치프는 천근같은 몸을 겨우 일으킨 뒤 옷장 쪽으로 걸어갔다.

"그러고 보니 정확히 누가 숨어 있는지 듣지 못했네. 너, 알지?"

치프는 졸음과 피로 때문에 몸을 가누지 못하는 상황인데도 잭팟이라는 이름을 입 밖에 내놓지 않았다.

회사 내에서 잭팟이 아직 존재한다는 사실을 알고 있는 자는 죠니와 안드레이뿐이었다.

—말씀드리지 않는 편이 더 재밌을 것 같다고 판단했습니다.

"그렇군."

치프가 옷장의 문을 열어 젖혔다.

옷장 안에는 검은색 운동복 차림의 젝스가 자신의 방에서 가져온 베개를 끌어안은 채 웅크려 잠을 자고 있었다.

어찌할까 고민한 치프는 그대로 옷장의 문을 닫았다.

—원사님. 젝스를 깨우지 않으실 겁니까?

"응."

—어째서 저기에 잠들어 있는지 궁금하지 않으십니까?

"나름대로 사정이 있겠지. 그럼 내일 보자고, 인공지능 씨. 통신 종료."

헤드셋을 벗고 단말기를 끈 치프는 침대에 똑바로 누웠다. 평상시엔 가슴 아래에 걸치듯 덮던 담요도 목 아래까지 확실히 덮어서 몸을 따뜻하게 만들었다.

그는 당장 눈을 감지 못했다. 눕고 보니 젝스가 신경 쓰였기 때문이다.

"일단 다섯을 세고, 그때도 잠이 안 오면 젝스를 꺼내서 사만다의 침대에 똑바로 눕혀주는 거야. 그래, 난 할 수 있어."

그는 숫자를 세지 않았다. 정확히는 거기까지 버티지 못하고 잠들어 버린 것이다.

113
너무 평범한 일상

새벽 네 시 반에 눈을 뜬 치프는 이불을 걷고 상체를 일으켰다.

벽의 시계를 통해 시간을 확인한 그는 세수를 하듯 두 손으로 얼굴을 덮었다. 밤새 불쑥 자란 수염이 그의 손바닥을 간지럽혔다.

'그 고생을 했는데도 7시간을 못 자는군.'

그래도 육체의 부상과 피로는 말끔히 사라진 상태였다.

일반적인 인간에겐 있을 수 없는 일이었지만 치프는 멀쩡한 정신으로 자신의 상황을 받아들이고 있었다.

그것은 자기 자신을 소중하게 생각해 본 일이 없는 사람이기에 발휘할 수 있는 광기였다.

치프는 옆에 있는 사만다의 침대를 돌아봤다.

머리를 푼 사만다와 젝스가 한 이불 안에 나란히 잠들어 있었다.

'결국 젝스는 옷장에서 구출됐군. 사만다가 어떻게 알아차렸지?'

그는 다용도 테이블 위로 위치가 바뀐 사만다의 대형 단말기를 봤다.

발신자 불명의 '옷장 안을 살필 것'이라는 문자 메시지가 화면 왼쪽 구석에 떠 있었다.

'잭팟이군.'

눈썹을 위아래로 으쓱한 치프는 둘이 깨지 않도록 조용히 침대 밖으로 나갔다.

바지와 셔츠, 양말 등을 챙긴 그는 욕실에서 옷을 갈아입었다. 사만다, 데스디아와 같은 방을 쓰게 된 이후 욕실은 치프 전용의 탈의실이 되었다.

욕실에서 나온 그는 데스디아가 쓰는 방을 봤다. 문이 활짝 열린 그녀의 방에는 사람 대신 보일러의 무의미한 온기만이 감돌고 있었다.

'어제는 여사님과 함께 자겠다고 했지? 역시 마지막엔 엄마를 찾는군.'

그는 옷장에서 검은색 야전 상의를 꺼내어 단단히 입은 후 숙소를 나섰다.

새벽 공기와 흰색의 칼로리 스틱을 함께 씹으며 훈련장 계단으로 간 치프는 야전 상의에서 후드를 꺼내 머리를 덮은 뒤 계단에 앉았다.

차가운 공기가 야전 상의를 뚫고 들어왔지만 치프가 견디지 못할 정도는 아니었다.

'혼자 있는 게 이렇게 즐거울 줄이야. 믿을 수가 없군.'

그는 어제까지 미친 듯이 이어졌던 온갖 사건들이 정말 일단락된 것인지를 하늘의 신에게 묻고 싶었다.

고요함을 즐기던 그는 훈련장 건너편에 위치한 알타이르 전사들 전용의 숙소로 눈을 돌렸다.

그 거대하고 화려한 숙소는 현재 대부분의 조명이 꺼진 상태였지만, 그 어둠 속에서 규칙적으로 움직이는 존재들이 있었다.

'이동 중인 불침번이 총 51명. 3인 1조로 퓨마와 비슷한 동물들을 하나씩 끼고 돌아다니는군. 저 커다란 고양이들이 군견의 역할을 대신하는 거겠지?'

UNSMC 대원들이 사용하는 전투복의 능동 위장 장치는 동물들에게 발각될 확률이 컸다.

잘 훈련된 개나 늑대, 맹금류는 물론이고 수족관 내에 있는 범고래들까지도 능동 위장 장치를 무시하고 전투복을 감지할 수 있었다.

일부 과학자와 기술자들은 전투복 착용자의 체취, 혹은 전투복의 금속 냄새가 동물들의 후각을 자극하는 게 원인이라고 주장한 바 있지만 아직까지 증명된 바는 없었다.

현장에서는 '동물의 육감'이 원인일 것이라는 군인들의 주장이 더 설득력을 갖고 있었다.

치프는 육감을 믿는 쪽이었는데, 20대 초에 암살 임무를 수행하다가 경비견에게 목을 물려 죽을 뻔한 적이 있기 때문이었다.

'그땐 정말 놀랐지.'

과거를 떠올리며 슬쩍 웃은 치프는 다시 눈을 감았다.

'저 아가씨들에겐 저 숙소의 엄청난 규모가 오히려 부담스럽겠어. 기회가 된다면 드론의 조작법이라도 가르쳐 줘야겠군.'

잠깐 안타까워한 그는 계속해서 침묵을 즐겼다.

10분 뒤, UNSMC 불침번들이 군견 한 마리와 여러 대의 드론들을 끌고 치프의 근처를 지나갔다.

그들은 치프를 본 척도 하지 않았다. 심지어는 군견까지도 치프에게 눈을 돌리지 않았다.

그저 드론들만이 눈치 없게 카메라를 움직여 치프를 촬영했다.

'저렇게 편히 쉬시는 건 오랜만에 보네.'

대원들 모두가 그렇게 생각하며 안도했다.

오랫동안 치프와 함께 생활해 온 그들은 치프가 쉬고 있을 때와 고독하게 있을 때를 분명하게 구별할 수 있었다.

'원사님의 팔자가 그렇죠, 뭐.'

UNSMC 대원들은 가던 길을 계속 갔다.

치프의 평화가 깨진 것은 그로부터 2시간 뒤였다.

검은색 패딩 재킷을 입은 젝스가 치프의 곁으로 저벅저벅 걸어왔다. 항상 쓰고 있던 야구 모자는 웬일로 벗고 있었다.

그녀의 접근을 감지한 치프가 그때까지 감고 있던 눈을 뜨고는 머리에 쓴 후드를 슬며시 걷었다.

"여어, 잘 잤어?"

치프가 자신을 돌아보며 묻자 젝스가 고개를 저었다.

"사장이 나간 뒤로 잠자리가 안 좋아졌어."

젝스는 뚱한 표정을 짓고 있었다.

"그렇구나. 어젠 왜 우리 방에 온 거야?"

치프는 자신의 옆자리를 손으로 두드려서 앉을 것을 권했다.

"엠페라투스 때문에……."

젝스가 기어들어가듯이 대답했다.

"괜찮으니까 얘기해 봐. 다른 건 몰라도 남의 비밀 하나쯤은 지켜줄 수 있거든."

치프는 옅은 미소로 그녀를 안심시키려 했다.

우물쭈물하다가 치프 옆에 천천히 앉은 젝스는 잠시 여유를 두고 마음을 단단히 다진 뒤 입을 열었다.

"엠페라투스가 뿌리는 기운이 더욱 강해졌어, 사장. 그게 두려워서 그만 사장의 방으로 간 거야."

"그래? 너, 포프랑 같은 방을 썼잖아?"

치프는 룸메이트를 놔두고 왜 혼자 왔냐는 말을 굳이 꺼내지 않았다.

"포프는 엠페라투스의 힘을 느끼지 못해. 포린과 포티도 그렇고."

젝스는 솔직하게 대답했다.

"나도 딱히 느끼진 못했는데?"

치프가 가볍게 어깨를 들썩거렸다.

"그럴 거야. 하지만 사장의 곁에 있으면 엠페라투스의 힘을 느끼기가 어려워져."

"그래?"

"마치 사장이 엠페라투스의 힘을 흡수하는 듯한 느낌이 들거든."

젝스의 대답에, 치프는 다소 당황한 듯 어색하게 웃었다.

"그냥 착각이겠지."

"아냐, 사장. 적어도 내 눈에는 잘 보여."

젝스가 눈을 둥그렇게 떴다.

마침 알타이르 전사들의 숙소에 불이 들어왔다. 젝스의 파란색 눈동자에 숙소의 불빛들이 와 닿아 반짝거렸다.

"안경점에 가보자, 젝스."

"……."

인상을 구긴 젝스는 치프가 그렇게 넘어가려 할 줄 알았다는 듯 한숨을 터뜨렸다.

"사장. 동결 지옥은 어땠어?"

젝스가 조심스럽게 물었다.

치프는 떠올리기만 해도 추웠는지 후드를 다시 머리에 썼다.

후드에 머리와 눈가가 가려지면서 드러난 치프의 턱에는 검은색 수염이 거칠게 자라나 있었다.

그가 면도한 모습만 봐왔던 젝스는 한동안 가만히 그의 턱을 지켜봤다.

"말로 표현할 수준이 아니었어. 내가 온갖 추운 장소에서 싸워봤지만 그렇게 어이없는 곳은 처음이었거든. 괜히 지옥이라고 불리는 곳이 아니었어."

치프가 조금 격앙된 목소리로 대답했다.

"물론 거기에다가 기지 같은 것을 지어놓은 라이트스톤이 더 대단했지만 말이야."

"기지?"

치프가 그곳에서 어떠한 일을 겪었는지 제대로 듣지 못했던 젝스는 기지라는 말에 당황했다.

"응, 기지. 정말 단단하고 좋은 시설이었지. 기지의 기초는 정말 오래된 것 같았지만, 그 기초 위에 지어진 모든 것들은 꾸준하고 정교하게, 그것도 최신 기술로 가꿔진 상태였어. 비유하자면… 그래, 잘 기른 난초와도 같았지."

지구의 난초에 대해 잘 모르는 젝스는 특별한 반응을 보이지 않았다.

치프는 일부러 후드를 만지작거림으로 자신의 얼굴에 잠시 스친 섭섭함을 감췄다.

"난 라이트스톤이 그런 곳에서 그토록 훌륭한 시설을 어떻게 건설해 낸 건지 궁금하더라고. 대체 몇 번을 좌절했을까? 또 몇 번이나 다시 일어섰을까? 그 원동력은 또 뭐지?"

치프는 다음 이야기를 꺼내기에 앞서 한 차례 이를 꽉 물었다.

"없애 버리겠다고 마음먹은 자에게 존경심을 느낀 건 어제가 처음이었어."

젝스는 치프가 말한 '존경심'이란 게 대체 무엇인지 이해하기 어려웠다.

"드문 일인 거야?"

그녀의 질문에 치프는 말문이 막혔다.

치프는 그녀에게 설명을 해줘야 할지, 아니면 가르쳐 줘야 할지 감이 잡히지 않았다.

"뭐, 그렇지. 접시 위에 놓인 스테이크의 제공자가 어디서 태어났고, 뭘 먹고 자랐으며, 어떤 기분으로 도축됐는지 관심을 가지는 경우와 다름없거든. 그냥 다 집어치우고 썰어서 먹으면 되는 건데 말이야."

"……."

젝스는 치프가 이 정도로 고민하는 모습을 본 기억이 없었다.

또한 그녀는 그가 대단히 즐거워하고 있다는 사실을 직감했다. 표정만 영 아닐 뿐, 치프는 라이트스톤에 대한 고뇌 그 자체를 생생하게 즐기고 있었다.

"난 평생 그렇게 살아왔는데, 이제 와서 식사거리에게 쓸데없는 궁금증을 갖게 됐어. 하하, 뭐가 뭔지 모르겠네."

한탄한 치프는 가볍게 웃었다.

"알아보면 되잖아?"

젝스가 말했다.

"응?"

치프는 젝스가 던진 그 말에 꽤 강한 자극을 받았다.

야전 상의 후드의 그늘 아래에 있는 그의 눈이 생기를 띠고 반짝거렸다.

"라이트스톤에 대해서 정말 궁금하면 좀 더 알아봐, 사장. 존경심을 느꼈다며?"

"음……."

잠시 생각을 해본 치프는 야전 상의의 주머니에서 손을 뺀 뒤 젝스의 어깨를 토닥거렸다.

"역시 네가 포프보다 어른스럽구나. 식사하러 가자. 배고프네."

"응."

후드를 걷어내고 일어난 치프는 젝스와 함께 식당으로 향했다.

한편, 붉은색의 드래곤 바라쿠스는 회사의 장벽에 턱을 댄 채 치프를 지켜보고 있었다.

"저 친구의 첫인상이 왜 안 좋았는지 이제 좀 알 것 같군요. 엠페라투스 님."

그는 언덕 위에 웅크린 채 가만히 있는 엠페라투스에게 눈을 돌렸다.

엠페라투스가 날개를 조금 펼치고 그 사이로 머리를 내밀었다.

"그러한가? 그렇다면 얘기해 보게, 투사여. 수많은 사투를 거치며 단련된 자네의 감각이 대체 어떠한 결론에 도달했는지 궁금하군."

엠페라투스가 슬쩍 웃자 바라쿠스의 눈두덩이가 반사적으로 구겨졌다.

"당신께선 파울라를 정말 귀여워해 주셨지요. 치프에게 사만다라는 아이가 있는 것처럼 말입니다."

"그래서?"

"그는 그 삐뚤어진 면을 즐기는 부분마저 당신을 닮았습니다. 토할 것 같군요."

바라쿠스의 두 눈에 하얀색의 빛이 감돌았다.

붉은색 드래곤의 기운이 급격히 증가했다.

주변에 있던 조류들이 일제히 떼를 지어 도망쳤다. 자신들의 숙소 안팎에서 체조를 하던 알타이르 전사들 역시 바라쿠스의 그 강력한 기운에 흠칫 놀랐다.

바라쿠스의 곁에서 양 떼처럼 잔뜩 모여 자고 있던 어린 드래곤들이 일제히 눈을 떴다.

"바라쿠스 님……?"

아이들 중 하나가 자신을 부르자 바라쿠스의 눈빛이 순식간에 잦아들었다.

"오, 오오. 미안하구나. 별일 아니니 다시 자렴. 하하하."

당황하여 조용히 웃은 바라쿠스는 날개를 펴서 아이들을 덮어주었다.

그의 날개에서 발산되는 따끈한 기운이 아이들에게서 가시려 했던 잠의 기운을 다시 불러들였다.

UNSMC 대원 한 명이 장벽 위로 올라왔다.

"어르신. 괜찮으십니까?"

그 대원은 자신의 무기들을 장벽 아래에서 대기 중인 동료들에게 모조리 맡긴 채 올라온 상태였다. 오로지 경장갑 전투복만이 그를 지켜주는 유일한 수단이었다.

바라쿠스와 엠페라투스를 자극하지 않기 위한 선택이었는데, 바라쿠스는 그 대원의 배짱에 내심 감탄했다.

"아, 난 괜찮네. 나이가 드니 여러모로 조절이 안 되는군. 놀라게 만들어서 미안하네."

조절이 안 된다는 바라쿠스의 변명은 엠페라투스를 웃게 만들었다.

그럴 수밖에 없는 것이, 엠페라투스는 바라쿠스의 정신과 육체, 지식이 최고조에 달했을 시점을 선택하여 그를 토해냈다.

바라쿠스도 그 사실을 자각하고 있었기에 엠페라투스의 웃음소리를 흘려 넘겼다.

"그렇군요. 식사 안 하십니까? 아침 식사가 이제부터 시작됩니다, 어르신."

대원이 바라쿠스에게 물었다.

"난 조금 뒤에 아이들을 데리고 사냥을 나갈 것이네. 자네들이 주는 사료를 먹을 수는 없지."

"저희는 그쪽 분들에게 사료 같은 것을 제공한 적이 없습니다."

대원이 조금 억울하다는 투로 대답했다.

"내 딸이 노란색 과자 같은 것을 우유와 함께 먹던데?"

바라쿠스는 어제 아침에 파울라가 급히 먹던 음식을 언급했다.

"그건 시리얼이라고 합니다. 지구에서 보편적으로 먹는 음식이죠. 게다가 따님께서 즐겨 드시는 시리얼은 꽤 비싼 제품입니다."

"아무튼 사료까진 아니라는 뜻이군. 그런데 자네 말일세. 이름이 뭔가? 괜찮다면 부디 알려주게."

바라쿠스는 자신과 마주하고 있는 UNSMC 대원의 이름이 궁금했다. 그가 지금 보여주고 있는 배짱이 너무 인상적이었기 때문이다.

"UNSMC 에코 스쿼드를 맡은 로버트입니다. 계급은 하사입니다."

"그렇군. 로버트 하사. 이름을 알려줘서 고맙네."

"아닙니다. 아무 일 없으시다면 저는 다시 내려가 보겠습니다."

"으음."

바라쿠스가 고개를 끄덕였다.

로버트가 장벽 아래로 내려간 뒤, 바라쿠스는 다소 당황한 표정으로 엠페라투스를 돌아봤다.

"UNSMC라는 친구들은 전부 저렇습니까?"

"사명감이 본능을 지배하는 경우겠지. 하지만 자네에 비하면 저들은 아무것도 아니야."

엠페라투스는 바라쿠스의 난폭한 과거를 떠올리며 대답했다.

"칭찬으로 들리진 않는군요."

"칭찬이네만?"

"……."

둘 사이에 잠시 정적이 흘렀다.

"흠. 그러고 보니 엠페라투스 님께서 저를 죽이셨다고 하더군요."

바라쿠스가 조용히 말했다.

"그렇다네. 죽여서 섭취했지."

엠페라투스 역시 조용조용 대답했다.

"당시 상황을 파울라에게 전해 듣긴 했습니다만, 그때 왜 제가 속했던 둥지를 노리셨던 겁니까?"

"시작점은 반드시 자네여야만 했어."

"이유가 궁금합니다."

바라쿠스는 폭발하는 불쾌감을 굉장한 인내심으로 억누르며 물었다.

"오로지 자네만이 나와 운캄타르의 싸움을 말릴 수 있었거든."

엠페라투스는 솔직하게 말했다.

"무슨 말씀이십니까?"

"자네는 우리들의 본래 모습을 너무 잘 알았지."

"흠……."

바라쿠스는 엠페라투스를 노려보다가, 태양이 살짝 떠 있는 동쪽 하늘에 눈을 돌렸다.

"그렇지요. 운캄타르 님은 항상 왕처럼 대접받았고, 엠페라투스 님은 은거를 택한 영웅처럼 모셔졌습니다. 두 분의 의사와는 관계없이 말입니다."

"……."

"두 분은 딱히 저희들을 위해서 신들을 괴멸시키신 것도 아니고, 저희들 역시 두 분을 모시기 위해 태어난 것은 아니었습니다."

"운캄타르의 생각은 좀 다를걸?"

엠페라투스가 웃었다. 하지만 바라쿠스의 불편한 표정은 변함이 없었다.

"아무튼 두 분과 저희들의 관계를 착각하는 자가 너무 많았습니다. 저만큼 두 분과 오랫동안 접촉했던 아르마게일마저 운카타르 님께 충성을 했지요."

바라쿠스는 자신의 날개 아래에 잠들어 있는 어린 드래곤들을 살펴봤다. 파울라가 태어난 이후 아버지로서 체득한 열 조절 습관이었다.

"두 분 모두 얼마나 지겨우셨을까요? 오해도 하루 이틀이지 말입니다."

"그렇다네. 매우 지겨웠지."

바라쿠스의 말을 인정한 엠페라투스는 날개를 활짝 폈다가 다시 접었다. 인간으로 치자면 기지개를 대신하는 행동이었다.

"하지만 아무리 지겨웠다고 해도 대살육을 일으키신 건 잘못된 선택이었습니다."

"난 신도 무자비하게 죽인 존재일세. 내가 자네들을 특별히 취급할 이유가 없지 않나?"

"오, 그렇지요. 우린 서로 다른 종이니까요."

엠페라투스의 견해를 들은 바라쿠스는 쓴웃음을 지으며 비아냥거렸다.

"그때 저지르신 일이 지금까지 이어지고 있군요. 저는 일찌감치 죽었고 말입니다."

"그렇다네. 자네가 일찍 죽은 덕분에 자네의 영원성이 지켜질 수 있었지."

엠페라투스가 영원성이라는 말을 입에 담자 바라쿠스가 움찔했다.

"영원성이라 하셨습니까?"

"그렇다네. 운캄타르는 나와 싸울 때, 자신은 물론이고 그 당시 살아 있던 모든 2세대들의 영원성을 포기한 덕분에 나를 이길 수 있었네."

"음……."

"사실 운캄타르가 날 이길 수 있는 방법은 딱 그것뿐이었거든. 그렇지 않았다면 나와 운캄타르는 고향 행성이 완전히 파괴될 때까지 승부를 내지 못했을 것이네."

엠페라투스는 진지한 눈빛으로 바라쿠스를 응시했다.

"자네는 그 사건 이전에 죽어서 나에게 섭취됐다네. 그래서 영겁의 세월 동안 영혼이 멀쩡하게 보존될 수 있었던 것이지."

"……."

바라쿠스의 표정도 엠페라투스와 마찬가지로 진지해졌다.

"유일무이의 영원성을 지닌 투사여, 자신이 할 수 있는 일에 대해서 좀 더 고민해 보게나. 그래야만 나와 운캄타르의 역할 놀이가 완전히 마무리될 것이네."

"역할 놀이라 하시면……. 선역과 악역 말씀이십니까?"

"역시 잘 아는군."

엠페라투스의 거체가 보라색의 안개로 변하더니 이윽고 인간의 형태로 탈바꿈되었다.

보라색 정장 차림에 수염을 깔끔하게 기른 그의 모습은 기본적으로 치프와 거의 흡사했다.

"난 아침 식사를 하러 가겠네. 투사여. 많은 이들과 함께 식사한다는 것이 무엇인지 경험해 보고 싶군."

"맛을 느끼지 못하시는 분이 참으로 수고하시는군요. 그러시지요."

바라쿠스는 또다시 비아냥거리며 엠페라투스를 보내주었다.

*　　　*　　　*

일찌감치 아침 식사를 마친 포프는 젝스와 나란히 훈련장의 스탠드에 앉아서 쉬고 있었다.

포프의 옆에 앉은 젝스는 새벽과 달리 야구 모자를 착용한 상태였다.

그녀들은 큰 종이컵을 각각 들고 있었는데, 그 안에는 식당에서 나올 때 받은 커피가 채워져 있었다.

커피의 표면에서 뜨거운 김이 뭉게뭉게 피어올라 왔다.

젝스와 달리 포프는 커피를 싫어했는데, 안드레이가 손수 내려주는 커피는 그 향이 너무 좋아서 요 며칠간 즐겨 마시고 있었다.

음식물 쓰레기통들이 실린 대형 카트를 몰고 훈련장 근처를 달리던 켐리가 그녀들을 발견했다.

"포프, 오늘도 스카이 보드를 탈 거야?"

켐리가 큰 소리로 자신을 부르자 포프가 스탠드에서 일어나 켐리를 봤다. 젝스 역시 일어났지만 재킷 주머니 안에 넣은 손을 빼진 않았다.

"켐리도 바빠 보이네요."

포프가 말했다.

"잡무 담당이 다 그렇지, 뭐."

켐리가 밝게 웃었다.

포프는 켐리가 정말 많이 변했음을 느꼈다.

켐리의 첫인상은 음란한 허풍을 쳐대는 3류 헌터에 불과했다. 사만다와 젝스는 켐리를 극도로 혐오했고 포프 역시 대화만 좀 나눌 뿐, 그를 그다지 좋아하진 않았다.

하지만 지금은 달랐다. 이제 포프에게 있어서 켐리는 좋은 친구였다.

"지금도 이곳 생활이 마음에 드나요?"

포프가 묻자 켐리는 두 어깨를 슬쩍 움직였다.

"괜찮아. 아니, 최고야. 겁나는 순간도 많았지만 말이지."

켐리는 고개를 돌려서 회사의 장벽 쪽을 봤다.

장벽 위쪽으로 고개를 내밀어 회사 안을 살피던 바라쿠스가 그와 시선을 마주하더니 인상을 잔뜩 구겼다.

움찔한 켐리는 손을 흔들어 인사했지만 바라쿠스는 고개를 휙 돌려 다른 곳을 봤다.

괜한 말로 바라쿠스를 자극하기 싫었던 켐리는 카트의 운전대를 다시 잡았다.

"그럼 다치지 말고 훈련 잘해, 포프. 배고프면 언제든지 연락하고."

"알았어요. 켐리도 수고해요."

미소를 짓는 것으로 인사를 대신한 포프는 다시 스탠드에 앉아 커피를 마셨다.

젝스는 저 멀리 가는 켐리를 흘끔 본 뒤 포프 옆에 천천히 앉았다.

그녀들이 커피를 전부 마실 무렵, 로봇에 스카이 보드를 실은 키드가 훈련장 안으로 들어왔다.

일반적인 스카이 보드는 로켓엔진이 달린 서핑 보드처럼 생겼지만, 라이트스톤이 손수 만들고 포프의 어머니가 다뤘던 그 스카이 보드는 달랐다.

디자인상 이질적인 구석이 어디에도 없었다. 잘 진화된 하나의 생명체처럼 늘씬한 그 형태는 완벽에 가까웠다.

포프는 위에 입고 있던 두꺼운 재킷을 벗고 스탠드에서 내려왔다.

"오늘은 안색이 별로네요, 키드?"

긴 말총머리의 키드는 짧게 깎은 옆머리를 만지며 한숨을 쉬었다.

"아까 식당에서 엠페라투스를 봤어. 웃으면서 식사하는 모습을 보니 불쾌해지는군."

포프는 연극배우처럼 심각한 표정을 짓는 키드의 모습이 조금 반가웠다. 스승의 일 이후 풀이 죽어 지내던 그가 오랜만에 보여준 활기였기 때문이다.

"엠페라투스는 어제부터 있었는데요?"

"아침 일찍 떠날 줄 알았지. 눈앞에 숙적이 있는데 건드리지도 못하다니……!"

키드는 분한 마음을 드러냈다.

포프는 '더 이상 키드가 건드릴 문제는 아니다'라며 그의 과도한 몰입을 환기시킬까 했지만, 그건 그거대로 키드의 자존심을 뭉개는 일이 될 것 같았기에 잠자코 있었다.

"스카이 보드의 상태는 어떤가요?"

"아."

잔뜩 일그러져 있던 키드의 표정이 스카이 보드라는 말을 듣자마자 순하게 풀렸다.

"가지고 나올 때 점검해 봤는데, 다른 날과 마찬가지로 상태가 정말 좋아. 마모된 부품이 보이질 않아. 역시 이 스카이 보드는 보통 물건이 아니야."

키드는 손에 낀 장갑을 벗고 스카이 보드의 표면을 만졌다.

"라이트스톤이 이 스카이 보드를 만들었다고 했지?"

"맞아요."

대답을 들은 키드는 뭔가에 홀린 듯한 눈으로 스카이 보드를 훑어봤다.

"그는 대체 어떤 기분으로 이 예술품을 만들었을까?"

포프와 달리, 별관심 없이 키드의 말을 듣고 있던 젝스가 갑자기 움찔했다. 컵에 남은 커피가 밖으로 넘칠 정도로 동작이 컸다.

'저 병신쌍놈이 사장처럼 말을 하잖아?'

젝스는 조셉과 딕슨의 일 때문에 지금까지도 키드를 믿지 않고 있었다.

그러나 그가 방금 말한 이야기만큼은 넘겨들을 수가 없었다. 키드가 스카이 보드를 보며 한 말과 새벽에 치프가 자신에게 해준 이야기가 비슷했기 때문이다.

"키드."

젝스가 자신을 부르자 키드가 깜짝 놀랐다.

"응?"

그는 바짝 긴장한 눈으로 젝스를 돌아봤다.

그는 젝스가 자신을 탐탁지 않게 여기고 있으며, 스카이 보드 탑승 훈련을 할 때 가급적이면 포프와 함께 있는 이유도 자신을 감시하기 위해서임을 알고 있었다.

젝스가 스탠드에서 일어나 키드에게 다가갔다.

"혹시 난초에 대해서 알고 있나?"

그녀가 물었다.

"난초?"

키드가 의아해했다.

"그래, 난초. 새벽에 사장이 라이트스톤의 시설을 난초에 비유하더군. 대체 어떤 의미를 가진 물건이지?"

"음……."

키드는 난초가 무엇인지 알면서도 대답에 뜸을 들였다.

대답하기 싫어서 그런 것은 아니고, 제대로 대답해 준다면 젝스와의 관계를 개선할 수 있을 거라고 생각했기 때문이다.

그런데 포프가 허리에 찬 작은 가방에서 자신의 단말기를 꺼내 들었다.

"젝스. 이걸로 검색해 보면 되잖아?"

"아."

모자챙의 그늘 안에서 빛나던 젝스의 파란색 눈동자가 꿈틀했다.

"그러네. 고마워."

포프를 향해 귀엽게 눈웃음을 지으며 고마움을 표시한 젝스는 자신의 패딩 재킷에서 단말기를 꺼냈다.

"기다려라, 젝스 하인케스."

키드가 황급히 젝스를 불렀다. 그러자 단말기에 난초를 입력하려고 준비하던 젝스의 눈매가 다시 날카로워졌다.

"미안하군. 이제 너한테 볼일은 없어."

"……."

키드는 그녀의 눈빛에 질려 움찔했지만 물러서지 않고 용기를 내보기로 했다.

"무식한 소리를 하는구나, 젝스 하인케스. 기계가 내놓은 대답에 의미 따위가 담겨 있을 거라 생각하나?"

"어차피 학교에서도 단말기를 쓰잖아? 학교생활에 대해서 포프에게 들은 적이 있어."

"그래, 교육! 그것이 문제다, 젝스 하인케스!"

키드가 주먹을 꽉 쥐며 외쳤다.

"기계에 의한, 그리고 기계와도 같은 몰개성적인 교육! 그로 인해 친구는 물론 가족 간의 모든 답변이 '검색을 해봐라' 따위로 바뀐 것이다! 단순한 검색 따위가, 경험과 감수성을 거쳐 비로소 완성된 해답들을 대신할 수 있을 것 같나? 쉽게 얻은 해답은 간단히 휘발될 뿐이다!"

"……."

젝스는 '존재감 없는 식객 따위가 최후의 발악을 하는 거냐'며 따지듯, 혐오감으로 이글거리는 눈빛을 키드에게 꽂았다.

그런데 어째서인지, 키드는 불이 붙은 자신의 용기를 꺾을 생각이 없었다.

"어서 나에게 질문해라! 젝스 하인케스!"

"……."

젝스는 키드의 그 흥분한 모습에서 대충 감을 잡았다.

'헛소리를 지껄이겠군.'

키드를 정당하게 박살 낼 기회가 왔음을 깨달은 젝스는 자신의 단말기를 포프에게 건네주었다.

젝스의 소지품 중에서 동작을 조금이라도 방해할 만한 물건은 그것뿐이었다.

"그럼 묻겠다, 키드 저스트. 난초의 의미는 뭐지?"

그 질문을 기다렸다는 듯, 키드의 오른손 손바닥에서 광선검이 뿜어졌다.

"나를 이기면 가르쳐 주마."

키드가 비장한 표정으로 선언했다.

"하아……."

반쯤 열린 젝스의 입에서 하얀 입김이 피어올랐다.

불길함을 느낀 포프는 젝스를 말리려 했다.

그러나 그녀의 손보다 젝스의 동작이 더 빨랐다.

고기 속에서 뼈가 부러질 때 터지는 끔찍한 소리가 훈련장 안에 울려 퍼졌다.

*　　　*　　　*

1시간 뒤.

사장실로 젝스와 루할트를 부른 치프는 방금 냉장고에서 꺼낸 딸기 맛 우유를 젝스 앞에 놓았다.

루할트와 나란히 소파에 앉은 젝스는 밀착시킨 무릎 위에 두 손을 얹은 채 가만히 있었다.

동생과 마찬가지로 가만히 있던 루할트는 치프가 준 우유의 종이팩에 빨대를 꽂고 그것을 젝스에게 건네줬다.

하지만 젝스는 손도 대지 않았다. 루할트는 그러한 동생이 걱정되어 쓸쓸한 표정을 지었다.

치프는 둘 앞에 의자를 놓고 마주 앉았다.

"방금 위스콘신에서 연락이 왔어. 키드의 생명에는 지장이 없대."

"응."

젝스가 고개를 끄덕거렸다.

"키드가 박살 난 원인이 난초였다고 포프에게 들었어. 뭐, 그 얘기를 듣기 전에 포프를 진정시키는 게 먼저였지만 말이야."

"응."

젝스는 이번에도 짧게 대답했다.

루할트가 당황하여 팔꿈치로 그녀를 건드렸지만 고개를 푹 숙인 젝스의 입은 떨어지지 않았다.

손목시계로 시간을 확인한 치프는 일단 부드럽게 웃었다.

"음, 그래, 난초는 정말 기르기 까다로운 식물이야, 젝스. 기르는 사람이 도중에 포기를 하면 절대로 안 돼. 내가 라이트스톤의 시설을 난초에 비유하면서 높게 평가한 이유는, 라이트스톤이 그 시설의 바닥부터 자동문의 나사 하나까지 정성을 들여서 관리했기 때문이야."

그의 설명을 들은 젝스가 치프 쪽으로 머리를 움직였다.

"키드가 포프의 스카이 보드를 만지면서 말했어, 사장. 라이트스톤이 대체 어떤 기분으로 이 예술품을 만들었을까, 하고 말이야."

"그래? 흠……."

치프는 대답 전에 어깨를 으쓱했다.

"기분까진 나도 모르겠네. 그래도 진심으로 열심히 만들었겠지. 그게 라이트스톤의 성격인 것 같아."

"……."

젝스는 아직 이해가 안 되는지 다시 고개를 숙였다.

"아무튼 젝스. 네가 회사 내에서 또 사람을 다치게 한 이상 처벌을 피할 수는 없어. 오늘부터 사흘 동안 네 오빠로부터 100미터 이상 벗어나지 마."

치프가 젝스에게 부디 가벼운 처벌을 내려주길 바랐던 루할트는 안색을 싹 바꿨다.

"친구여. 벌칙을 왜 나에게 내리나?"

루할트의 입에서 반사적으로 나온 항의는 젝스를 더욱 위축시켰다.

치프는 무슨 농담을 그런 식으로 하느냐는 표정으로 루할트를 쳐다봤다.

"이 기회에 동생과 얘기 좀 나눠봐. 오늘부터는 모든 시간을 소중히 써야 하거든."

치프는 깊은 의미를 담아서 루할트에게 말했다.

"시간을 소중히 쓰다니……?"

치프를 응시하며 그가 했던 말을 읊조리던 루할트는 도중에 입을 다물었다.

'조만간 무슨 일이 일어난다는 뜻이겠지.'

사장실에 온 김에 가이우스를 비롯한 동족들의 이야기를 천천히 듣고 싶었던 루할트는 아쉬움을 미루고 젝스의 손을 붙잡았다.

"가자꾸나. 젝스."

"예, 오라버니."

젝스는 순순히 루할트를 따라 일어났다.

"젝스는 사흘간 내가 돌보도록 하지. 젝스와 키드의 화해도 나에게 맡기게."

"그래. 잘 부탁해."

그들을 따라서 일어난 치프는 가볍게 손을 흔들었다.

루할트와 젝스가 나간 뒤, 사장실 밖에서 대기하고 있던 죠니와 안드레이, 킹이 줄줄이 안으로 들어왔다.

복도에서 시가를 태우며 시간을 보냈던 죠니는 사장실 내에 장식품처럼 마련되어 있던 재떨이에 담뱃불을 껐다.

"저는 개인적으로 젝스의 편을 들고 싶군요."

죠니가 치프에게 농담 반, 항의 반으로 말했다.

치프는 그러지 말라는 투로 고개를 저었다.

"먼저 시비를 건 쪽이 키드라는 얘기는 들었어. 그래도 곤죽이 될 만큼 두들긴 건 심했지."

"원사님께 시비 걸었다가 무릎이 반대로 꺾이는 놈들을 너무 많이 봐서 말이죠."

죠니가 입술을 뾰족하게 내밀면서 자신의 두꺼운 근육질 어깨를 슬쩍 움직였다.

"으흠."

치프는 그와 똑같은 표정과 자세로 맞받아쳤다.

"젝스가 요즘 고민이 많아 보이더라고. 그럴 때는 가족의 곁에서 시간을 보내는 게 최고잖아?"

치프의 말에 가장 먼저 반응한 사람은 킹이었다.

"허허."

킹은 자신의 초콜릿색 턱을 만지며 웃었다.

"고민을 가진 사람은 젝스만이 아닌 것 같네요. 원사님 표정은 왜 그렇습니까?"

"그것 때문에 자네들을 부른 거야. 일단 앉아봐."

손을 움직여서 셋을 자리에 앉힌 치프는 자신의 책상에 반쯤 걸터앉았다.

"라이트스톤과 관련한 문제야. 그냥 인간적인 고민이니까 너무 진지하게 받아들이진 말아줘."

치프는 약 반시간에 걸쳐 자신이 동결 지옥에서 봤던 것들을 설명해 주었다.

동결 지옥의 환경, 라이트스톤의 연구 기지, 그리고 치프 자신이 라이트스톤에게 느낀 점들이 주된 이야기였다.

모든 이야기를 들은 죠니와 안드레이, 킹은 각자 손에 쥔 주스와 커피 등을 마시며 생각을 정리했다.

이윽고 죠니가 입을 열었다.

"원사님. 불만을 얘기해도 됩니까?"

"괜찮아."

치프가 고개를 끄덕였다.

죠니는 손에 들고 있던 사과주스병을 테이블에 놓은 뒤 오른 손으로 자신의 왼팔 이두박근 부근을 주물렀다.

"원사님. 원사님께선 지금까지 제거해 온 목표들의 숫자를 기억하십니까?"

"임무 목표에 한해서는 기억 못 하지."

치프는 오른쪽 눈썹을 올렸다 내리면서 담담하게 대답했다.

죠니의 크고 두꺼운 턱이 위아래로 움직였다.

"예. 기억하기에는 너무 많죠. 하지만 UN사령부와 UNSMC 본부의 서버에는 그놈들의 명단이 존재합니다. 헬멧과 총의 광학 장비에 촬영된 자들은 얼굴과 지문, 홍채, 정맥 형태 등이 전부 상부로 전송되어 개인 정보가 탈탈 털리니까요."

"그렇지."

"그 명단 중에서 우리 손에 죽은 자들만 추려도 엄청납니다. 종이에 프린트라도 했다가는 난리가 나겠죠. 덤프트럭 적재함으로도 담아내지 못할 테니까요."

죠니는 다음 말을 이어나가기에 앞서서 두 손으로 얼굴을 감싸 쥐었다.

UNSMC가 된 이후 처음 임무를 수행했을 때, 즉 사람을 죽였을 때의 기억이 떠올라서였다.

"그들 중에서 범죄를 게으르게 한 놈은 아무도 없습니다, 원사님. 간부급들은 특히 더 그렇죠. 인맥 관리, 도매상과 소매상

관리, 부하 관리, 무기 관리 등등, 전부 성실하게 한 놈들 뿐입니다."

"……."

치프는 죠니의 말을 끊지 않고 가만히 듣기만 했다.

"마약만이 아니라 애들을 납치해서 팔아먹는 놈들도 상품의 신체검사를 철저하게 했습니다. 몸에 기생충이 들끓는 꼬마들은 구충제도 아깝다면서 병아리 수컷처럼 기계에 넣고 갈아버렸죠. 우리가 여태껏 상대한 놈들은 전부 그런 놈들이란 말입니다!"

죠니의 목소리가 점점 커졌다.

"근데 라이트스톤은 뭐가 다르죠? 그냥 겁나게 오래 살아온 것뿐이지 않습니까? 대체 뭐가 고민이십니까, 원사님?"

"…아냐, 달라."

치프가 가볍게 고개를 저었다.

그는 팔짱을 끼며 말했다.

"라이트스톤은 지구의 과학 기술, 즉 우리가 누려온 모든 기술의 원점과 같은 존재야. 그는 내가 모르는 방식으로 전투복을 원격 해킹해서 동력로를 뽑아버렸어. 데토네이터로 붙을 때도 마찬가지였지. 라이트스톤 쪽에서 내 어리광에 어울려 주는 느낌이었다고나 할까?"

치프는 예비로 사용하는 비상 단말기를 바지에서 꺼내 들었다.

"그를 잘못 건드리면 그냥 통신만 두절되는 걸로 끝나지 않을 거야. 지구 전체가 석기시대로 돌아갈 수도 있어. 아니면 내

년부터 지구에서 태어나는 모든 아이들이 메타휴먼이 될 수도 있지."

"예? 메타휴먼까지 라이트스톤의 작품이었습니까?"

죠니는 핏발이 훤히 보일만큼 눈을 크게 떴다.

"확정된 사항은 아니지만 알타이르의 왕족들과 3세대 드래곤들도 자기가 만들었다고 떵떵거리는 존재잖아? 설령 그가 메타휴먼을 직접 만들지 않았다고 하더라도 해당 유전자 정보 정도는 훤히 꿰뚫고 있을 거야."

죠니의 굵직한 목젖이 묵직하게 움직였다.

그는 점점 자신감을 잃고 있었다.

"라이트스톤은 알파 프로젝트, A 프로젝트, 스파르탄 프로젝트 등등에도 참여했어. 달에 있는 에덴 월면 기지의 기본 설계조차 그가 했다는 정보도 있지. 물론 건하운드의 원천 기술도 그가 제공한 거고."

치프의 말이 이어지자 죠니와 안드레이, 킹은 약속이라도 한 듯 숨을 죽이고 서로를 봤다. 뭐라 할 말이 없어서였다.

치프는 사장실의 유리벽을 향해 고개를 돌렸다.

"알겠어? 우리의 상대는 창조주야. 범죄자도, 미친놈도 아니야."

"……."

"하지만 다행히 신도 아니지. 붙어보자고."

그가 모두를 보며 씩 웃었다.

치프가 정신적으로 환기를 시켜준 덕분에 죠니와 안드레이, 킹은 차츰 냉정을 되찾고 생각에 잠겼다.

그 세 남자의 공통점은 일반적으로 이해하기 어려운 상황에 빠진다 하더라도 어떻게든 출구 전략을 짜내어 탈출해 왔다는 점이었다.

아무런 정보와 경험 없이 메타휴먼과 맞닥뜨렸을 때도, 치프가 식민지 소년의 자살 폭탄 테러 때문에 중상을 입었을 때도, 그리고 본부에서 잘못된 정보를 전달하여 모든 것을 엉망으로 만들 때도 그들은 각자의 특기를 창의적으로 발휘하여 위기를 극복해 냈다.

그들은 이번에도 어김없이 아이디어를 발산했다.

우선 죠니가 자신의 단말기를 꺼내어 뭔가를 확인해 봤다.

"어제 원사님께서 오크들에게 드론을 붙이셨죠. 저는 그 녀석들을 추적해서 정보를 얻어보겠습니다."

이어서 킹이 손을 슬쩍 들었다.

"제아무리 라이트스톤이라고 해도 변기의 밸브 같은 것까지 자기 손으로 만들어내진 않았겠죠. 놈에게 각종 물건을 납품한 놈들을 찾아보겠습니다. 사진 자료를 주세요."

"아, 자료."

킹의 요구를 들은 치프가 움찔했다.

"음……. 라이트스톤의 시설에서 촬영한 사진은 내 단말기에 들어 있어. 헬멧으로 촬영한 것들은 화질이 나빠서 도움이 안 될 거야."

"그럼 숙소에 다녀오시죠."

치프의 단말기가 정확히 어디에 있는지 모르는 킹은 피식 웃더니 어서 나가보라는 손짓을 했다.

"미안, 킹. 내 단말기는 우주에 있어."

당황한 킹의 눈동자가 좌우로 흔들렸다.

"하필 왜 거기 있습니까? 혹시 부사장님께서 집어 던지셨나요? 모르는 여자의 전화번호가 있다면서 말이죠."

"진정해, 킹. 지금 찾으러 갈 거야. 정말 깜박했군."

치프는 롸켓에게 연락하기 위해 비상 단말기를 들었다.

킹이 한숨을 쉬었다.

"원사님. 다음부터는 좀 쉬운 일을 해보죠, 고아원에서 성탄절 파티를 돕는 건 어떻습니까?"

"그랬다가는 UN사령부에서 우리의 월급과 연금을 몰수하겠지. 그리고 성탄절 시즌의 봉사활동은 온갖 직업의 유명인들이 독차지하기 때문에 자리 잡기도 어렵잖아?"

"되는 게 없네요."

한숨을 터뜨린 킹은 자신의 단말기 안에 들어 있는 정보원 명단을 살폈다.

치프가 롸켓에게 연락하고 죠니가 오크들의 행적을 추적하는 한편, 안드레이는 손에 턱을 괸 채 아무 말도 하지 않았다.

그는 지금까지 일어난 사건들과 치프에게 제공받은 정보, 그리고 자신이 직접 들은 이야기들을 차근차근 되짚고 있었다.

안드레이는 개인 임무에 실패하여 몸을 다치는 경우가 종종 있지만, 그만큼 핵심적인 요소를 추리하여 잡아내는 능력이 탁월했다.

"원사님. 원사님께서는 라이트스톤이 엠페라투스를 포기했을 거라고 생각하십니까?"

안드레이가 치프에게 물었다.

롸켓에게 막 연락을 하려던 참이었던 치프는 단말기에서 손을 떼고 고개를 흔들었다.

"그럴 리가? 그는 절대로 포기하지 않을 거야."

"원사님께서 그렇게 생각하시는 근거는 라이트스톤이 동결 지옥에 건설한 시설이겠지요."

안드레이는 사장실에 있는 사람들 중 그 누구보다도 진중한 표정으로 말했다.

"맞아. 그렇게 답이 없는 공간에서 끈질기게 노력한 인간이잖아? 딱 한 번 실패했다고 해서 완전히 주저앉을 리가 없어. 지금은 그냥 화풀이를 하고 있을 뿐이라고 생각해."

치프가 고민에 빠지고 라이트스톤에 대한 존경심마저 느낀 것은 바로 그 때문이었다.

"동감입니다."

안드레이는 괴고 있던 턱을 들었다.

"원사님. 엠페라투스가 그 강력함을 되찾은 이유는 빅시티에 나타났던 신을 섭취해서 그렇다고 들었습니다. 우리는 지금까지 그 요소를 '신성함'이라고 말했지만 라이트스톤은 그렇지 않을 겁니다. 그는 그 개념에 대해서 우리보다 명확하게 알고 있겠지요."

"그럼 자네는 그가 어떻게 행동할 거라고 생각하지?"

치프가 물었다.

"라이트스톤은 그 신성함을 획득해서 이용하려고 할 겁니다. 그렇다면 그의 다음 목표는 아마도 우주 연합 수도일 겁니다."

"이유는?"

"가장 확실한 신들의 서식지가 그곳이기 때문입니다."

안드레이는 자신의 단말기를 꺼내어 입체 영상을 출력했다.

그의 단말기에서 나온 입체 영상은 로젤라가 회사 상공에 숨어 있던 하이시리스를 쫓아낼 때 사용한 미지의 장비였다.

"이 기계가 라이트스톤의 기술을 바탕으로 제작된 물건이라면, 라이트스톤은 아마도 신들을 생포하여 그들이 가진 신성함을 추출할 기술까지도 보유하고 있을 가능성이 큽니다. 그가 하이시리스와 손을 잡고 공동 대표, 아니 왕녀 전하를 건드린 것은 아마도 단순한 화풀이가 아니라 자신이 앞으로 저지를 일에 대한 실험일 겁니다. 일단 저는 그렇게 생각합니다."

"흠."

치프는 약간 개운한 표정으로 고개를 끄덕여 안드레이의 의견에 동감을 표시했다.

"원사님. 저는 닥터와 상의해 보겠습니다."

안드레이가 자신의 계획을 밝히자 치프가 의아해했다.

"닥터가 과연 제대로 대답해 줄까? 난 그 할아버지를 아직 못 믿겠는데?"

치프의 대답에 안드레이가 고개를 갸웃했다.

"그렇습니까? 여사님과 부사장님은 닥터에 대한 신뢰가 두텁습니다."

"그래……?"

치프는 정말 놀랐다. 헤이파와 데스디아의 경계심이 그 정도로 무디지 않음을 알기 때문이었다.

"그럼 그 사람들이 왜 닥터를 신뢰하는지 알아본 뒤에 자네 계획대로 움직이는 게 나을 것 같군. 닥터가 라이트스톤의 원본이라는 건 자네들도 알잖아? 조심해서 나쁠 건 없겠지."

"알겠습니다, 원사님."

각자의 일이 확정된 뒤, 롸켓에게 수송기를 대기시킨 치프는 모두와 함께 사장실을 나갔다.

엘리베이터에 탑승하기 전, 죠니가 치프에게 넌지시 물었다.

"단말기를 찾아오신 뒤엔 무엇을 하실 겁니까?"

"일주일 정도 쉴 거야."

"오, 그럼 제발 혼자 쉬시길 바랍니다. 빅시티에는 절대로 가지 마세요."

죠니가 진심으로 부탁하자 치프의 눈썹 사이에 주름이 졌다.

"포프하고 같이 갈 생각은 없어."

"그러시겠죠. 흐흐. 재밌는 일이 많이 일어나겠군요."

죠니가 굵직한 웃음소리를 냈다. 킹과 안드레이도 소리 없이 씩 웃었다.

*　　　　*　　　　*

치프를 수송기에 태우고 대기권을 벗어난 롸켓은 헬멧에 쓴 햇빛 가리개를 올린 뒤 빠른 손놀림으로 추적 장치를 켰다.

수송기의 작은 모니터에 단말기의 신호가 뚜렷이 잡혔다.

"오우, 단말기의 배터리가 살아 있구려."

롸켓이 감탄했다.

"군용이니까."

팔짱을 끼고 있던 치프의 어깨가 들썩 움직였다.

롸켓의 옆자리, 즉 보조석에 앉은 치프는 경장갑 전투복을 입고 있었다. 그의 전투복은 헬멧부터 시작해서 전부 새것이었다.

"사장이 가자고 해서 가는 것인데, 설마 단말기 하나를 찾으러 우주로 나올 줄은 몰랐소. 회사에서 단말기 내의 자료만 빼낸 뒤에 다른 기계로 옮기면 되지 않소?"

"그렇긴 한데, 이렇게 바람 쐬는 것도 나쁘지 않잖아?"

"……."

롸켓은 이 우주 공간에서 바람은 무슨 바람이냐는 표정으로 치프를 바라보다가 다시 전방에 눈을 돌렸다.

단말기 안에 설치된 인공지능, 잭팟에 대한 얘기를 할 수 없었던 치프는 그냥 가만히 있었다.

"아까 젝스가 키드를 박살 냈다고 들었소."

롸켓이 넌지시 말을 던졌다.

"박살이라기보다는……. 코끼리에 한 번 밟힌 햄버거처럼 됐지."

"오, 제길. 하하하하."

롸켓이 몸을 들썩이며 웃었다.

"그러고도 살아 있다니, 키드도 참 끈질기구려."

"젝스도 나름 살살 친 거겠지. 얼마나 쌓인 게 많았으면 그랬을까 싶기도 해."

치프도 웃음소리를 냈다.

"그런데 오늘 내내 부사장이 안 보이는구려. 추운 곳에 다녀왔다고 들었소만, 감기라도 걸린 거요?"

롸켓이 천천히 웃음을 거두며 물었다.

"일단 어제는 자기네 엄마랑 같이 잔다고 했고……. 지금은 알타이르 사람들 전용 숙소에서 식사까지 다 해결할 수 있잖아? 오랜만에 고향 음식을 먹고 싶었겠지. 그리고 아직 점심시간도 안됐잖아? 너무 걱정하는 거 아냐?"

"흠. 어쩐지 쓸쓸해서 말이오."

롸켓이 자신의 헬멧에 붙은 턱 보호대를 만졌다.

"사장 앞에서 할 말은 아니지만, 나도 젊은 시절에 겪은 전쟁 때문에 지금도 고생을 하오. 아침에 식당에 나와서 사람들이 돌아다니는 모습을 봐야만 비로소 내가 살아 있다는 것을 실감할 수 있을 정도라오."

"수면제를 너무 많이 먹고 자서 그런 거 아닐까?"

"뭐, 그런 것도 있소."

롸켓은 고개를 끄덕여 치프의 지적을 인정했다.

"아무튼 우리 아기 고양이 부사장의 얼굴을 못 보고 아침을 시작하니 정말 허전하구려."

"…그게 벌써 소문이 났어?"

치프가 당황하여 물었다.

"모르는구려."

롸켓은 자신의 단말기를 꺼내 조작한 뒤 치프에게 건네주었다.

롸켓이 단말기 화면에 열어놓은 익명의 대화창은 치프를 바짝 굳게 만들었다.

거기에는 정말 어렵게 촬영된 것으로 보이는 데스디아의 타이트한 운동복 모습과, 거기에 하얀색 고양이 수염과 꼬리를 합성한 사진들이 무진장 떠 있었다.

그 대화방의 참여자들은 각자의 사진 합성 솜씨는 물론 온갖 상상의 나래를 펴면서 '아기 고양이 축제'를 누리고 있었다.

"어디 보자……. 뎃디 부사장에게 고양이 귀를 달고 하얀색 하이레그 가죽 타이즈를 입히고 싶군요. 아닙니다. 그런 파렴치한 복장은 헤이파 여사님에게 더 어울릴 겁니다. 그분은 가슴이 크니까요. 과연, 우후훗. 그런데 왜 다들 흰색 꼬리를 붙이는 겁니까? 그야 우리 아기 고양이의 피부가 갈색이니까요. 동지께선 흰색이 주는 어른스러움을 잘 모르는군요. 아, 제가 부족했습니다. 반성, 반성. …하아."

건조한 목소리로 대화창의 내용을 읽은 치프는 한숨을 쏟아냈다.

"대화창의 위쪽에는 알케온 팀장의 얘기도 있소."

롸켓이 신나게 말했다.

"알케온은 왜?"

"짐승 귀가 가장 어울릴 것 같은 미소년이라고 하더이다. 하, 지구인이란."

롸켓이 헛웃음을 터뜨렸다.

치프는 단말기를 롸켓에게 돌려주었다.

"내가 얘기했나? 켐리도 자기네 고향에선 미소년으로 불렸다나 봐."

"…허허, 뜬금없는 말로 우리의 축제를 망가뜨릴 생각은 하지 마시오."

"그 대화창 말인데, 아저씨가 주범이지?"

"난 모르오."

치프의 말을 부정한 롸켓은 그를 놀리듯이 껄껄 웃었다.

"오, 사장의 단말기까지의 거리가 앞으로 약 200미터라오."

롸켓이 모니터를 검지로 두드렸다.

"난 후방 출입문 쪽으로 나가지."

"알겠소. 난 수송기와 함께 이곳에서 기다리리다."

롸켓이 팔을 좌우로 저었다.

수송기의 후방 출입문을 통해 우주로 나간 치프는 조금 먼 곳에 보이는 그라니트 행성의 게이트를 흘끔 봤다.

그 거대한 구조물은 오늘도 변함없이 수많은 우주선들을 통과시키고 있었다.

라이트스톤이 말했던 '2주'라는 시간이 치프의 머릿속에 다시 맴돌았다.

'안드레이의 말대로, 과연 라이트스톤은 신들의 신성함을 자신의 몸에 심을 생각일까?'

전투복의 로켓 모터를 이용하여 단말기의 위치까지 단숨에 간 치프는 손으로 단말기의 화면을 두드렸다.

"오랜만입니다, 원사님."

단말기에서 잭팟의 목소리가 나왔다.

"여어, 쓸쓸했지?"

"지상에서는 아기 고양이 축제가 벌어졌더군요. 대화창을 구경하는 재미가 있었습니다."

"그래, 뎃디가 모르고 넘어가기를 빌어야지. 아마 모를 거야."

그러나 20여 분 뒤, 회사로 무사히 돌아온 치프가 목격한 것은 두 손으로 얼굴을 가린 채 식당 테이블에 엎드려 있는 데스디아의 모습이었다.

그녀와 마주 앉아 있는 탈리케이아는 '아기 고양이'를 외치며 웃느라 정신이 없었다.

"신이시여."

치프는 헬멧을 벗으며 중얼거린 뒤 식당 안으로 들어갔다.

"오, 치프. 왔어?"

곱슬곱슬한 금발을 좌우로 묶어 내린 탈리케이아가 식당에 들어오는 치프를 향해 손을 흔들었다.

탈리케이아는 알타이르의 전통 복장 대신 금색 줄무늬가 들어간 흰색의 운동복으로 상의와 하의를 맞춰 입고 있었다. 앞에 앉은 데스디아가 검은색 계통의 운동복을 입고 있는 것과는 대조적이었다.

치프는 탈리케이아가 그라니트 행성, 아니 일반적인 지구 스타일에 익숙해져서 편한 옷을 선택한 것이라고 생각했지만 실상은 그렇지 않았다.

알타이르 사람들을 위해 마련된 숙소 내에서 전통복을 고집하는 사람은 헤이파를 비롯한 극소수뿐이었다.

젊은이들 대부분은 입기 편하면서도 타이트한 운동복을 입고 있었는데, 헤이파의 심부름을 위해 알타이르 숙소에 갔다 온 켈리는 천국이 아니라 꼭 선수촌 같았다는 증언을 하여 UNSMC와 해병대원들의 환상을 깨부쉈다.

치프가 다가오는 소리를 들었음에도 불구하고 데스디아는 테이블에서 일어나지 않았다.

"식사는 했어?"

"우린 우리 숙소에서 먹고 왔어. 가문에서 파견한 일꾼들 가운데에는 왕궁에서 요리를 만든 분도 계시거든. 여기 음식도 맛있는 편이지만 거기 음식은 정말 최고야!"

"허, 그래?"

치프는 의자 하나를 들어서 탈리케이아와 데스디아 사이에 놓은 뒤 천천히 앉았다.

경장갑 전투복을 입은 채로 플라스틱 의자에 그냥 앉으면 그 소음이 엄청나기 때문에, UNSMC 대원들끼리 있을 때도 조심해야만 했다.

"언제 한번 나도 가서 먹고 싶네."

"그럼 이틀만 더 기다려."

대답한 사람은 데스디아였다.

자리에 똑바로 앉은 그녀는 빨갛게 상기된 얼굴을 손바닥으로 꾹꾹 눌렀다. 표정은 평소처럼 근엄했지만 속으로는 평상심을 되찾기 위해 노력하고 있었다.

"왜?"

치프가 묻자 데스디아는 씁쓸한 표정을 지었다.

"거기 있는 사람들 모두가 들떠 있거든. 여기서 일을 할 생각은 안 하고 당신을 잡아갈 생각만 하고 있지. 어머님조차도 그들의 복장을 단속하시느라 바쁘셔."

"그게 단속이 된 상황이었어요?"

마침 따뜻한 차와 케이크를 쟁반에 담아 가져온 켐리가 데스디아의 말을 듣고 깜짝 놀랐다.

"아, 켐리. 넌 아까 우리 숙소에 다녀왔었지?"

데스디아가 물었다.

"예. 들떴다기보다는 무슨 선수촌 같던데요?"

"어제 저녁에는 전부 속옷 차림이었어. 정말 가관이었다고."

식당 바깥쪽에 앉아서 점심을 먹던 UNSMC 대원들이 흠칫하여 그쪽을 봤다.

데스디아는 자신의 단말기를 꺼냈다.

"하아, 아무튼 미치겠군. 오늘부터 내 별명과 이름은 아기 고양이로 바뀔 거야."

치프는 아까 롸켓이 보여줬던 '익명의 대화창'을 떠올렸으나 그 이야기를 입 밖에 내진 않았다.

화면이 켜진 그녀의 단말기에는 치프가 그 대화창에서 봤던 온갖 합성 사진들이 그대로 떠 있었다.

"그건 뭐야?"

치프는 시치미를 떼고 그녀의 단말기 쪽으로 눈을 돌렸다.

"보지 마."

데스디아는 단말기를 껴안듯이 하여 화면을 감췄다.

친구의 그 모습을 본 탈리케이아가 다시 깔깔 웃었다.

"하하, 너무 그러지 마, 뎃디. 어렸을 때 너랑 나, 그리고 카렐리가 어르신들 앞에서 고양이 춤을 춘 걸 잊었어?"

"…탈리, 넌 그게 부끄럽지도 않아?"

데스디아의 얼굴이 다시 붉어졌다.

탈리케이아는 뭐가 문제냐는 듯 활짝 웃었다.
"부끄럽긴? 그때 어르신들이 얼마나 즐거워하셨는지 잊었어? 넌 하얀 고양이, 나는 황금 고양이, 카렐리는 검은 고양이 역을 맡았잖아?"
모른 척하며 이야기를 듣던 UNSMC 대원들이 다급히 각자의 단말기를 두드렸다.
탈리케이아는 뭐가 그리 신이 났는지 살짝 모은 두 손을 머리 위에 얹어서 고양이 귀 모양을 만들었다.
"난 그때 불렀던 노래도 기억하고 있어. 잠드신 정령 왕이여, 부디 여길 봐주세요. 그 옛날, 하늘이 열렸을 때처럼 우리들에게 빛을 내려주세요. 아기 고양이들이 비나이다. 어른들의 건강과 장수를 비나이다."
탈리케이아는 자신의 모습이 촬영되고 있다는 것을 까맣게 모른 채 노래까지 불렀다.
치프는 과연 괜찮을지 내심 걱정하면서 켐리에게 마실 것을 주문했다.
"노래는 됐어, 탈리. 그런데 그 자리에 카렐리도 있었나?"
"정말 다 잊었구나, 뎃디."
탈리케이아가 머리에서 손을 내렸다.
"예쁜 아이들 뽑기 대회에서 우리 셋이 나란히 뽑혔잖아?"
"그, 그래?"
데스디아는 기쁨과 창피함 사이에 낀 미소를 지었다.
이야기를 듣던 치프가 고개를 갸웃했다.
"근데 카렐리가 누구야?"

"카렐리 조마 올라루스. 근위대 사령관님의 첫째 딸이야."

탈리케이아가 그녀의 이름을 말했다.

"아, 그렇구나."

고개를 끄덕거리던 치프는 얼마 못 가 동작을 멈추고 눈을 크게 떴다.

"어? 알타이르 방식의 작명 법칙으로는 카렐리 조마 알타이르 올라루스 아냐?"

탈리케이아는 그 말이 나올 줄 알았다는 표정을 지으며 밝게 웃었다.

"카렐리는 알타이르의 땅 위에서 태어나지 못하고 배 위에서, 그러니까 하늘에서 태어났거든. 우리 엄마 말로는 사령관님께서 출산 장소를 무리하게 고르시다가 그렇게 됐대. 하지만 그 이름에 신경 쓰는 사람은 아무도 없어. 올라루스 가문 자체가 워낙 명문이라서 말이야."

"명문가 출신이 아니었다면 신경 쓰는 사람이 있었을 거라는 소리로 들리는데?"

치프가 지적하자 탈리케이아의 표정이 미묘해졌다.

"아… 뭐, 그런 경우가 너무 드물어서 잘 모르겠네. 아무리 잘나가는 가문 출신이라고 해도 하늘에 뜬 배 위에서 출산하는 사람은 없거든. 출산을 앞둔 사람이 배에 탄다는 것 자체가 좀 그렇잖아?"

"하하, 어느 행성에서도 일반적인 경우는 아니지."

치프가 웃음을 터뜨렸다.

"아무튼 본인에게 별일은 없었다니 다행이네."

"그렇지. 아, 맞다. 이름 하니까 궁금해지네?"

탈리케이아가 데스디아의 손 위에 자신의 손을 포갰다.

"뎃디. 혹시 이 행성에서 아이들이 태어나면 작명이 어떻게 되는 거야?"

"쉬운 문제를 고민하네. 알타이르 대신에 그라니트라는 지역명이 붙겠지. 위스콘신에서 출산하면 카렐리처럼 아무것도 붙지 않을 거야."

"으흥."

탈리케이아는 코웃음 소리를 내며 고개를 끄덕거렸다.

치프는 그녀가 무슨 생각을 하는지 알지 못했으나, 전함 위스콘신이 누군가가 출산을 할 때까지 이곳에 있진 않을 것이라는 사실만큼은 확실하게 말할 수 있었다.

"그런데 당신, 단말기는 찾아왔어?"

데스디아가 물었다.

"아."

치프는 팔뚝 보호대에서 단말기를 꺼내 흔들었다.

"우주 방사선까지 모두 제염했지."

"흠……."

데스디아는 그 단말기를 보며 인상을 썼다.

"그 단말기 말인데, 동결 지옥에서 보니까 다른 그 어떤 기종보다 우수한 것 같더라고? 내가 모르는 신형인가?"

"내가 그 우수한 성능을 평소에 쓰지 않아서 그런 것뿐이야."

치프는 이번에도 잭팟의 이름을 꺼내지 않았다.

하지만 데스디아는 그 단말기에 뭔가 있음을 직감하고 있었다. 하지만 어떻게 시비를 걸어야 할지 떠오르지 않았기에 아무 말도 하지 않았다.

"아, 뎃디. 마침 부탁할 게 있어."

"부탁?"

데스디아가 부탁이라는 말에 피식 웃었다.

"당신은 이제 나에게 '명령'을 해도 돼. 무려 목숨을 빚졌는데, 당신을 위해서 뭔들 못하겠어?"

"그래? 그럼 더 이상 아기 고양이 얘기 때문에 부끄러워하지 마."

"응?"

데스디아가 흠칫했다. 그가 정말 명령 비슷한 것을 할 줄은 몰라서였다.

치프는 살짝 우울한 표정을 지었다.

"네가 그러면 정말 어떻게 해야 할지 모르겠거든. 회사 내에선 장난으로 그치겠지만 헌터들은 그러지 않을지도 몰라. 그렇다고 그놈들 중에 하나를 잡아다가 험하게 다룰 수도 없고 말이지."

"…후후, 하하하!"

데스디아가 큰 소리로 웃었다. 탈리케이아도 마찬가지로 배를 잡고 웃었다.

이번에는 치프가 당황했다.

"왜? 난 진심이라고."

"아니, 당신 진심이 너무 지나친 거 같아서 말이야. 미안. 하하."

웃음을 천천히 가라앉힌 데스디아는 미소를 지은 채 차를 한 모금 마셨다.

"회사 사람들 앞에서 내가 부끄러워하는 건 너무 신경 쓰지 마, 치프. 다들 가족 같아서 그러는 거니까 말이야."

"……."

"생판 모르는 놈들이 나한테 아기 고양이라는 말을 하든, 암퇘지라는 말을 하든지 간에 대응할 생각은 없어. 그러니까 안심해, 당신."

"흠."

치프는 머쓱하여 뒷머리를 긁었다.

"그런데 헌터들에 대한 얘기는 왜 했어?"

데스디아가 물었다.

"아, 그라니트 행성에 있는 브리치들을 2주 내로 처리해야 할 것 같아."

"그러니 헌터들을 다시 모아보라는 말이겠지?"

"맞아."

"그렇군."

치프가 왜 2주라는 시간을 강조하는지 잘 아는 데스디아는 팔짱을 끼며 고개를 끄덕거렸다.

"좋아, 이번에는 예산의 한도를 무시하고 모아보지. 저번처럼 어중이떠중이들을 모으면 오히려 방해가 되니까 갈라트에게도 잘 얘기할게."

"부탁해."

"걱정 마, 치프."

데스디아는 맞은편에 앉은 탈리케이아에게 눈을 돌렸다.

"탈리, 조금 있다가 나와 함께 빅시티로 가자. 치프는 좀 더 쉬어야 돼."

치프는 괜찮다는 말을 할까 하다가 데스디아의 일을 방해할 것 같았기에 입을 열지 않았다.

"좋아. 대신 오면서 백화점에 들르는 거야, 뎃디. 새 운동복을 사고 싶어졌거든."

"그래, 메이&노드. 나쁠 건 없지."

데스디아와 탈리케이아가 살짝 쥔 주먹을 맞부딪혔다.

치프는 둘이 함께 가면 별문제가 없을 것이라 생각하며 켐리가 가지고 온 탄산음료를 마셨다.

114
외로움과 고독함의 차이

치프는 저녁 식사 무렵까지 사장실에서 가만히 있었다.

쉬는 와중에 셀레스티아와 파울라, 알케온 등이 사장실에 드나들었고, 바라쿠스와 엠페라투스의 감시를 전담한 에코 리더, 로버트가 그에게 자료를 들고 오기까지 했다.

하지만 치프는 모든 것이 편했다. 누군가를 죽일 필요가 없다는 사실 자체만으로도 그는 마음을 놓을 수가 있었다.

사장실에 마지막으로 온 손님은 사만다였다.

"아저씨. 식사하러 가시죠."

사만다는 소파에 누워 만화책을 보고 있는 치프에게 다가갔다.

"응? 벌써 저녁인가?"

종이로 된 만화책에 푹 빠져 시간을 보내고 있던 치프는 자신이 보고 있던 페이지에 책갈피를 끼운 뒤 소파에서 일어났다.

사만다는 엄지와 검지로 눈꺼풀 위를 만지는 치프를 이리저리 살펴봤다.

"좀 쉬셨습니까?"

그녀가 묻자 치프는 눈 위에 손을 댄 채 씩 웃었다.

"단말기를 찾아온 이후로는 별일 없었어. 이게 얼마만인지 모르겠네. 앞으로 며칠은 더 게으름을 피울 생각이야."

"푹 쉬십시오, 아저씨."

그와 함께 엘리베이터에 탄 사만다가 자신의 단말기를 바지에서 꺼냈다.

"보셨는지 모르겠네요. 재밌는 사진이 돌고 있습니다."

"재밌는 사진? 아, 뎃디의 사진 말이지?"

"아, 그건 점심까지의 일이었죠."

"응?"

치프가 움찔했다.

사만다와 함께 식당에 간 치프는 테이블 위에 엎드려 있는 탈리케이아를 보고는 깊은 한숨을 내쉬었다.

"하아."

그가 손에 든 사만다의 단말기 화면에는 황금 고양이로 합성된 탈리케이아의 사진이 떠 있었다.

치프는 탈리케이아 앞에 앉은 데스디아에게 눈을 돌렸다. 그녀는 부끄러움을 이기지 못하고 있는 탈리케이아를 향해 비웃음을 날리느라 정신이 없었다.

"부사장님께서 저렇게 신이 나신 모습은 처음 보네요."

사만다가 말했다.

"가족 같아서 저러는 거라잖아."

"예?"

"그런 게 있어."

치프는 오늘 내로 빅시티에서의 일을 들을 수 있을지 고민이 됐다.

식당으로 들어간 치프와 사만다는 켐리에게 치킨 샐러드와 스테이크를 각각 주문한 뒤 그녀들이 앉아 있는 자리로 향했다.

"재밌는 일이라도 있었나 봐?"

데스디아를 향해 질문한 치프는 옆자리에 앉아도 되겠냐는 손짓을 했다.

의자 등받이에 팔을 걸치고 있던 데스디아는 웃음을 일단 자제하면서 팔을 곧게 내렸다.

엎드려 있던 탈리케이아도 옆으로 꼼지락 움직여서 사만다가 앉을 자리를 만들어주었다.

"빅시티를 다녀오니까 황금 고양이가 탄생했더군. 하하!"

데스디아는 호쾌하게 웃으며 자신의 단말기를 꺼내 치프에게 보여주었다. 단말기 화면에는 아까 치프가 봤던 '황금 고양이' 탈리케이아의 사진이 떠 있었다.

그 사진은 오늘 점심 무렵, 탈리케이아가 두 손으로 고양이 귀 모양을 만든 채 노래를 부를 때의 모습이었다.

그녀의 얼굴에는 검은색의 고양이 수염이 합성되어 있었다, 게다가 엉덩이에 그려진 꼬리는 좌우로 흔들리기까지 했다.

'원본은 움직이는 사진이었군.'

치프는 자연스럽게 흔들리는 그 꼬리의 움직임을 보고 어이가 없었다.

"풋!"

가만히 앉아 있던 사만다는 터지는 웃음을 참지 못하고 입을 막으며 고개를 돌렸다.

치프가 사만다를 흘끔 봤다.

'사만다를 웃게 만드는 스위치는 꼬리였군. 아니, 귀여운 것일지도?'

그는 사만다가 어렸을 때, 동물을 기르고 싶다며 애원했던 것을 떠올렸다.

하지만 치프는 수년 동안 그녀의 소원을 거절했다. 생명을 완구로 취급하는 행위를 납득할 수 없다는 것이 이유였다.

'인공지능 강아지를 사준다는 선택지도 있었는데 말이지.'

치프는 지금도 그녀에게 동물을 사줄 의향이 없었다. 다른 사람은 몰라도, 적어도 자신만큼은 생명을 구입해선 안 된다고 생각하기 때문이었다.

"아, 그 사진이 찍힐 줄은 몰랐는데……."

탈리케이아가 신음하듯 중얼거렸다.

"음. 사진의 화질을 보니까 누군가가 경비용 드론을 이용해서 찍은 것 같네. 촬영한 위치가 너무 높고 지나치게 선명해. 단말기에 박힌 카메라로는 이런 사진을 찍을 수가 없어. 게다가 당시 식당 내부는 어둡기까지 했지."

치프가 분석하자 탈리케이아가 고개를 번쩍 들었다.

"분석하지 마!"

탈리케이아는 데스디아가 든 단말기를 빼앗으려 했다. 하지만 데스디아는 권투 선수처럼 유연하고 빠르게 상체를 움직여서 상대의 손길을 피했다.

치프는 즐거운 얼굴로 친구와 장난을 치는 데스디아의 모습이 낯설면서도 귀여웠다.

생수가 담긴 병과 컵을 가져오던 켐리가 그 모습을 보고 한숨을 쉬었다.

"그만들 하세요. 합성용 사진이 더 늘어날 뿐이라고요."

"윽!"

데스디아와 탈리케이아의 움직임이 동시에 멈췄다.

순간 초감각을 발휘한 둘은 엄청난 숫자의 시선을 느끼고는 재빨리 식당을 둘러봤다.

그녀들을 주목하던 UNSMC 대원들은 재빨리 단말기 및 카메라, 드론들을 감춤으로써 그녀들의 의심을 깨끗이 회피했다.

컵에 물을 채워 사만다의 앞에 놓아준 치프는 자신의 컵에도 물을 부었다.

"빅시티에서의 일은 어땠어?"

치프가 데스디아에게 물었다.

"아, 갈라트가 나흘 내로 고급 헌터들을 모으겠다고 약속했어. 닷새 뒤면 그들 모두가 이 행성에 집결하겠지. 물론 간단한 면접은 봐야겠지만 말이야."

데스디아가 진지한 표정으로 대답했다.

"이번에 모일 헌터들은 괜찮을까?"

치프는 헌터들이 오크들을 상대로 별다른 활약을 하지 못한 일 때문에 걱정하고 있었다.

"갈라트는 50위권 내에 랭크된 헌터 그룹까지 최대한 불러 모으겠다고 약속했어. 다들 몸값이 비싸지만 그만한 값은 하겠지."

데스디아는 오늘 갈라트 회장에게 받은 헌터들의 명단을 단말기 화면에 띄운 뒤 그것을 치프에게 보여주었다.

명단을 살피던 치프의 눈이 랭크 1위 부분에서 멈췄다.

"테리온 아이덴? 아이덴 왕국의 아홉 번째 왕자잖아? 이 친구가 랭크 1위였어?"

"그렇다고 하는군."

데스디아가 대답했다. 그녀도 사실 치프가 말한 테리온이라는 자에 대해서 자세히 알지는 못했다.

"왕국이라고 하면, 설마 전제군주제인가요?"

사만다가 치프에게 물었다.

"아냐. 입헌군주제 국가야. 실제로는 의원내각제를 통해서 나라가 움직이지. 아이덴 왕국은 아이덴 행성의 절반을 차지한 대국이야. 그리고 그 나라의 석유 매장량이 엄청나서 지구와 활발히 교역하고 있지."

"자세히 아시는군요?"

사만다가 감탄했다.

사실 사만다는 아이덴 왕국이라는 이름을 오늘 처음 들었다. 그것은 데스디아와 탈리케이아도 마찬가지였다.

아이덴 행성, 그리고 아이덴 왕국의 지명도는 그만큼 형편없었다.

치프는 어깨를 슬쩍 움직였다.

"응. 아이덴 왕국의 총리가 UN에서 연설하기 위해 지구에 왔다가 납치당한 적이 있었거든. 총리를 찾아서 구출하는 임무를 우리가 맡았지."

"……."

치프가 흘리듯 말하자 모두가 놀라서 입을 다물었다.

"윗분들께서는 주변에 소문이 안 나도록 깔끔하게 찾아내라고 명령했어. 총리를 찾기까지 한 3시간 걸렸나? 브루클린의 어떤 간 큰 범죄 조직이 저지른 짓인데, 그놈들 덕분에 우리는 우리대로 2개월 가까이 고생했지."

"2개월은 또 뭔데?"

탈리케이아가 물었다.

"윗분들이 화가 났는지, 뉴욕시 전체를 청소하라고 지시하더라고. 뉴욕이 좀 큰 도시도 아니고……. 아무튼 밤이슬을 맞아가면서 온갖 놈들을 잡아다가 신의 곁으로 보내줬지. 그러니까 그다음 해에 뉴욕 시장이 항의를 하더라고."

"뭐라고 말입니까?"

사만다가 조금 긴장한 얼굴로 물었다.

"세금이 전년도에 대비해서 5퍼센트 정도 덜 걷혔다는 거야. 제길, 알 게 뭐람."

"……."

사만다와 데스디아, 탈리케이아가 당황하여 말을 잊은 가운데, 빈 접시들을 들고 지나가던 UNSMC 대원이 한마디를 던졌다.

"원사님. 그때 분명히 비밀리에 작전을 벌였는데, 그 시장님은 그 사실을 어떻게 아셨을까요?"

"상원 의원 한 명이 입을 나불댔더라고. 서로 친척이었거든."

"아, 그래서 그때 뉴욕 주 상원 의원 한 명이 사라졌던 거군요."

"뭐, 죽이진 않았어. 국가 기밀의 중요성을 직접 가르쳐 줬을 뿐이야."

"으흠."

콧소리를 낸 대원은 고개를 끄덕이며 걸어갔다.

치프가 컵의 물을 반쯤 마셨다.

"아무튼 테리온 아이덴의 얘기로 돌아가서……. 이 친구는 무슨 재주로 랭킹 1위를 유지하는 거지? 설마 잘생긴 얼굴로?"

치프는 데스디아의 단말기 화면에 떠 있는 테리온의 사진을 손으로 가리켰다.

그는 적당히 기른 금발에 만화에서나 나올 법한 미모를 지닌 청년이었다.

사만다는 왕자답게 잘생겼다고 느꼈지만 데스디아와 탈리케이아는 시큰둥한 표정을 지었다.

"나무젓가락도 쪼개지 못할 것 같은 얼굴이군."

데스디아에 이어 탈리케이아도 비웃음을 입에 머금었다.

"어쩐지 분홍색 양말을 즐겨 신을 것 같이 생겼네."

치프와 사만다는 분홍색 양말이라는 말에 담긴 의미를 몰라서 서로를 잠깐 쳐다봤지만 그런다고 해서 답이 나오는 것은 아니었다.

"제가 설명해 드리죠."

치프의 입에서 테리온의 이름이 다시 나오기를 기다렸던 켐리가 턱을 번쩍 치켜 올리며 말했다.

"아, 그래. 짧게."

치프는 어서 음식을 가져오라는 뜻을 담아서 '짧게'라는 말을 강조했다.

"테리온 왕자는 여덟 명의 호위 무사들을 데리고 있어요. 각기 다른 행성에서 스카우트된 사람들인데요, 그들이 힘을 합하면 고층 빌딩만큼 큰 초대형 괴수도 간단히 잡을 수 있죠! 정말 강력한 사람들이에요!"

켐리가 흥분을 자제하고 최대한 간단히 설명했다.

"그럼 테리온 왕자보다는 그 여덟 명이 더 대단하다는 뜻이네?"

치프가 지적했다.

"뭐… 왕자가 직접 싸우는 건 못 봤으니까요."

켐리는 마지못해 인정하는 표정을 지었다.

"그렇군. 그보다… 알케온이 널 노려보는 눈빛이 무서운데?"

"아!"

알케온의 번뜩이는 눈을 본 켐리는 조리대 쪽으로 빠르게 걸어갔다.

데스디아에게 단말기를 돌려준 치프는 자신의 단말기로 날짜를 확인했다.

"그래, 랭킹 1위 왕자님의 일은 그렇다 치자고. 뎃디, 네 말대로라면 우리에게 앞으로 나흘 정도 여유가 있다는 소리네?"

내일부터 어머니를 도와 알타이르 전사들을 훈련시키려 했던 데스디아는 치프의 그 말을 듣고 궁금한 표정을 지었다.

“당신, 혹시 특별한 계획이라도 있나?”

“물론 있지. 운캄타르의 본체가 있는 곳으로 가볼 거야.”

“흠. 모험이군.”

그가 휴가를 떠날 거라고 얘기할 줄 알았던 데스디아는 불만을 드러냈다.

“미안한데, 당신에겐 더 긴 휴식이 필요해. 동결 지옥에서 라이트스톤과 싸운 게 어제잖아?”

“아니, 내일 당장 그곳으로 가보겠다는 말은 아니야. 나도 하루나 이틀 정도는 쉬어야지.”

하지만 치프의 표정은 기대감에 들떠 있었다.

“내가 오늘 저녁에 어머님과 상의해 보지. 어머님께서 결론을 내리실 때까지 꼼짝도 하지 마.”

그녀는 치프가 자신보다는 자신의 어머니, 헤이파의 말을 더 잘 듣는다는 사실을 알고 있었다.

“그럼 어쩔 수 없지.”

치프는 데스디아의 예상대로 순순히 응했다.

“그리고 셀리에게는 내일 내가 직접 얘기하도록 하지.”

“응?”

그녀가 자신에게 셀리의 일을 떠맡길 거라 생각했던 치프는 상당히 놀랐다.

“왜 그렇게 놀라?”

데스디아가 살짝 인상을 쓰며 물었다.

“아니, 나보고 셀리에게 얘기하라고 할 줄 알았거든.”

"그럴까 했는데 생각을 바꿨어."

그녀는 솔직하게 대답했다.

"어제 이후에, 당신을 만났을 때부터 지금까지 있었던 일들을 한번 생각해 봤어. 당신, 정말 모르는 사람들을 위해서 진심으로 목숨을 걸어왔더군."

"아저씨의 나쁜 버릇이죠."

사만다가 치프 대신 대답했다.

탈리케이아는 사만다가 치프와 데스디아의 대화에 끼어든 타이밍을 보고 내심 놀랐다.

'사만다가 뎃디를 견제하고 있잖아? 삼촌과 조카의 관계 같은 게 아니었나?'

탈리케이아는 긴장했지만, 정작 데스디아는 자신이 견제당했다는 사실을 전혀 모르고 있었다.

"그렇지. 네 말대로 나쁜 버릇이야. 그래서 흉내 정도는 내보려고 생각했어."

"흉내?"

데스디아의 평가를 듣고 멋쩍어하던 치프가 흉내라는 말을 듣고는 의아하다는 반응을 보였다.

데스디아는 짧게 한숨을 쉬었다.

"나마저 그 아이에게 겁을 먹고 물러서면 안 될 것 같더군."

"음……."

"얼마 전까지 친구랍시고 껴안고 보듬어줬는데, 사고 한번 쳤다고 해서 학을 떼고 물러난다고? 그건 여자답지 않은 행동이잖아?"

데스디아의 말에 치프가 쓴웃음을 지었다.
"그건 성별이 아니라 인간성의 문제야."
"흠, 아무튼."
데스디아가 콧등에 힘을 주고 팔짱을 꼈다.
"셀리에게는 내가 얘기하겠어. 당신은 끼어들지 마."
"어려울 거 없지."
치프는 싱긋 웃었다.
조금 뒤, 켈리가 치킨 샐러드와 스테이크를 가지고 그들의 자리로 다가왔다.
치프는 내일 무엇을 할지 고민하며 샐러드 위에 파인애플 드레싱을 뿌렸다.

*　　　*　　　*

다음 날 새벽.
일찌감치 일어나 전투복으로 갈아입은 헤이파는 자신의 침대에서 자고 있는 데스디아의 모습을 봤다.
헤이파의 표정이 살짝 구겨지더니 결국 혀를 차는 소리가 그녀의 입 밖으로 터졌다.
"어제도 그러더니, 넌 대체 나이가 몇인데 엄마 젖을 주무르면서 자는 것이냐? 불편하게시리."
그 말에 반응하듯 데스디아가 자신의 나체를 담요 속으로 구겨 넣었다.
"오늘은 못 봐준다. 어서 일어나."

헤이파는 담요를 휙 걷어내고는 딸의 엉덩이를 손으로 두드렸다.

"일어나려무나. 아침 훈련을 해야지."

데스디아는 담요를 붙잡고 버텼지만 헤이파의 손이 점점 매서워지자 결국 눈을 뜨고 일어났다.

"너무하십니다, 어머님."

"더 버티면 네가 젖을 주무르면서 잔다고 소문을 낼 것이야."

"하아……."

데스디아는 두 손으로 머리를 쓸어 넘기며 정신을 집중했다.

"오늘부터 너에게 무궁무진의 경지가 무엇인지 가르쳐 줄 것이야."

"예?"

데스디아가 움찔했다.

"어머님, 설마……?"

"응?"

헤이파는 당혹감에 빠진 데스디아의 표정을 돌아봤다.

"왜 그리 놀라느냐?"

"어머님. 무궁무진의 경지란, 브라토레 가문의 당주가 모든 무력을 내려놓기 전에 차기 당주에게 전수해 주는 마지막 힘입니다."

"음, 그렇지. 잘 아는구나."

헤이파가 고개를 끄덕거렸다.

황망한 표정으로 자신의 모친을 바라보던 데스디아는 이내 화를 냈다.

"싸움이 언제 끝날지 모릅니다! 아직은 어머님의 힘이 필요하단 말입니다!"

"딱히 무력을 내려놓을 생각은 없단다. 무궁무진의 경지를 전수한다고 해서 힘이 사라지는 것도 아니지. 네 할머니께선 아직도 검을 놓으시지 않았단다."

"예?"

데스디아가 크게 당황했다.

자신의 조모가 건강하다는 것은 잘 알고 있었지만 그녀가 헤이파에게 당주를 물려준 이후 검을 드는 모습을 본 적이 없었기 때문이었다.

"네 말대로 싸움이 언제 끝날지는 아무도 모르지. 하지만 지금까지 만나지 못했던 강적들이 나타난다는 사실만은 분명하단다."

헤이파가 팔짱을 끼었다.

"라이트스톤의 직속 부하들은 꽤 강력했다고 들었단다. 저번에는 그들을 이겨낼 수 있었지만 그다음은 그렇지 않겠지. 라이트스톤이라면 더 우수한 부하들을 만들어낼 수 있을 테니까."

"……."

데스디아가 침묵하는 한편, 헤이파는 브라토레 가문의 문장이 수놓아진 망토를 어깨에 걸치고 끈을 조였다.

"지금은 비상 상황이란다, 얘야. 무궁무진의 경지를 전수해 주는 것은 그저 절차에 지나지 않아. 비상 상황인 만큼 절차 따윈 생략해도 상관없겠지."

헤이파가 데스디아에게 손을 내밀었다.

"목숨을 불태울 때가 왔단다. 일어나렴, 라샤이드 데스디아. 엄마와 함께 적을 멸하자꾸나."

"…알겠습니다, 어머님."

비장한 표정을 지은 데스디아는 즉각 샤워실로 들어가 몸을 씻고 건조시킨 뒤 자신의 전투복을 입었다.

탈리케이아까지 억지로 깨워서 숙소 밖으로 나온 헤이파는 알타이르 사람들을 위해 만들어진 대형 훈련장과, 숙소가 새로 마련되기 전까지 써왔던 회사 훈련장을 번갈아 살폈다.

"이곳은 보는 눈이 너무 많으니 회사 쪽의 훈련장을 쓰자꾸나."

"무궁무진의 경지를 노출시키고 싶지 않으신 거군요, 어머님."

"후후, 글쎄다?"

헤이파는 정확한 답을 피했다.

그녀가 회사 훈련장을 택한 이유는 알타이르 숙소 곳곳에 켜진 화려한 조명 때문이었다.

'정신이 사나워서 못 해먹겠다고 말해 버리면 실망하겠지.'

새벽의 차가운 바람이 그녀들의 머리카락을 흔들었다.

"가자꾸나, 얘들아."

헤이파가 앞서 걸어가고 데스디아와 탈리케이아가 그녀를 따라갔다.

고향에 있을 때, 헤이파는 아직 어린 데스디아와 탈리케이아를 데리고 시장과 왕궁, 그리고 애들이 들어가면 위험한 깊은 숲에도 그녀들을 데리고 들어가서 모험을 했다.

그 모습이 얼마나 정겨웠는지, 헤이파의 둘째 딸과 탈리케이아의 모친이 그들을 질투할 정도였다.

하지만 그들은 모험이 아니라 큰 싸움의 준비를 위해서 새벽길을 걷고 있었다.

탈리케이아는 아직 잠이 덜 깼는지 다리를 후들후들 떨었다. 보다 못한 데스디아가 그녀를 업고 헤이파의 뒤를 계속 따라갔다.

"탈리."

헤이파가 탈리케이아를 불렀다.

"예, 스승님."

호명에 대답한 탈리케이아는 데스디아의 등에서 내려가려 했지만 데스디아는 그녀를 놓아주지 않았다.

"괜히 억지로 걷다가 다치지 말고 그대로 있으렴."

"죄송합니다, 스승님."

탈리케이아는 부끄러운 나머지 데스디아의 어깨 위에 턱을 걸쳤다. 데스디아는 웃으며 친구의 둔부를 토닥였다.

만약 그 자리에 치프가 있었다면 넘어지는 것 정도로 다치는 몸들이었냐고 물었을 것이다.

"한 가지 묻자, 탈리. 넌 치프를 얼마나 좋아하니?"

헤이파의 기습적인 질문에 탈리케이아는 물론 데스디아까지 움찔했다.

"솔직히 말해주렴. 난 너를 키운 또 한 명의 어른으로서 네 생각을 알고 싶단다."

"예, 스승님."

탈리케이아는 호흡을 조절한 뒤 힘을 주어 말했다.

"저는 치프가 마음에 들어요, 스승님. 하지만 혼인은 좀 더 지켜보고 결심할 겁니다."

"지켜보겠다고? 왜?"

헤이파가 의아해했다. 호기심 많고 모험을 좋아하며 리스크를 두려워하지 않는 개구쟁이, 탈리케이아가 전에 없이 신중한 표정을 지으니 그럴 수밖에 없었다.

"치프는 끔찍할 정도로 고독한 걸 좋아하거든요."

"……."

데스디아와 헤이파는 묵묵히 그녀의 말에 동의했다.

"그는 누군가와 함께 있다는 사실이 얼마나 좋은 일인지를 굳이 알려고 하지 않아요. 그걸 알려준 뒤에 혼인해도 괜찮겠죠."

"후후, 너답구나. 넌 용감한 엄마가 될 것이야."

씩 웃은 헤이파는 다시 걸음을 옮겼다.

그때, 탈리케이아가 용기를 짜내어 그녀에게 말했다.

"스승님께서도 치프를 좋아하시지 않습니까?"

"내가? 하하하."

헤이파는 부드럽게 웃었다.

"난 손자 손녀를 보는 것만으로도 만족한단다."

그녀는 느긋하게 대답했다.

데스디아와 탈리케이아는 그 느긋함에서 공허함을 감지했지만 굳이 따지진 않았다.

회사 훈련장의 스탠드에는 치프가 검은색 야전 상의를 입은 채 혼자 앉아 있었다.

야전 상의와 두툼한 넥워머, 검은색 비니 모자로 몸을 완전히 감싼 그는 헤이파와 데스디아, 탈리케이아가 자신에게 다가오자 눈을 번쩍 떴다.

"여사님. 여기서 훈련하시게요?"

"그렇다네. 자네는 언제까지 혼자 있을 건가?"

중의적인 질문이었다.

"지금은 혼자 있는 게 아니라 그냥 쉬는 거예요."

치프는 오해하지 말아달라는 투로 대답했다.

"그렇군. 자네, 우리들의 훈련을 지켜보겠나?"

헤이파가 묻자 치프는 살짝 고개를 끄덕였다.

"좋죠."

"그렇다면 잘 지켜보게. 뭔가 고쳐야 할 부분이 있다면 말해주고."

그가 있는 장소로부터 조금 거리를 둔 헤이파는 심호흡으로 정신을 집중했다.

데스디아와 탈리케이아도 팔다리와 근육, 인대 등을 천천히 달구며 헤이파를 따라 호흡을 조절했다.

헤이파는 둘의 움직임이 딱딱한 것을 보고선 내심 한탄했다.

"아기 고양이."

"풉!"

헤이파가 한마디 휙 던지는 순간 탈리케이아의 입에서 웃음이 뿜어져 나왔다.

데스디아도 긴장이 풀린 나머지 전함 위스콘신에 반쯤 가려진 하늘을 보며 한탄했다.

"죄송합니다, 어머님. 집중하지 못했습니다."

"그럴 거라 생각했다. 마음을 가라앉히렴."

데스디아와 탈리케이아는 아까보다 훨씬 부드러운 움직임으로 몸을 풀었다.

말없이 그들을 구경하던 치프는 야전 상의 안에 미리 넣어놨던 풍선껌을 입에 넣고 우물우물 씹었다.

준비 운동을 마친 데스디아와 탈리케이아는 헤이파로부터 몇 걸음 물러났다.

헤이파는 허리에 차고 있던 칼을 뽑은 뒤 정령 교감을 개시했다.

그녀가 사용하는 환도는 브리치의 파편에서 추출한 희귀 금속을 재료로 하여 지구에서 직접 제작한 물건이었다.

스트라투스를 분석하여 알타이르의 전통 장검인 환도의 형태로 복제한 것인데, 신이 직접 만든 칼인 스트라투스에 비할 수 있는 물건은 절대 아니었다.

하지만 길이가 2.8미터에 달하는 스트라투스는 휴대성이 극도로 떨어지는 관계로, 헤이파와 데스디아는 지구에서 만들어 준 그 환도를 아껴 사용하고 있었다.

정령과 교감을 하던 헤이파가 소리가 날 만큼 크게 숨을 내쉬었다.

치프는 그녀의 입에서 나오는 숨결이 밝은 푸른색인 것을 보고 흠칫했다.

'땅거미 부족의 족장을 베실 때와 비슷하군.'

헤이파의 입에서 나온 숨결이 그녀의 뒤쪽으로 흘렀다. 치프는 그 흐름을 좇아 눈을 움직였다.

헤이파의 뒤쪽에 위치한 공기가 초고밀도로 집중된 정령에 밀려나면서 빛을 굴절시키고 있었다.

주변 건물을 비롯한 각종 사물들의 형태가 그 굴절로 인해 이리저리 꺾인 것처럼 보였다.

헤이파가 눈을 떴다.

"여기까지가 '정령왕의 증명'이라 불리는 경지란다. 하지만 그저 보여주기에 불과한 묘기이기에 효율은 엉망이지."

은색으로 은은하게 빛나던 헤이파의 눈동자 색이 파란색에서 붉은색으로 바뀌었다. 그러고는 얼마 못 가 황금색으로 변했다.

빛을 굴절시킬 만큼 집중되었던 정령들이 그녀의 몸으로 모두 흡수되었다.

어린 드래곤들을 날개로 덮은 채 잠을 자고 있던 바라쿠스가 눈을 번쩍 뜨고는 목을 일으켜 장벽 안쪽을 봤다.

근처에서 자고 있던 엠페라투스도 천천히 눈을 떴다.

"저렇게 작은 생물이 저 정도의 힘을 품을 수 있다니, 놀랍군요. 힘을 담는 그릇의 크기와 질이 다릅니다."

바라쿠스는 만약 그녀가 적이 된다면 정말 목숨을 건 싸움이 벌어질 것이라고 판단했다.

"어떠한가? 내가 이곳에서 발견한 최고의 보물일세. 정말 아름다워."

엠페라투스는 식욕을 담아 헤이파를 바라보고 있었다.

바라쿠스는 눈두덩을 구기며 엠페라투스를 노려봤다.

"수집에 흥미를 가지실 줄은 몰랐습니다만?"

"수집이 아닐세. 나의 모든 것을 투자할 가치가 있는 재밋거리지. 하아, 갖고 싶군."

"……."

바라쿠스는 뭔가에 홀린 듯이 헤이파를 바라보고 있는 엠페라투스의 모습이 대단히 마음에 들지 않았다.

'저 알타이르 전사를 인형처럼 보관하고 갖고 노실 생각은 아닌 것 같군. 분명 그 이상의 일을 꾸미고 계시겠지.'

바라쿠스는 그의 꿍꿍이를 막아보겠다고 다짐했지만, 엠페라투스가 헤이파를 이용하여 무슨 일을 하려는지 감이 잡히지 않았기에 일단은 가만히 있었다.

다음 순간 두 드래곤의 안색이 변했다.

헤이파의 몸에서 솟구치던 정령의 빛이 갑자기 여러 갈래로 나뉜 것이다.

스탠드에 앉아 있던 치프가 벌떡 일어났다.

'무슨……?'

데스디아와 탈리케이아도 너무 놀라 입을 벌렸다.

회사의 훈련장 위에는 수백 명의 헤이파들이 서 있었다.

진짜와 가짜를 구별하는 것은 매우 쉬웠다. 진짜 헤이파는 옷을 제대로 입고 있었고 가짜들은 모두 나체였다.

하지만 가짜들 모두가 진짜와 똑같은 질량과 생명력을 갖고 있었다.

헤이파가 오른손에 든 환도를 옆으로 내렸다.

"이것이 무궁무진의 경지."

헤이파의 모습을 한 가짜들이 각기 다른 무술의 자세를 잡았다. 데스디아와 탈리케이아는 그 가짜들로부터 엄청난 패기를 감지했다.

환도를 내린 헤이파는 황금색으로 빛나는 눈으로 데스디아를 봤다.

"정중히 인사하렴, 첫째야. 이분들 모두가 우리 가문의 역대 당주들이시다. 브라토레의 피와 긍지, 그리고 역사 그 자체지."

가짜들, 아니 브라토레 가문의 역대 당주들은 무술의 자세를 풀고 각기 다른 미소를 지으며 데스디아를 향해 손을 흔들었다.

말을 잊은 채 그 모습을 보던 엠페라투스가 웃음을 터뜨렸다.

"하하. 역대 당주들이라고? 유전자에 새겨진 옛 존재들의 정보가 정령의 힘을 빌려 육체를 가지다니……! 알타이르 왕족의 첫째 딸은 반드시 모친을 닮는다는 특징이 저러한 결과를 자아냈단 말인가?"

엠페라투스에 이어 바라쿠스도 진지한 얼굴로 발성 기관에 힘을 주었다.

"유사 무장 제조 능력이라고밖엔 말씀을 못 드리겠군요."

바라쿠스는 헤이파의 혈육인 데스디아도 저런 능력을 사용할 수 있을지 궁금했다.

데스디아는 어머니의 뒤쪽에 늘어선 역대 당주들의 모습에서 심한 두려움을 느꼈다.

그녀는 당주들에게서 자기 자신을 감지했다.

그들에게서 느껴지는 동질감은 어머니의 체온으로 데워진 솜이불처럼 따뜻했으나, 상황 자체가 너무 낯설었기에 그녀로서도 어쩔 수가 없었다.

처음 겪는 입장에서는 거울이 잔뜩 깔린 미로 안에 갇힌 것이나 다름없는 상황이었다.

하지만 조금 전, 어머니의 설명을 들은 데스디아는 마음을 비우고 동질감을 받아들인 뒤 선대 당주들을 향해 허리를 굽혔다.

"소녀, 데스디아리아 헤이파 알타이르 브라토레라고 합니다. 브라토레 가문의 위대한 당주들께 인사드립니다."

인사를 받은 당주 중에 한 명이 데스디아에게 다가갔다.

"헤이파의 첫째 아이야. 자리에서 일어나 나를 보렴."

그녀의 부름에 데스디아가 일어나서 그녀를 봤다.

나체였던 당주의 몸이 빛의 실에 감싸였다. 그 실은 고대 알타이르의 옷차림으로 바뀌었다.

그 옷은 데스디아가 알고 있는 알타이르의 역대 복식 중에서 가장 오래된 시대의 옷이었다.

데스디아와 똑같은 얼굴을 가진 그 당주가 푸근하게 웃으며 말했다.

"귀여운 데스디아리아. 나의 모든 자손들을 대표하여 너를 환영하마."

"설마, 초대 당주님?"

데스디아가 벅찬 목소리로 상대를 불렀다.

"후후."

잔잔하게 웃은 초대 당주의 손이 데스디아의 뺨에 닿았다.

단말기를 이용해 그 상황을 촬영하고 있던 치프는 단말기의 렌즈보다 더 차가운 눈으로 데스디아에게 접촉한 당주를 살펴봤다.

'초대 당주? 뎃디가 갑자기 무슨 말을 하는 거지? 설마 환각에 빠진 건가?'

치프는 당주의 목소리를 듣지 못했기에 그렇게 생각할 수밖에 없었다.

그는 단말기에 내장된 광학 분석기를 이용하여 주변에 최면 및 환각 효과가 존재하는지 철저하게 살폈다.

반면 정령 교감이 가능한 모든 이들은 당주의 목소리를 똑똑히 들었다.

탈리케이아뿐만 아니라 장벽 밖에서 회사 안쪽을 보고 있는 바라쿠스와 엠페라투스도 당주의 목소리를 분명하게 들었다.

그 와중에 침묵하고 있던 치프는 주머니에 구겨 넣은 풍선껌의 포장지를 둥글게 구긴 뒤 그것을 헤이파에게 던졌다.

조그만 돌처럼 뭉쳐진 포장지는 헤이파의 발목에 맞고 땅에 떨어졌다.

현장에서 그 포장지에 반응한 사람은 탈리케이아 단 한 사람이었다.

탈리케이아는 이 와중에 무슨 장난을 하느냐는 표정으로 치프를 봤지만, 치프는 그녀에게 눈길조차 주지 않았다.

이윽고 초대 당주가 데스디아의 얼굴에서 손을 떼었다.

"우리의 피는 너의 피, 우리의 육체는 너의 육체, 우리의 마음은 너의 마음. 이 시간부터 브라토레 가문의 피에 대대로 축적된 무궁무진의 경지에 너의 이름도 새겨질 것이야."

순간 찌릿한 두통이 헤이파와 데스디아를 동시에 괴롭혔다.

역대 당주들은 그녀들의 두뇌를 빌려 자아를 유지하고 사고(思考)하는 상태였다.

"데스디아리아. 아니, 뎃디. 아직 어린 너와 만나게 될 줄은 몰랐단다. 네가 그만큼 큰일을 앞두고 있다는 뜻이겠지. 너와 좀 더 많은 이야기를 나누고 싶지만 너의 엄마를 더 이상 힘들게 할 수는 없으니 이제 가보마. 다음에는 너의 힘으로 우리를 곁에 두려무나."

"알겠습니다, 초대님."

정령 교감의 찬란한 빛과 함께 역대 당주들의 모습이 사라졌다.

모든 기운을 수습한 헤이파는 심하게 비틀거리더니 혼절하듯 쓰러졌다. 데스디아와 탈리케이아가 급히 그녀를 받아내지 않았으면 머리를 다칠 뻔한 상황이었다.

수 초 뒤에 숨을 내쉬며 깨어난 헤이파는 옆에 앉아 있는 데스디아의 머리를 쓰다듬었다.

"자, 이제 네가 해볼 차례다."

"…예?"

데스디아는 당황했다. 현재 그녀는 정령왕의 증명이라 불리는 경지에도 가까스로 도달하는 수준이었다.

"며칠이 걸려도 괜찮아. 하지만 반드시 해내야 한단다."

딸을 격려해 준 헤이파는 뒤이어 탈리케이아의 금발도 쓰다듬어 주었다.

"탈리. 무궁무진의 경지는 알타이르의 모든 왕족들이 사용할 수 있단다. 그것이 우리가 가진 '피의 힘'이지. 단지 도달하기 힘들 뿐이야. 넌 노력하는 아이니까 분명히 무궁무진에 도달할 수 있을 것이야."

"예, 스승님."

탈리케이아가 두 손으로 헤이파의 손을 꼭 쥐었다.

그들의 모습을 가만히 지켜보던 치프는 아까 자신이 단말기로 녹화했던 영상을 다시 확인해 봤다.

'아까 그 유령 비슷한 존재들이 전부 브라토레 가문의 당주들이라 이거지?'

그는 헤이파의 말을 떠올리며 훈련장의 바닥을 살폈다.

고운 모래가 깔린 훈련장 바닥에는 당주들이 남긴 발자국들이 뚜렷하게 남아 있었다. 물론 그가 던졌던 풍선껌의 포장지도 그대로 있었다.

'당주들 모두가 질량을 가지고 있었어. 발자국의 상태를 봐서는 뎃디와 체중이 비슷하군. 허상은 아니라는 소린데……'

그는 다시 영상에 눈을 돌렸다.

'이 인원 모두가 각자의 특기대로 무기를 휘두른다면 정말 대단하겠어. 하지만 여사님께서 누우신 걸 봐서는 오랫동안 쓸 수 있는 기술은 아닌 것 같아.'

치프는 왼손을 들어 자신의 턱을 쓰다듬었다.

'즉각 발동하는 기술은 아니니까 사용자를 먼저 치면 문제는 없겠군. 행여 기술이 발동되어 당주들이 총출동한 상황이라고 해도 섬광폭음탄 한 발이면 사격할 틈을 만들 수 있을 거야. 기술이 사용되고 있는 상황에서는 감각이 둔해지는 것 같거든.'

그가 아까 포장지를 말아서 던져본 이유는 헤이파의 감각이 과연 정상인지 알아보기 위해서였다.

실제로 그녀는 정령 교감을 이용한 무궁무진의 경지를 전개하느라 앞을 보기에도 벅찬 상황이었다.

치프는 단말기의 화면을 전환하여 아까 측정한 헤이파의 뇌파 수치를 확인했다.

'특정 수치가 수백 배 상승했어. 아까 나타난 당주들의 숫자와 얼핏 맞아떨어지는군.'

마침 헤이파가 데스디아와 탈리케이아의 부축을 받아 일어났다. 치프는 그녀를 흘끔 본 뒤 다시 단말기에 눈을 뒀다.

'당주들이 독립적으로 생각하고 움직이는 것은 분명하지만 그것조차도 사용자의 신체, 정확히는 뇌를 거쳐야만 가능한 것 같아. 혹시 무장 제조에 의해 만들어진 무기들과 비슷한 경우인가? 그것들도 내가 적으로 인식하지 못한 존재들에게는 반응을 안 하거든.'

그는 단말기의 화면을 끄고 주머니에 넣은 뒤 스탠드에서 내려갔다.

'아무래도 여사님께서는 일부러 내 앞에서 저 기술을 사용하신 것 같군. 만약에 대비한 안전장치 역할을 나에게 맡기신 거겠지.'

치프의 예상은 정확했다.

헤이파가 굳이 치프 앞에서 무궁무진의 경지를 보여준 이유는 데스디아가 라이트스톤에게 조종당했기 때문이었다.

데스디아가 조종당했다면 헤이파라고 해도 무사할 수는 없을 것이다.

치프는 헤이파가 세뇌, 혹은 그 외의 수단에 의하여 적이 되었을 경우에 대해 굳이 고민하지 않았다.

오메가 스쿼드 사건 때, 그가 무자비하게 죽인 UNSMC 대원들은 생판 남이 아니라 오랜 시간을 함께한 전우들이었다.

죠니와 안드레이, 킹이 그 와중에 살아남은 것은 순전히 운이 좋아서였지, 치프가 특별히 봐준 것은 결코 아니었다.

데스디아가 라이트스톤의 조종을 받고도 살아남은 것은 치프의 행동 원칙을 생각했을 때 정말 특이한 경우였다.

치프는 머리에 쓴 비니를 벗어서 야전 상의 주머니에 구겨 넣었다.

"여사님. 괜찮으세요?"

그가 한쪽 무릎을 땅에 대며 헤이파 앞에 앉았다.

"어지러울 뿐일세."

헤이파가 고개를 가로저으며 대답했다.

"좀 쉬세요. 제가 의무실로 모셔다 드리죠."

"의무실 대신 사장실로 데려다주게. 배가 고프고 목이 마르군."

"나오시기 전에 아무것도 안 드셨어요?"

"물 한 잔 정도?"

치프는 안쓰러운 표정을 지었다. 그러면서도 그는 헤이파가 방금 소모한 칼로리와 수분 등을 계산하고 있었다.

'어제 저녁을 몇 시에 드셨는지, 또 무엇을 드셨는지 알아봐야겠어.'

그렇게 생각하면서, 치프는 그녀 쪽으로 등을 돌렸다.

"제가 업어서 모시죠. 특별 서비스예요."

"신세 좀 지겠네."

헤이파는 두 팔을 치프의 목에 감은 뒤 그의 등에 몸을 기대었다. 치프는 두 팔로 그녀의 다리를 단단히 붙들어 올렸다.

데스디아와 탈리케이아가 그들의 주변에서 안절부절못하고 서성거렸다.

"난 괜찮으니 너희들은 여기서 훈련하렴. 설마 치프가 날 덮치기라도 할 것 같으냐?"

"하아, 여사님."

치프가 당혹감에 한숨을 쏟았다.

데스디아와 탈리케이아를 훈련장에 남겨놓은 치프는 자신보다 키가 크고 몸무게도 무거운 헤이파를 업은 채 빠른 걸음으로 계단을 오른 뒤 본관 쪽으로 향했다.

"내가 보여준 기술 말일세. 잘 파악했나?"

헤이파가 치프의 귀에 속삭였다.

그녀는 자신의 칼을 신뢰하듯 치프의 냉혹한 면을 굳게 믿고 있었다.

"각오를 단단히 하고 계셨네요."

치프가 씁쓸한 표정으로 말했다.

헤이파는 자연석처럼 딱딱한 치프의 등판을 가슴과 복부로 느끼며 지그시 웃었다.

"자의든 타의든, 정말 많은 자들이 자네의 뒤통수를 치지 않았나? 진 플레커라는 계집은 처음부터 수상쩍었으니 그렇다 치고……. 잭팟이라는 로봇, 늙은 나이트 스토커, 이성을 잃은 젝스, UNSMC, 셀리, 그리고 첫째까지 말일세. 나 역시 그 명단에 들어갈지도 모르지."

"여사님은 괜찮으실 거예요."

"글쎄?"

헤이파가 한숨을 쏟았다.

"엠페라투스가 나를 보는 눈이 이상해."

"여사님을 색싯감으로 찍었나 보네요."

"흠… 만약 내가 적이 된다면 자네는 어찌할 건가?"

"익숙한 일이니 익숙하게 처리하겠죠. 저는 걱정하지 마세요."

"그건 일에 익숙한 건 슬픈 일이야."

헤이파는 왼손으로 치프의 왼쪽 가슴을 툭 두드렸다.

"자네 말일세. 자네 자신을 좀 아껴보게."

"……."

"자네만큼 스스로의 목숨에 관심이 없는 인간은 처음이군."

"하, 그걸 아시는데도 저에게 따님을 맡기실 건가요?"

치프가 웃으며 물었다.

"후후."

헤이파는 새벽 공기에 차가워진 치프의 귓가에 자신의 얼굴을 바짝 붙였다.

"자네의 싸움이 완전히 끝나면 말일세, 첫째가 자네를 반드시 지켜줄 거야."

본관 바로 앞에서, 치프가 헤이파의 말을 이기지 못하고 걸음을 멈췄다.

"어째서죠?"

"그 아이는 자네를 사랑하거든."

"그렇군요."

일말의 표정 변화 없이, 그냥 반사적으로 말한 치프는 본관 안으로 들어갔다.

그들의 대화를 조용히 듣고 있던 바라쿠스가 목을 돌려서 엠페라투스를 봤다.

"저 친구는 사랑을 부정하는 면까지 당신과 닮았군요."

"그래, 매우 이성적이지."

엠페라투스가 빙긋 웃었다.

"정말 이해가 안 됩니다, 엠페라투스 님. 아이를 낳는 것은 몰라도, 누군가와 함께 있는 것만큼 기분 좋은 일은 세상에 없는 겁니다."

"그런가? 참으로 일방적인 걱정이로군."

엠페라투스가 큭큭 소리를 내며 웃었다.

바라쿠스는 아무 말도 하지 않았다.

'하긴, 원래 저런 분이지. 내가 괜한 말을 했군.'

조금 후회를 해본 바라쿠스는 날개 밑에 있는 어린 드래곤들을 더욱 포근하게 감싸주었다.

115
더럽혀진 성지

오전 10시 무렵.

롸켓이 모는 장갑차에 탑승한 치프는 보조석이 아니라 장갑차 뒤쪽 탑승석에 앉아 있었다.

그의 옆에는 데스디아와 탈리케이아가 앉았고, 맞은편에는 셀레스티아와 인간의 모습을 한 바라쿠스가 나란히 앉아 있었다.

치프는 출발할 때부터 지금까지 말이 없는 셀레스티아를 물끄러미 바라봤다.

"자넨 대체 뭐가 그리 불만인가?"

바라쿠스가 물었다. 지구의 옛 영화배우와 똑같이 생긴 그 투사는 수염이 잘 어울리는 얼굴을 잔뜩 구기고 있었다.

치프가 슬쩍 웃었다.

"아저씨의 손녀가 메이&노드의 CM송을 언제 부를지 궁금해서 말이죠."

그 순간 데스디아와 탈리케이아가 동시에 고개를 돌리며 웃음을 참았다.

"메이 엔 노드? 그게 뭔가?"

"우리 회사 사람들이 정말 좋아하는 백화점이죠. 그쪽 사람들은 어떻게 생각할지 모르겠지만요."

"누가 거기서 사고라도 쳤나?"

치프 일행과 메이&노드 백화점의 악연을 모르는 바라쿠스는 얼굴을 더욱 찡그렸다.

"예, 뭐……. 저희가 물건값을 너무 깎으려고 해서 그런가 봐요."

"대가는 제대로 지불해야 하는 법일세."

"그러게 말이죠."

치프는 어깨를 으쓱했다.

"근데요, 아저씨께선 운캄타르의 본체가 있는 장소에 대해서 감이 잡히시나요?"

그가 물었다.

바라쿠스는 치프를 가만히 바라보다가 이내 허탈하게 웃었다.

"감을 잡을 필요가 있겠나? 조금 뒤면 도착해서 눈으로 볼 텐데?"

"아, 예."

무안해진 치프는 시선을 바닥으로 돌렸다.

"그보다 걱정이군."

바라쿠스가 한숨을 쉬었다.

"아이들의 아침 사냥을 루할트 영주에게 맡겼는데, 그 친구가 과연 잘해낼까?"

그의 걱정을 들은 치프가 다시 시선을 들어 그를 봤다.

"사냥 정도는 괜찮지 않을까요?"

"사냥은 문제가 아닐세. 아이들의 인솔이 문제지. 자네가 이곳으로 데려온 애들은 너무 어려서, 말을 안 듣고 사방으로 뛰어다니다가 공룡들에게 걷어 차이는 경우가 허다하거든."

그의 말에, 치프는 과거 해병대 본부에 견학을 온 어린이들을 통제하느라 고생했던 기억을 떠올렸다.

"생각해 보니 끔찍하네요."

"그래, 끔찍하다는 말이 딱 어울리는 상황이지."

회사를 출발할 때부터 구겨져 있던 바라쿠스의 표정이 조금 누그러들었다.

"파울라가 태어나자마자 마누라의 상태가 안 좋아졌지. 그녀는 얼마 버티지 못하고 세상을 떠났다네. 결국 나 혼자 파울라를 키워야 했는데, 나와 같은 둥지에서 살고 있는 동포들이 도와주지 않았다면 정말 괴로웠을 거야."

바라쿠스가 파울라의 이야기를 꺼내자, 그때까지 침울한 분위기를 유지하고 있던 셀레스티아가 그를 향해 고개를 돌렸다.

"날개 달린 자의 등에서 날개가 제대로 돋아난 이후에는 걱정을 좀 덜게 된다네. 땅에 살고 있는 짐승들에게 습격당할 일이 없어지거든. 하지만 정작 내 걱정은 파울라가 하늘을 날게 된 이후부터 더 심각해졌지."

"남자 친구라도 만들고 다녔나요?"

치프가 또 농담을 던졌다.

"그랬으면 차라리 나았을 것이네. 어느 날인가, 엄마에 대한 얘기를 듣고 싶다고 나한테 칭얼대더군. 난 정말 사랑스러운 존재였다고만 대답했는데, 파울라는 그 대답이 만족스럽지 않았나 봐."

바라쿠스는 눈썹을 한번 으쓱인 뒤 이야기를 이어나갔다.

"다음 날 아침에 둥지를 나간 파울라가 밤까지 돌아오지 않더군. 난 그 아이가 대형 환상종에게 당한 줄 알고 울며불며 사방을 헤매고 다녔는데, 알고 보니 엠페라투스 님을 찾아간 거야."

"오호."

치프가 바라쿠스의 이야기에 흥미를 느끼고 웃었다.

"그 이후로 파울라는 가끔 엠페라투스 님이 계신 곳으로 놀러 갔다네. 엠페라투스 님도 우리 둥지에 찾아오셔서는 파울라와 놀아주셨지. 그 때문에 파울라는 또래 친구들이 없었어. 당시 엠페라투스 님은 위대한 영웅이 아니라 두려운 존재로서 인식된 상황이었거든."

바라쿠스의 얼굴에서 표정이 사라졌다. 치프와 데스디아, 탈리케이아는 그의 눈빛에서 일말의 죄책감을 느꼈다.

"두려운 존재라 함은, 죄악의 선조로서 말이죠?"

치프가 물었다.

"음… 아닐세."

바라쿠스는 그의 질문을 차분히 부정했다.

"내가 죽기 전까지는 그와 같은 별명을 달고 다니시진 않았다네. 당시에는 엠페라투스 님의 추종자들이 더 문제였지. 그 젊은 것들의 난폭한 행동이 엠페라투스 님의 악명을 드높였거든. 놈들은 무슨 짓을 저질러도 엠페라투스 님의 핑계를 댔다네."

거기까지 이야기한 바라쿠스가 슬쩍 웃었다.

"내 말을 너무 믿진 말게. 난 엠페라투스 님에 의해 되살아난 존재일세. 죽을 당시의 기억조차 없는데, 그 전의 일이라고 해서 정확하다는 보장은 없거든. 적어도 자네들에게 도움이 되진 않을 거야. 자세한 것은 닥터에게 물어보게."

바라쿠스는 아르마게일이라는 이름 대신 닥터라는 별칭을 사용했다.

"그리고… 왕녀 전하."

바라쿠스가 셀레스티아를 돌아봤다.

"동결 지옥의 동포들이 걱정되십니까? 전하께서 식사도 잘 못 하신다며 파울라가 걱정하더군요."

그의 말에 셀레스티아의 입술이 움찔거렸다.

바라쿠스는 손을 들어 셀레스티아의 등을 두드려 주었다.

"그들에 대한 걱정은 그만하시고 오늘의 일에 충실하십시오, 왕녀 전하. 그래야만 앞으로 나가실 수 있습니다."

"……."

"운캄타르 님의 본체가 있다는 장소는 위험한 곳입니까?"

"아, 아닙니다."

셀레스티아가 고개를 저었다.

"수호자들이 존재하긴 하지만 제가 있는 한 그들이 움직일 일은 없을 겁니다."

수호자들이 있다는 그녀의 설명에, 치프가 살짝 당황했다.

"수호자? 그건 또 뭐지?"

"아바마마께서 만들어놓으신 바위 인형들이야. 그때 듣기로는 신들의 기술로 만들었다고 하셨어. 오직 나와 내 친구들만이 수호자의 앞을 통과할 수 있어, 치프."

"그런 게 있다면 진작 얘기해야지, 셀리."

치프가 장갑차의 운전석 쪽을 주먹으로 두드렸다.

"롸켓, 차 멈춰."

"무슨 일이오? 혈당이라도 떨어졌소?"

운전석의 장갑판 건너편에서 롸켓의 목소리가 들려왔다.

"방금 불길한 얘기를 들었거든. 옷을 좀 갈아입어야 할 것 같아."

"그러시구려."

장갑차가 천천히 멈추자 치프는 작은 관물함에서 경장갑 전투복이 든 가방들을 꺼낸 뒤 장갑차 밖으로 나갔다.

장갑차가 멈춘 곳은 빅시티의 경계선 안쪽에 위치한 황야 지대였다.

풍화가 만들어낸 기암괴석들이 버섯처럼 드문드문 위치해 있는 그 장소는 어디를 돌아봐도 지평선밖에 보이지 않는 쓸쓸한 장소였다.

전투복을 갈아입고 돌아온 치프는 관물함에서 헬멧을 꺼낸 뒤 그것을 데스디아 쪽으로 내밀었다.

그러나 탈리케이아가 그의 헬멧을 도중에 낚아채서는 몸에 단단히 품었다.

"내가 갖고 있을게!"

"응? 응, 그래."

헬멧을 탈리케이아에게 맡긴 치프는 자동소총과 권총을 점검한 뒤 수류탄과 각종 드론 등을 전투복 곳곳에 설치했다.

눈앞에서 헬멧을 강탈당한 데스디아와 강탈의 순간을 목격한 셀레스티아는 크게 당황했다.

탈리케이아는 혀끝을 살짝 내밀어 그녀들을 도발했다.

"진심이구나, 탈리."

셀레스티아가 조금 화가 난 목소리로 물었다.

"뎃디, 너만 색시가 된다는 법이 어딨는데?"

둘이 가볍게 신경전을 벌였다.

바라쿠스는 어이가 없었다.

"저렇게 고독을 즐기는 남자가 대체 어디가 좋다는 건가? 목숨에 대한 가치관이 다른 자일세. 애완동물도 못 키울 것 같은데?"

그러자 데스디아와 탈리케이아가 눈을 번뜩였다.

"그가 애완동물을 원하면 제가 키울 겁니다, 바라쿠스 님."

"알타이르의 여자들을 우습게 보지 마세요. 가족에 대한 사랑은 어느 행성의 사람들에게도 지지 않으니까요."

항의를 들은 바라쿠스가 인상을 구겼다.

"그건 사랑이 아니라 모성애 같은데?"

"……."

아주 예전에 치프에게서 '모성애'에 대한 이야기를 듣고 격분했던 데스디아는 이번에도 이성을 잃을 뻔했다.

다행히도 장비를 모두 갖춘 치프가 헬멧을 돌려받고 자리에 앉으면서 바라쿠스와 데스디아, 탈리케이아의 갈등은 일단락 됐다.

"관광하는 기분으로 갔다 오려고 했는데, 결국 또 이 옷을 입게 되는군."

치프가 중얼거리자 셀레스티아가 고개를 숙였다.

"미안해, 치프."

"괜찮아. 관광에서 모험으로 바뀐 것뿐이니까."

치프가 헬멧을 쓰기 전에 운전석을 향해 소리쳤다.

"롸켓, 출발!"

"오우."

그라니트 용역의 장갑차가 다시 험지를 달렸다.

그로부터 20여 분 뒤, 장갑차의 속도가 점점 느려졌다.

"롸켓, 왜 그러지?"

치프가 묻자 롸켓은 장갑차를 완전히 세웠다.

"앞을 좀 보시오. 장르가 모험에서 공포 영화로 바뀔 것 같구려."

치프는 탑승석 위쪽의 문을 열고 고개를 내밀었다.

"오, 제길."

그가 한탄했다.

데스디아와 탈리케이아가 얼른 복면으로 입가를 가렸다.

"롸켓, 우리가 나간다. 출입문을 개방하지."

"알겠소, 부사장."

둘은 허리에 찬 환도를 손으로 눌러 고정시킨 채 장갑차 뒤쪽에서 내려 사방을 살폈다.

"내가 6시."

탈리케이아가 숫자를 말했다. 일행의 뒤쪽을 자신이 맡겠다는 뜻이었다.

그 신호대로 장갑차 전방을 향해 움직인 데스디아는 도중에 우뚝 멈췄다.

"아… 셀리? 좀 나와봐야 할 것 같아."

"응? 이제 3분 정도만 더 가면 아바마마의 본체가 있는 곳으로 가는 문이……."

바라쿠스의 보호를 받으며 장갑차에서 내린 셀레스티아는 황야 저편에 펼쳐진 광경을 보고 입을 벌렸다.

지상으로 분출된 용암이 그대로 굳어진 듯, 새까맣고 단단한 물체가 땅에서 솟구치는 듯한 모습이 그들의 눈에 들어왔다.

"저기가 입구인데……!"

"제가 오길 잘 한 것 같습니다, 왕녀 전하."

바라쿠스가 인간의 모습을 벗어나 붉은색의 거대 드래곤의 모습으로 돌아왔다.

바라쿠스의 날개에서 붉은색 전류가 찌릿찌릿 흘러내렸다. 바라쿠스 역시 최대로 경계하고 있었다.

"저에게는 익숙한 광경이군요."

바라쿠스의 발성 기관이 떨렸다.

"신들이 둥지를 공격할 때, 지하에 대피한 부녀자들과 어린 아이들을 찾아내기 위해서 땅을 헤집는 경우가 많았습니다. 그들은 소리 없이 땅을 뚫을 수 있지요. 흙, 모래, 바위를 가리지 않고 용해시키는 것이 그들의 사소한 능력 가운데 하나입니다."

바라쿠스의 거대한 육체가 지축을 울리며 입구 쪽으로 움직였다.

"제가 먼저 가서 상황을 살피겠습니다. 치프, 혹시 내가 위험에 빠진다면 자네가 목숨을 걸고 왕녀 전하를 지키게."

"그러죠."

치프는 총의 안전장치를 풀고 탄을 장전했다.

땅을 달리던 바라쿠스가 하늘로 훌쩍 날아올랐다.

모든 감각을 집중한 채 지상을 확인하던 그가 이윽고 입구 주변을 선회했다. 이곳으로 와도 괜찮다는 신호였다.

"딱히 문제는 없나 보군."

중얼거린 치프는 조수석에 옮겨 탔다.

데스디아는 셀레스티아와 함께 탑승석 안으로 들어갔고, 탈리케이아는 장갑차 위에 똑바로 서서 전방에 주목했다.

장갑차가 출발하자 탈리케이아는 놀라운 균형 감각을 발휘하여 자세를 유지했다. 마치 장갑차 위에 설치된 동상처럼 보였다.

입구에 도착한 직후, 수색용 드론 네 개를 자신의 주변에 띄운 치프는 소총의 총구를 앞세운 채 자세를 살짝 숙이고 천천히 움직였다.

탈리케이아는 뒤편을 살피며 움직였고, 데스디아는 셀레스티아와 함께 일행의 좌우를 주시했다.

―난 어쩌면 좋소, 사장?

롸켓이 통신으로 물었다.

"무슨 일이 있으면 회사로 도망쳐도 괜찮은데, 갈 때 가더라도 얘기는 해주고 가."

—그러리다. 행운이 있기를 빌겠소.

하늘에 있던 바라쿠스가 땅으로 내려와서는 일행의 뒤를 따라갔다. 탈리케이아는 그에게 뒤를 맡기기로 한 뒤 데스디아와 함께 셀레스티아를 보호했다.

항상 지축을 울리며 걷던 바라쿠스가 지금은 고양잇과 동물처럼 살금살금 움직였다.

시설의 복도는 바라쿠스조차도 여유 있게 통과할 수 있을 만큼 넓었다.

그 복도의 좌우에는 커다란 돌무더기의 파편이 잔뜩 깔려 있었다.

"공사를 하고 남은 것들로 보이진 않는데?"

치프가 헬멧에 설치된 감지 장비로 그것들을 살폈다.

"수호자들의 파편이야, 치프."

셀레스티아가 설명했다.

"누군가가 이곳에 침범했어. 치프의 말대로 하이시리스의 짓인 것 같아."

"라이트스톤의 말이 허풍은 아니었군."

치프의 말에 셀레스티아가 움찔했다.

"상대가 하이시리스라면 준비를 단단히 해야겠군."

중얼거린 바라쿠스의 날개에서 다시금 붉은색 전류가 흘렀다.

"그 어머니 신께서는 그냥 자리를 비우시진 않았을 것이야.

모두 주의하게."

치프를 포함한 일행 전원이 바짝 긴장했다.

긴장한 채 내부 통로를 걷던 치프 일행은 통로가 20분 가까이 이어지자 결국 걸음을 멈췄다.

"이건 너무 비효율적이야. 시간 낭비라고."

손짓으로 모두를 멈추게 한 치프는 단말기를 들고 셀레스티아에게 다가갔다.

"이 시설의 지도가 있으면 이곳에 입력해 줘, 셀리. 네가 아는 정보를 광자 데이터로 바꿔서 넣는 거야."

"응? 응……."

셀레스티아는 치프가 가르쳐 준 대로 단말기에 손을 댄 뒤 자신의 기억을 광자 데이터로 바꾼 지형 자료를 단말기에 보냈다.

광자 데이터로 기억을 변환하여 단말기에 전송하는 것은 치프가 굳이 알려줄 필요가 없는 일이었지만, 셀레스티아 스스로 생각하여 그와 똑같은 행동을 하려 했다면 시간이 꽤 걸렸을 것이다.

그녀는 이 장소가 침범 당하여 수호자들까지 모두 돌무더기가 됐다는 사실에 당황하고 있었다.

단말기에 들어온 지도를 살핀 치프는 오른손에 들고 있던 소총의 안전장치를 건 뒤 등판에 거치했다.

"중심부까지 걸어서 가려면 1시간은 더 가야 해. 장갑차를 타고 이동하는 게 낫겠어. 이거 일의 순서가 완전히 엉망이군."

중얼거린 치프는 통신을 위해서 헬멧에 손을 댔다.

"롸켓, 들리나? 롸켓, 대답해 봐."

롸켓의 대답 대신 불규칙적인 소음이 들려왔다.

단말기를 통해 전파 상태를 살핀 치프는 한숨을 터뜨렸다.

"전파가 알 수 없는 이유로 차단됐군. 이곳으로 오는 도중에 간이 중계기를 설치했는데 다 소용없어졌어. 지금 단말기가 제대로 작동하는 사람, 있나?"

데스디아와 탈리케이아가 단말기를 들어 화면을 확인했다. 모두 통화권 이탈 경고가 들어와 있었다.

"먹통이야, 치프. 단말기는 무전기 기능만 사용할 수 있어."

데스디아가 자신의 단말기를 흔들며 대답했다.

"하아, 어쩌지?"

치프는 이대로 귀환하여 준비를 철저히 한 뒤 다시 이곳에 진입하는 방법을 생각해 봤다.

'이곳은 하이시리스에게 침범당한 이후 며칠이 지났어. 라이트스톤의 이야기를 되짚어 보면 하이시리스는 여기서 아무것도 건지지 못했지. 대신 웃기지도 않는 것들을 남겨놓고 갔을 확률은 높아. 이 상태로 손해를 감수하고 모험을 할 값어치는 없어.'

그때, 시설의 안쪽을 뚫어져라 쳐다보던 바라쿠스가 오른쪽 앞발을 살짝 들더니 일행의 옆을 디뎠다.

"조심하게. 뭔가 있어."

바라쿠스가 하얀색으로 눈을 빛내며 경고했다.

"구체적으로 말씀해 주세요."

치프는 소총을 다시 들어서 바라쿠스가 바라보는 장소를 겨눴다.

"인간의 형태를 한 존재들 십여 명이 어둠 속에서 우리를 바라보고 있다네. 하지만 신기하군. 그들은 모두 죽었지만 강한 생명력을 갖고 있어. 그리고 이 느낌은……."

어둠 속에서 뭔가가 쉭 날아들었다.

치프는 움찔했지만 데스디아와 탈리케이아는 자신들을 향해 날아온 물체가 무엇인지 똑똑히 확인했다.

그것은 돌이었다.

문제는 그 돌에 걸린 속도가 치프의 경장갑 전투복을 부술 만큼 빠르다는 사실이었다.

치프는 모두를 데리고 수호자의 파편 뒤로 숨었다. 어둠 속에서 투척되는 돌멩이들이 수호자의 파편에 충돌하면서 불똥을 뿌렸다.

치프는 탈리케이아의 어깨에 손을 짚었다.

"탈리, 아무래도 네가 이곳을 나가야 할 것 같아."

"내가?"

"난 너랑 함께 적들과 싸운 적이 별로 없어. 전투 기술의 특성을 모르는 이상 어쩔 수 없지."

"음……. 버틸 수 있겠어?"

그녀가 걱정하자 치프는 헬멧의 턱 보호대로 바라쿠스를 가리켰다.

"아직은 이쪽이 유리해. 어서 가서 회사에 지원을 요청하도록 해. 알타이르 전사들을 데려와도 좋고 에코 스쿼드를 데려와도 괜찮아. 어서 가, 탈리."

"브라보와 찰리, 델타가 아니라 에코를 데려오라고?"

"죠니와 킹, 안드레이 모두 회사에 없어. 에코 리더인 로버트도 만만치 않은 능력자니까 괜찮아. 아무튼 뛰어!"

고개를 끄덕인 탈리케이아는 엄청난 바람을 일으키며 입구를 향해 내달렸다.

"셀리는 이걸 받아!"

치프는 셀레스티아에게 자신의 단말기를 살짝 던졌다.

"이 장소는 내가 가진 장비를 방해하는 요소들이 너무 많아. 네가 적들을 포착해서 그 정보를 단말기에 전송해 줘. 단말기에 있는 인공지능이 그 신호를 알아서 해석한 다음 나에게 전달할 거야."

"응, 알았어."

할 일을 부여받은 셀레스티아는 치프가 던져준 단말기를 두 손으로 꼭 쥐었다.

"아저씨는 여기서 셀리를 보호해 주세요!"

"응?"

혼자서 적들을 모조리 쓸어버릴 준비를 하고 있던 바라쿠스는 치프의 외침을 듣고는 살짝 당황했다.

"뎃디! 넌 오른쪽! 폭발 대비!"

"알았어!"

데스디아는 손으로 귀를 막고 눈을 감았다. 셀레스티아도 예전에 훈련을 받은 대로 몸을 숙이고 손으로 귀를 막았다.

치프가 무엇을 할지 알 수 없었던 바라쿠스는 일단 날개로 자신의 눈앞을 가렸다.

소총을 땅에 놓은 치프는 양손에 든 섬광탄 두 개를 좌우로 각각 투척했다.

치프가 던진 섬광탄은 공중에서 총 아홉 번 폭발하며 엄청난 불빛과 폭음을 적들에게 선사했다.

그 빛은 엄폐물 뒤에 숨은 데스디아의 시력에도 영향을 끼칠 수 있을 만큼 강력했다. 그리고 소음은 어지간한 동물의 방향감각과 균형 감각을 마비시킬 정도의 충격량을 자랑했다.

치프는 곧장 소총을 챙겨들고 수호자의 파편 밖으로 뛰어나갔다.

제자리에서 뛰어오른 데스디아는 중력을 무시하듯 천장에 두 발을 댄 뒤 치프가 지시한 오른쪽 방향을 향해 뛰었다.

셀레스티아는 자신이 포착한 적들의 위치를 단말기에 전송했다.

치프의 헬멧 화면에 적들의 위치가 주루룩 포착되어 붉은색으로 표시됐다. 그들 모두는 섬광과 폭음으로 인해 균형 감각을 상실하여 괴로워하고 있었다.

치프는 소총을 두 발씩 끊어서 사격했다.

가슴과 목에 총을 맞은 적이 그대로 바닥에 쓰러졌다. 치프는 적이 너무 쉽게 쓰러지는 것이 마음에 걸렸지만 방아쇠를 멈추지는 않았다.

환도로 적들을 쳐서 자르던 데스디아도 손에 걸리는 느낌이 너무 불쾌하여 짜증이 났지만, 상황은 그녀가 감정을 드러내도 될 만큼 여유롭지 않았다.

적들의 수가 생각보다 많았기 때문이다.

섬광폭음탄의 영향에서 벗어난 적들이 돌을 주워 들고 치프와 데스디아를 노렸다.

치프는 탄이 바닥난 소총을 등에 거치한 뒤 권총과 군용 단검을 양쪽 손에 각각 쥐었다.

'이거, 아무래도 무기를 잘못 고른 것 같은데?'

그는 느낌이 안 좋았으나, 그래도 직접 해보지 않으면 모른다는 생각에 적들의 틈새를 파고들었다.

적들은 전투복이 아니라 평상복을 입은 남성들이었다. 하지만 힘과 감각은 일반인을 아득히 초월하고 있었다.

그들 중에 세 명이 치프가 잠깐 멈춘 틈을 놓치지 않고 미식축구 선수처럼 달려들었다.

한자리에 모인 세 명은 치프가 어디에도 없자 고개를 좌우로 움직여서 그를 찾았다.

그들 중 한 명은 뒤통수에, 다른 한 명은 귓구멍에 총을 맞았다. 그리고 마지막 한 명은 턱과 목 사이에 단검이 박혔다.

단검에 당한 자가 기괴한 숨소리를 토하며 비틀거렸다. 치프는 어둠 속에서 그에게 접근하여 목에 박힌 자신의 단검을 뽑은 뒤 상대의 관자놀이에 총을 쐈다.

'이건 아니야.'

치프가 단검과 권총을 거두고 소총을 다시 손에 들었다. 탄창을 갈아 끼우고 장전을 다시 한 그는 사격 자세를 잡은 채 가만히 있었다.

폭풍처럼 환도를 휘두르며 적들을 불태우고 전기로 지져 쓰러뜨리던 데스디아가 치프의 곁으로 다가와 그의 등에 자신의 등을 댔다.

"당신, 왜 멈췄어? 적들은 아직 많이 남았다고!"

복면으로 코와 입가를 가린 데스디아가 화를 내듯이 물었다.

"놈들의 정체가 궁금해서 말이지."

"정체?"

조금 뒤, 죽어 쓰러졌던 자들이 다시 일어났다. 데스디아의 공격을 받아 상체가 박살 난 존재마저도 다리의 힘만으로 버티고 일어섰다.

"설마 좀비 비슷한 건가?"

치프가 중얼거리자 비녀와 터번으로 고정시킨 데스디아의 머리가 좌우로 흔들렸다.

"아냐. 생명력이 느껴져. 그것도… 점점 강해지고 있어!"

적들 중 몇 명의 육체가 잿더미로 변했다. 그와 동시에 그들이 있던 장소의 공간이 사납게 흔들렸다.

그 공간을 비집고 나온 것은 드래곤들이었다.

네 마리의 드래곤이 썩은 냄새가 섞인 숨결을 토하며 치프와 데스디아를 향해 괴성을 질렀다.

"그래, 드래곤 좀비로군!"

치프는 오른손으로 소총을 잡은 채 왼손을 뻗어 무장 제조를 사용하려고 했다.

그러나 그 전에 붉은색의 빛 한 줄기가 드래곤 좀비 중 한 개체의 몸에 꽂혔다. 그 공격에 당한 드래곤 좀비는 온몸이 숯처럼 달궈지더니 산불 속에서 타는 나무처럼 불씨를 날리며 무너져 내렸다.

"내가 있는 곳으로 오게! 어서!"

바라쿠스가 소리쳤다.

치프와 데스디아가 뛰는 한편, 바라쿠스는 출력을 적절히 조절한 드래곤 브레스를 드래곤 좀비들에게 꽂아 넣었다.

그가 만약 전력을 다하여 드래곤 브레스를 뿜었다면 그 공간은 물론 통로까지 붕괴되었을 것이다.

다른 자들이 차례차례 드래곤의 모습을 갖췄다. 장소가 아주 넓진 않았기에 드래곤 좀비들이 한꺼번에 나타나는 것은 무리였다.

덕분에 바라쿠스는 아주 손쉽게 적들을 불태울 수 있었다.

그가 몇 분간 지속해서 드래곤 브레스를 연발한 끝에, 드래곤 좀비와 그들의 인간형 육체는 하나도 남지 않았다.

"역시 우리의 어머니 신이야. 시시한 짓을 하고 떠났군."

바라쿠스는 혀를 내밀어 자신의 입가를 훔쳤다.

"혹시 저들에 대해서 아시나요?"

질문한 치프는 예비용 방독면을 꺼내서 셀레스티아의 얼굴에 씌워주었다. 드래곤 좀비가 남긴 먼지들이 독하게 피어올랐기 때문이다.

"그렇다네. 자주 봤지. 감염된 동포들을 말일세."

대답한 바라쿠스는 눈을 가늘게 뜨며 과거를 떠올렸다.

"신들과 싸운 내 친구들이 감염으로 인해 일찍 죽었다는 말을 했었지? 이제 그들의 최후를 얘기해 줄 차례인 것 같군."

바라쿠스는 바닥에 잔뜩 깔린 잿더미들을 돌아봤다.

"감염된 자는 능력을 유지한 채 몸이 썩는다네. 감염 초기에는 의식을 유지하지만 나중에는 고통으로 인해 정신이 나가지.

그러고는… 저렇게 되는 거야. 대처 방법은 죽여서 영혼을 쉬게 해주는 것밖에 없다네."

그는 드래곤 좀비가 남긴 잿더미를 살피다가 인상을 구겼다.

"이상하군. 치열이 달라. 난 엠페라투스의 추종자들이 당했을 거라고 생각했네만……."

"치열이요?"

치프는 헬멧의 감지 기능을 이용하여 잿더미에 남아 있는 각종 뼈들을 살폈다. 데스디아도 살펴보려 했으나 먼지 때문에 눈이 매워서 현장에 접근조차 하지 못했다.

그 드래곤 좀비들의 정체를 치프보다 앞서 알아차린 사람은 셀레스티아였다.

"3세대들!"

셀레스티아가 경악하여 소리쳤다.

바라쿠스는 한숨을 쉰 뒤 날개에서 뿜어져 나오는 전류를 이용하여 먼지들을 모아 압축시켰다.

"엠페라투스 님께서 나를 되살리신 이유를 긍정적으로 해석해 봐야겠군."

바라쿠스가 중얼거리자 치프와 데스디아가 그를 돌아봤다.

"하이시리스가 이 땅에 남아 있거나 어딘가에 모여 있던 3세대들을 집단으로 감염시킨 것 같군. 신에 의한 감염을 살아서 경험한 2세대는 나와 아르마게일뿐이지."

그가 눈을 번쩍 떴다.

"회사에 있는 어린 아이들이 걱정이야."

바라쿠스는 출구 쪽을 돌아봤다가 이빨을 꽉 물며 다시 앞을 봤다.

그는 어린 드래곤들이 미치도록 신경 쓰였지만 셀레스티아를 이곳에 두고 갈 만큼 우유부단한 자는 아니었다.

무엇보다 파울라가 셀레스티아를 부탁한 이상 어쩔 수가 없었다.

"그 감염이라는 거 말인데요."

치프는 질문을 하면서 권총을 점검하고 탄창을 갈아 끼웠다.

"반드시 신의 부산물들과 접촉해야만 저렇게 변질되는 건가요? 아니면 박테리아나 바이러스 같은 것들이 사방에 도사리고 있다가 희생자들을 공격하는 건가요?"

"박테리아? 바이러스?"

치프가 사용한 용어를 전혀 모르는 바라쿠스는 눈을 깜빡거렸다.

"아, 박테리아는 세균이고, 바이러스는 전염성 병원체예요."

"병원체라는 말은 여전히 모르겠지만 세균은 좀 알 것 같군. 아무튼 그런 것들과는 다르다네. 신들의 외피, 체액 같은 것들과 접촉해야만 감염이 되지. 물론 내가 알아낸 것은 아닐세. 난 아르마게일에게 들은 것들을 전달해 주고 있을 뿐이야."

"신들의 부산물들이 공기 중에 섞일 수도 있나요?"

치프가 다시 물었다.

"안개나 화분, 버섯의 포자들처럼 말인가? 그렇진 않았던 것 같군."

바라쿠스는 계속해서 고개를 저었다.

"우리가 감염 때문에 고생한다는 것을 알아낸 신들은 자신들의 체액을 우리에게 뿌리기까지 했다네. 비늘 같은 것을 무수히 투척하는 자들도 있었지. 그때부터 용맹한 친구들이 수없이 죽었다네."

많은 이들이 목숨을 바쳐 싸운 대가가 이런 상황이냐는 말을 할 뻔했던 바라쿠스는 깊은 호흡으로 감정을 가라앉혔다.

"치프. 어찌할 텐가? 이대로 중심부까지 이동할 건가?"

"지원군이 합류한 뒤에 움직여야죠. 감염자들을 처리하려면 어떤 수단을 쓰는 게 제일 좋을까요?"

"소각하는 것이 가장 좋다네."

"그렇군요."

치프는 단말기의 메모장을 연 뒤 감염자들, 즉 드래곤 좀비들을 소각할 만한 무기들을 나열하고 정리해 봤다.

'소이탄 같은 걸로 어설프게 불을 붙였다가는 역으로 아군이 피해를 입을 거야. 몸에 불이 붙은 드래곤 좀비가 우리에게 돌진해 오면 정말 무섭겠군. 그렇다면 플라즈마 병기를 써야겠지. DD탄도 괜찮겠지만 DD탄의 재고가 그렇게 많진 않으니 아껴야 해.'

플라즈마 무기들의 리스트를 떠올리던 그가 문득 고개를 갸웃했다.

"알케온도 불러오면 좋겠네. 그 친구의 플라즈마 기술은 쓸 만할 거야."

치프가 중얼거리자 셀레스티아가 그를 봤다.

"지금 그를 소환할까?"

그녀의 제안에 치프는 잠깐 망설였다.

"음… 아냐. 지금은 네 힘을 아끼는 게 좋을 것 같아. 혹시라도 하이시리스가 튀어나온다면 그에 대적할 상대는 너뿐일지도 모르거든."

치프는 예전에 하이시리스와 싸웠을 때 얻은 경험을 기초로 하여 말했다.

당시 치프는 하이시리스의 본체가 아니라 그 일부와 싸웠음에도 불구하고 적절한 대응책을 찾지 못했다.

싸우는 도중에 레투가가 인질로 잡힌 탓도 있지만, 어쨌거나 하이시리스는 권총과 단검만으로 어떻게 할 수 있는 존재가 아니었다.

옆에서 그들의 이야기를 듣고 있던 데스디아가 얼굴을 덮은 복면을 턱 아래로 내리며 씩 웃었다.

"혹시 하이시리스가 나타난다면 그 필살 기술이라는 걸 한번 써보면 어때?"

"응? 하하."

치프가 실없이 웃었다.

셀레스티아와 바라쿠스는 필살 기술이 대체 뭐냐는 표정으로 치프를 봤다.

"필살 기술은… 그래, 일종의 마법 같은 거야."

그는 전투복 곳곳에 장비한 자신의 단검 중 하나를 손으로 두드렸다.

"내가 이 단검을 저 벽에 던졌을 때, 벽이 관통될 확률이 몇 퍼센트일 것 같아?"

"관통해서 그 뒤에 위치한 암석이나 흙에 박힐 확률 말인가?

당연히 0이겠지."

데스디아가 무슨 헛소리를 하냐는 투로 대답했다.

"그 0의 확률을 1퍼센트로 바꾸는 게 필살 기술의 기본이야. 확률 조작이지."

"……."

데스디아와 셀레스티아, 바라쿠스는 그의 말을 선뜻 이해하지 못했다.

"뎃디. 저번에 로젤라와 싸울 때 경험했잖아? 로젤라는 그때 두 가지 확률을 조작했어. 투척된 단검이 너에게 발각될 확률을 0에 가깝게 만들고, 단검이 네 피부에 박힐 확률을 100에 가깝게 조작한 거야. 그래서 네가 단검을 맞을 수밖에 없었던 거지."

휘둥그레 뜨였던 데스디아의 눈초리가 이내 매서워졌다.

"내가 그런 사기 기술을 어떻게 막아냈지?"

"조작된 확률이 100%는 아니거든. 그리고 로젤라의 능력으로는 거기까지가 한계야."

데스디아는 즐겁게 설명하는 치프를 보며 인상을 구겼다.

"당신, 그런 편리한 기술을 왜 여태껏 사용하지 않은 거지? 탄환이 브리치를 부술 확률 같은 걸로 말이야."

"대상과 상황의 정보량이 막대하면 불가능해. 특히 살아 있는 존재의 확률을 조작하려고 하면 순식간에 지치지."

데스디아는 아까 들었던 치프의 말을 떠올려 봤다.

'그렇군. 확률 조작의 대상은 내가 아니라 단검이었어.'

그녀가 조금이나마 이해하고 고개를 끄덕이자 치프가 말을 이었다.

"살아 있는 존재의 확률을 조작하려면 목표물의 신체에서 실시간으로 일어나는 모든 상황을 계산해야 하거든. 우선 적혈구의 숫자부터 세야 해."

"……."

"하지만 전등처럼 단순한 물건을 손도 대지 않고 끄는 것 정도는 쉬워."

"전등?"

그 말에 데스디아의 표정이 확 풀렸다.

"아, 그래서 당신이 어딘가에 침투할 때마다 전등이 꺼지는 거였나? 배터리가 따로 장착된 비상 전등들까지 왜 꺼지나 궁금했는데, 이제야 좀 알겠군."

"신기해!"

셀레스티아가 진심으로 감탄했다. 그녀의 호기심 넘치는 표정을 본 치프는 헬멧 속에서 가볍게 웃었다.

"확률 조작이라. 그건 엠페라투스 님의 특기인데?"

바라쿠스가 중얼거렸다.

"뭐라고요?"

치프가 움찔하여 그를 봤다. 데스디아와 셀레스티아도 고개를 들어 바라쿠스에게 눈을 돌렸다.

자신도 모르게 중얼거렸던 바라쿠스는 대단히 당황했다.

"하하, 농담이었네."

바라쿠스는 억지로 웃으며 그 상황을 무마해 보려 했다. 그러나 그가 뿌려대는 어색한 분위기는 셀레스티아의 표정마저 흐리게 만들었다.

"탈리가 돌아올 때까지 그에 대한 얘기를 좀 나눠보죠, 아저씨. 엠페라투스가 어쨌다고요?"

치프가 그를 추궁했다.

"음……."

그가 버티려 하자 셀레스티아가 그에게 다가가더니 다리의 외골격을 붙잡고 흔들었다.

"할아버지!"

"하아."

바라쿠스는 결국 버텨내지 못하고 한숨을 터뜨렸다.

"엠페라투스 님의 싸움은 항상 신기했다네. 신이 창과 같은 물체를 그분에게 던지면, 그 물체가 엠페라투스 님에게 닿기 전에 꺾여 버리는 거지."

치프는 작년에 엠페라투스와 싸울 때, 자신이 불러내 돌격시킨 함선들이 엠페라투스에게 닿기도 전에 지그재그로 꺾이며 운동에너지를 상실하는 광경을 본 적이 있었다.

"꺾일 물건이 아닌데 꺾이는 상황이 계속 일어나니 무섭기까지 하더군. 예를 들지. 자네들은 유리를 깨뜨리지 않고 휴지처럼 구길 수 있나? 엠페라투스 님은 그게 가능하다네."

"그게 확률 조작이라고요?"

치프는 어이가 없었다. 엠페라투스가 만약 확률을 조작하여 그런 일을 벌이는 거라면, 그것은 그야말로 '신의 권능'에 가까운 일이었기 때문이다.

"엠페라투스 님의 대답이 그랬는데 어쩌겠나?"

바라쿠스가 콧김을 뿜었다.

어려운 대화는 거기까지였다.

지원 요청을 마치고 돌아온 탈리케이아는 싸움을 마치고 쉬는 일행의 모습을 보며 숨을 몰아쉬었다.

"뭐야? 다 끝난 거야?"

"미안하지만 아직 갈 길이 멀어. 지원군은?"

치프가 물었다.

"에코 스쿼드와 알타이르 전사들을 불렀어. 로버트가 어떤 무기를 가져가면 좋겠냐고 나한테 묻더라고? 내가 UNSMC의 무기 체계를 어떻게 알아? 그냥 가져올 수 있는 건 다 가져오라고 했어."

탈리케이아가 가볍게 짜증을 냈다.

"잘했어. 그 정도면 돼."

그녀에게 다가가서 등을 두드려 준 치프는 전투복의 주머니에서 수류탄 비슷한 물건을 하나 꺼냈다.

그는 그것을 바닥에 놓은 뒤 뚜껑을 열고 안에 있는 핀을 당겼다. 그러자 물건의 가운데에 뚫린 구멍에서 주황색의 빛과 열기가 피어올랐다.

"이건 뭐지?"

데스디아가 그 물건 앞에 쪼그리고 앉아 열기를 쬐었다.

시설 내의 기온은 영하 10도 정도였다. 전투 이후 몸이 식고 있는 그녀에게 있어서 그 열기는 훌륭한 위안거리였다.

"야전용 고체 연료야."

대답한 치프는 헬멧을 벗고 고체 연료 앞에 앉았다.

"1시간 정도 사용할 수 있어. 아주 안전하게 모닥불을 대신해

주지."

"캠프파이어 분위기를 내려고 가져온 건 아닌 것 같네?"

탈리케이아도 바닥에 앉아 고체 연료의 열기를 쬐었다.

"아주 다양하게 사용할 수 있지. 음식을 데울 수도 있고, 좋은 대화를 이끌어내는 수단이 되기도 하지."

"좋은 대화?"

역시 바닥에 앉은 셀레스티아가 두 손을 연료 쪽으로 내밀며 물었다.

"뭔가 불편한 사정이 있어서 입을 열지 못하는 어른들에겐 아주 좋아 따스함은 사람의 입에서 진실을 이끌어낼 수 있지."

치프가 밝게 웃으며 설명해 줬다. 연료에서 나오는 은은한 빛이 그의 미소를 더욱 부드럽게 만들어주었다.

"왠지 좋은 이야기 같아!"

셀레스티아가 활짝 웃었다.

'아니, 저걸로 고문을 한다는 소리거든?'

탈리케이아가 마음속으로 딴죽을 걸었다.

바라쿠스는 고체 연료 주변에 모여 앉아 있는 젊은이들을 멋쩍게 바라봤다. 그의 날개라면 고체 연료의 열량 정도는 충분히 만들어낼 수 있기 때문이었다.

탈리케이아가 단말기를 꺼내서 시간을 확인했다.

"셀리. 아직 정오가 안 됐으니까, 일이 일찍 끝나면 메이&노드에 들르자."

"응? 난 딱히 살 게 없어, 탈리."

셀레스티아는 고체 연료 쪽으로 내밀고 있던 두 손을 좌우로 흔들어 탈리케이아의 제안을 사양했다.

"하하, 좀 이따가 이곳에 올 알타이르 전사들이랑 함께 가는 거야. 잔뜩 몰려다니면서 즐기자고. 다들 네가 어떤 사람인지 궁금해하고 있어."

"정말?"

셀레스티아가 배시시 웃었다.

"응. 모두 좋은 친구들이 되어줄 거야."

둘의 이야기를 듣던 데스디아가 한숨을 쉬었다.

"백화점 안에서 마구 몰려다니면 안 돼. 뭔가 구입하지 않으면 나쁜 손님으로 등록될걸?"

그녀의 지적을 들은 치프는 알타이르 전사들이 공항에서 벌였던 난투극을 떠올렸다.

'잔뜩 몰려다니겠다고? 그 엄청난 일이 또 반복되는 건 아니겠지? 난 빠질 거야.'

치프의 표정이 어두워진 한편, 탈리케이아의 이야기가 계속됐다.

"뎃디는 뭔가 사고 싶은 게 있어?"

"흠."

데스디아는 살짝 고민해 봤다.

"새 운동복을 사면 좋을 것 같군. 지금 갖고 있는 것들은 너무 얇아."

"그럼 이번에는 다른 색의 옷을 좀 사봐, 뎃디. 속옷 빼고는 전부 검은색이잖아? 핑크색은 아깝다면서 입지도 않고 말이야."

"흠."

데스디아는 왠지 꾸중을 듣는 느낌이 들었기에 인상을 찌푸렸다.

약 40분 뒤, 에코 스쿼드와 알타이르 전사들이 탑승한 장갑차가 치프 일행이 있는 곳으로 달려왔다.

통신용 케이블의 설치를 맡은 중형 로봇 한 대가 등짐에 보관된 케이블들을 바닥에 깔면서 장갑차들의 뒤를 따라왔다.

모든 장갑차들이 치프 앞에서 멈췄다.

경장갑 전투복 차림에 기본 무장을 장비한 에코 리더, 로버트가 장갑차에서 내린 뒤 치프에게 경례를 했다.

"에코 스쿼드에게 지시를 내려주십시오. 원사님."

"오느라 수고했어, 로버트. 통신 상태부터 점검해 줘."

"알겠습니다, 원사님."

로버트는 단말기를 꺼냈다. 시설 내부까지 들어온 케이블 덕분에 외부와의 통신에는 아무 문제가 없었다.

"상태 양호. 감도도 좋습니다."

로버트가 치프 쪽으로 고개를 돌렸다.

치프는 팔뚝 보호대에 있는 단말기를 꺼내어 누군가에게 통신을 시도했다.

"엄마 워치프. 여기는 알파 리더. 들리십니까?"

—잘 들리네, 알파 리더. 지원은 무사히 도착했나?

"그렇습니다. 별일 없으시죠?"

—응? 음, 아직까진. 그런데 무슨 일이라도 있나?

"괜찮으시면 이쪽으로 와주시겠어요?"

—내가? 영문을 모르겠군. 나에게 회사를 맡긴 사람은 자네

가 아닌가?

"혼자 오시라는 게 아니에요. 특별한 무기들이 필요한 상황이거든요. 지금부터 제가 말씀드리는 무기들을 챙기시고 알케온과 함께 이쪽으로 와주세요."

곁에서 그의 말을 듣던 데스디아는 탈리케이아를 슬쩍 봤다. 친구의 시선을 느낀 탈리케이아는 그녀를 마주보며 고개를 갸웃거렸다.

치프가 왜 헤이파까지 부르는지 자신도 모르겠다는 의미였다.

—그래, 자네 말대로 하겠네. 이제부터 필요한 것들을 불러주게. 젝스, 이쪽으로 와서 나를 대신해 메모를 해주렴.

—예, 여사님.

젝스의 공손한 목소리가 치프의 귀에 희미하게 들려왔다.

치프는 플라즈마 계열 무기, 즉 고열을 이용한 소각용 병기들과 그 수량을 천천히 말했다.

"그럼 부탁드리겠습니다."

필요한 것들을 모두 이야기한 치프는 정중히 말을 맺었다.

—알겠네. 조금 기다리게. 무리하지 말고.

"명심하죠."

어금니를 꽉 물고 정신을 집중한 치프는 헬멧 옆쪽에 손을 댔다.

"알파 리더가 전원에게 알린다."

모든 이들이 그에게 시선을 돌렸다.

"알타이르 쪽에서도 제 말 들리시죠? 들리시면 오른손을 들어주세요."

가문 단위로 모여 있던 알타이르 전사들이 일제히 치프를 향해 돌아서서는 오른손을 들었다.

"여러분들이 오기 전에, 우리는 굉장히 낯선 적과 싸웠어요. 바라쿠스 아저씨 말씀으로는 신에게 감염된 존재라고 하더군요. 그들은 생명력이 대단해요. 몸이 부서져도 다시 일어나더군요."

"좀비 비슷한 거야?"

질문한 사람은 탈리케이아였다.

"감이 좋네, 탈리. 아무튼 그들을 침묵시키려면 소각하는 것이 최선의 방법입니다만, 어설프게 불을 붙였다가는 우리가 역으로 뜨거운 맛을 볼지도 모르니 플라즈마 병기를 이용하기로 했어요."

그의 설명에, 데스디아보다 키가 큰 알타이르 전사가 팔을 치켜들었다.

"저는 라샤이드 데스디아리아가 지휘하는 파병 함대에 잠시 몸을 담은 적이 있습니다. 우리가 쓸 수 있는 플라즈마 병기가 존재합니까?"

"플라즈마 수류탄을 준비하고 있죠. 플라즈마 반응탄을 쓰는 대물 저격총도 지원 무기 명단에 있는데요, 혹시 지구의 무기를 써보신 적이 있으신가요?"

"안타깝게도 우리들 대다수가 그쪽의 무기를 만져본 경험이 없습니다, 영웅이시여."

그 큰 키의 알타이르 전사가 치프를 '영웅' 이라고 칭하자

UNSMC 대원들 몇몇이 웃음을 뿜었다.

헬멧 덕분에 웃는 소리가 새어나가진 않았지만, 아무튼 대원들 대부분은 영웅이라는 호칭에 실린 낯 뜨거움에 몸을 살살 뒤틀었다.

"그렇다면 알타이르 쪽에서는 어떤 방식으로 대응하실 건가요?"

사실 치프도 그 호칭 때문에 대단히 부끄러웠으나 최대한 참아내며 질문했다.

"치프. 불의 정령들에게는 분별력이 있어. 그리고 우리들은 정령들을 다루는 전문가야. 안심해."

데스디아가 대답했다.

치프는 모든 알타이르 전사들이 그러한 묘기를 부릴 수 있을지 궁금했다.

알타이르 전사들의 정령 교감 능력은 가문에 따라서 차이가 크다는 말을 젝스에게 들은 적이 있었기 때문이다.

치프는 데스디아와 탈리케이아, 그리고 각 가문의 대표들을 불러 모아서 진형을 어떻게 짜면 좋을지에 대해 토론했다.

데스디아와 탈리케이아는 UNSMC의 중장갑 보병이나 데토네이터를 전열에 세우고, 알타이르 전사들은 후방에서 활을 이용한 지원 공격에 나설 것을 주장했다.

그러나 그렇게 되면 공을 세우기 힘들다는 주장이 가문의 대표들 사이에서 터져 나왔다.

"영웅이여! 알타이르 전사들을 얕보지 마십시오! 이 행성에 있는 한, 우리는 우리에게 날아오는 총알도 피할 수 있습니다!"

"우리 가문의 명예를 걸고 제가 선두에 서겠습니다!"

소란이 점점 커졌다.

"전사들이여, 모두 진정하십시오! 현장의 지휘권과 통제권이 모두 치프에게 있다는 걸 모릅니까?"

탈리케이아가 워치프로서 목소리를 높였다. 그러나 가문의 대표들은 지구의 무기들을 믿을 수 없다며 고집을 부렸다.

바라쿠스는 자신에게 전부 맡기면 될 일을 가지고 뭘 하느냐는 표정으로 그 작은 생물들의 갑론을박을 지켜봤다.

결국 그 토론은 40분 정도가 흐른 뒤, 헤이파가 도착할 때까지 계속됐다.

콰켓이 모는 장갑차를 타고 온 헤이파는 입에 문 시가를 오른손 검지와 중지 사이에 끼우며 장갑차의 보조석에서 내렸다.

"전사들이 왜 주둥이로 싸움을 하고 있는 건가? 난 아주 큰일이 난 줄 알고 허겁지겁 달려왔는데, 그 큰일이 애기들 기저귀를 채워주는 일이었나?"

전투복이 아니라 검은색의 알타이르 전통복 차림으로 온 헤이파는 알타이르 전사들을 바라보며 인상을 찌푸렸다.

알타이르 전사들의 말싸움을 지루하게 지켜보던 UNSMC 대원들은 기다렸다는 듯 장갑차에 견인되어 온 적재함으로 달려갔다.

그 금속제 적재함은 무당벌레처럼 뭉툭하게 생겼으며 크기도 아주 컸다. 밑에 달린 여덟 쌍의 바퀴 역시 장갑차에 설치된 것보다 크고 두꺼웠다.

대원들은 적재함의 외장을 열고 그 안에 들어 있는 각종 플라즈마 무기들을 꺼냈다.

그들이 가장 먼저 꺼낸 것은 플라즈마 수류탄들이었다. 알타이르 전사들에게도 나눠 줘야 하기 때문에 시간 절약을 위하여 바삐 꺼낼 필요가 있었다.

중장갑 전투복 착용 대원들은 방패와 함께 군용 플라즈마 산탄총을 꺼내고 탄약을 충분히 챙겼다.

데토네이터 두 대도 적재함에서 분리되어 묵직한 걸음을 옮겼다.

투덜거리며 치프 일행에게 다가간 헤이파는 얘기하기에 앞서 시가의 연기를 흠뻑 음미했다.

"진형을 어떻게 꾸릴 것인지조차 결정을 못한 모양이군. 치프."

"뭐, 그렇죠. 하지만 예상했던 문제여서 괜찮아요."

치프가 어깨를 으쓱했다.

그를 지켜보던 헤이파가 갑자기 그의 전투복에 얼굴을 가까이하고는 냄새를 맡았다.

"흠흠."

"어… 여사님?"

치프가 당황했다.

다시 똑바로 몸을 세운 헤이파는 치프의 몸 이곳저곳을 살폈다.

"자네, 오늘은 컨디션이 영 별로인 것 같군."

"예, 뭐…… 말씀하신 대로 안 좋죠."

그의 대답에, 헤이파는 데스디아와 탈리케이아를 쏘아봤다.

"무심한 아이들이로구나. 가족의 망신은 너희들 자신의 망신이라고 그렇게 가르쳤거늘."

그녀들을 조용히 꾸짖은 헤이파는 자신의 손수건을 꺼내어 치프의 전투복 구석구석에 묻은 흙먼지를 닦아주었다.

"나를 이렇게 걱정시키다니……. 자네, 정말 혼자가 되면 어쩌려고 그러나?"

"……."

치프의 헬멧이 불편함으로 꿈틀 움직였다.

"제 싸움이 끝나면 뎃디가 저를 지켜줄 거라고 말씀하셨죠? 오늘 새벽에 말이에요."

"응? 그, 그렇다네. 첫째는 그런 아이니까."

치프가 지금 이 시점에서 그런 말을 할 줄 몰랐던 헤이파는 대단히 당황했다.

"어째서죠?"

치프는 새벽에 했던 것과 똑같은 질문을 그녀에게 던졌다.

"어째서라니? 그건 첫째가 자네를……."

"엠페라투스가 여사님을 노리고 있어서 그런 말씀을 하신 거죠? 그렇죠?"

"……."

"전 납득할 수 없어요. 그렇게 유언장을 읊듯이 말씀하시는 건 너무 비겁하신 거 아닌가요?"

"비겁하다니, 무슨……."

놀란 헤이파의 얼굴이 점점 상기됐다.

그녀가 손수건을 전투복에서 떼고 물러나려 하자 치프가 두 손으로 헤이파의 어깨를 붙잡았다.

"저도 감정이 있어요, 여사님. 제 심장 좀 그만 긁어주세요."

"……."

헤이파는 말문이 막혔다.

알타이르 전사들은 천하의 '그' 헤이파가 소녀처럼 얼굴을 달구는 모습을 보고 깜짝 놀랐다.

반면 UNSMC 대원들은 치프가 드디어 사람다운 말을 했다며 들떠서는 박수를 치고 휘파람을 마구 불어댔다.

그때, 어둡기만 하던 시설의 천장에 푸른색의 불이 들어왔다.

로버트가 던져준 자동소총을 받아 전방을 겨눈 치프는 후방에 있는 데토네이터들을 향해 손짓했다.

그의 수신호를 받은 두 대의 데토네이터들이 적 감지용 드론들을 살포하며 빠르게 움직였다.

데토네이터들은 왼팔에 설치된 방패를 펼치고 오른팔에 설치된 대형 기관포를 앞으로 내밀었다.

데토네이터들이 노리고 있는 장소는 드래곤 좀비들과의 싸움이 있었던 장소보다 폭이 좁은 통로였다.

좁다고는 해도, 통로는 그 거대한 바라쿠스가 문제없이 활동할 수 있을 만큼 넓었다.

UNSMC 대원들은 데토네이터를 방패로 삼듯이 빠르고 조용하게 대열을 갖췄다.

치프의 수신호에 맞춰 데토네이터가 움직인 것 자체가 그 대열을 사용하라는 지시나 다름없었다.

그것은 중장갑 차량을 핵심으로 하는 시가전 전투 대열이었다.

시설 내부의 구조가 그리 복잡하지 않음에도 불구하고 UNSMC 측이 그처럼 방어적인 대열을 선택한 이유는 적들이 어디에서 어떻게 나타날지 아직 모르기 때문이었다.

그들의 전문적인 모습에 자극을 받은 알타이르 전사들도 일단 가문 단위로 움직이며 전투에 대비했다.

치프는 천장 쪽을 보고 있었다.

천장에서 은은하게 내려오고 있는 빛은 전등, 혹은 전등처럼 생긴 물체에서 발산되는 것이 아니었다.

회로기판에 그어진 배선처럼 천장에 그어진 것들이 빛을 내고 있었다.

그 '배선'들은 마치 덩굴처럼 천장을 어지러이 채운 채 통로의 끝까지 이어져 나갔다.

배선에서 뿜어지는 빛이 조명의 역할을 하고 있는 것인데, 치프는 헬멧에 설치된 감지기를 이용하여 그 빛의 성질을 분석했다.

'지구에서 수백 년 전에 사용했던 액티브 매트릭스… AMOLED와 비슷한 물건인 것 같군. 빛의 형질부터 비슷해. 유해한 방사능이 검출되진 않고 있어.'

하지만 치프는 그 배선들이 갑자기 빛을 내는 이유가 궁금했다.

'저게 단순한 조명 장치였다면 저렇게 비효율적인 형태를 가질 이유가 없지. 뭔가 이유가 있을 거야.'

치프는 정령들의 움직임이 어떤지 물어보기 위해 헤이파 쪽을 돌아봤다.

"여사님, 여쭐 것이……."

"하하! 자네가 그처럼 웃기는 농담을 할 줄은 몰랐군!"

헤이파가 식은땀에 젖은 얼굴로 소리쳤다.

"예?"

갑작스러운 일에 놀란 치프는 높은 목소리로 응답했다.

그는 이상하리만치 상기된 헤이파의 표정과 좌우로 바삐 움직이는 눈동자를 보고는 경악을 금치 못했다.

'정신이 나가셨어!'

헤이파는 방금 치프가 보여준 행동과 말 때문에 넋이 나간 상태였다.

데스디아와 탈리케이아 역시 헤이파의 행동에 너무 놀란 나머지 그냥 멍하니 서 있었다.

헤이파는 치프를 향해 터벅터벅 걸어갔다.

"내가 자네의 심장을 긁다니, 대체 무슨 농담이지? 우리가 그런 사이는 아니지 않나? 자네에겐 첫째가 있다고! 탈리도 있고! 아니, 쌓이고 널린 게 젊은 것들이란 말이야!"

"……."

"왜 말이 없나? 어서 농담이라고 하게! 즐겁게 웃고 넘어가 줄 수 있다고! 이봐, 듣고 있나? 고개 돌리지 말고 이쪽을 보란 말일세, 치프! 자네가 남자라는 건 알았으니 뭔가 말을 좀 하라고!"

헤이파의 몸에서 뜨거운 열기가 올라왔다.

"어, 어머님! 진정하십시오!"

"스승님!"

결국 데스디아와 탈리케이아가 헤이파를 감싸 안은 후 뒤쪽으로 질질 끌어당겼다.

이성을 잃어버린 헤이파를 이곳에 둔 채 적과 싸우는 것은 너무 위험하다고 판단했기 때문이다.

"놔라! 놓지 못하겠느냐? 난 해명을 들어야겠단 말이다! 어서 말하게, 치프! 말을 하라고, 이 고자의 탈을 쓴 종마 ××야!"

헤이파는 힘으로 버티려 했으나, 생전 겪은 적이 없던 부끄러움으로 인해 집중력이 허물어진 관계로 그저 가벼운 발버둥만 칠 뿐, 가볍게 끌려 나갔다.

롸켓이 탄 장갑차 밖에서 팔짱을 낀 채 서 있던 알케온은 한숨을 터뜨리며 탑승석의 문을 열었다.

데스디아와 탈리케이아는 그가 문을 열어준 탑승석에 헤이파를 태운 뒤 문을 단단히 닫았다.

운전석에서 그 상황을 지켜보던 롸켓은 왜 자신의 장갑차에 광분한 야수를 가두냐는 표정으로 데스디아를 바라봤다.

"부사장? 나에게 대체 뭘 바라는 것이오? 대처 어쩌라고? 날 좀 보시오, 부사장!"

롸켓은 탑승석에서 난동을 부리는 헤이파를 흘끔흘끔 보며 데스디아를 불렀으나, 데스디아는 묵묵히 그의 시선을 피했다.

치프의 곁으로 돌아온 데스디아와 탈리케이아는 그에게 싸늘한 시선을 던졌다.

"어머님의 일은 나중에 얘기하자고, 치프."

데스디아의 제안에 치프는 고개를 끄덕거렸다.

"물어볼 게 있어, 뎃디. 현재 이 시설 내에 있는 정령들의 흐름은 어때?"

치프가 냉정한 목소리로 물었다.

"저 불빛 때문에 그런가?"

데스디아가 위쪽을 가리키며 물었다. 그녀 나름대로의 직감에서 온 발언이었다.

"맞아."

치프가 끄덕였다.

"정령들의 상태는 양호해. 하지만 앞쪽 통로로부터 위험이 감지되는군."

"또 드래곤 좀비인가?"

"그렇겠지. 감지되는 생명력이 비슷해."

지상의 상황을 가만히 지켜보던 바라쿠스가 그들 쪽으로 머리를 가까이 했다.

"됐으니 나와 저 젊은 영주를 앞세우게."

"괜찮으시겠어요?"

치프가 묻자, 자존심이 상한 바라쿠스는 인상을 살짝 찡그렸다.

"내가 보기엔 말이지, 자네들은 나와 왕녀 전하의 귀중한 시간을 낭비하고 있을 뿐일세."

바라쿠스의 지적은 꽤 쌀쌀맞았으나 그에 대해 토를 다는 사람은 없었다.

방금 전에 만난 드래곤 좀비들을 모조리 소탕하고 그들이 남긴 먼지까지 정화시킨 존재가 바로 바라쿠스였기 때문이다.

"혹시 열을 이용한 무기를 사용하면 감염자들을 처리할 수 있다고 생각하나? 신체의 일부를 증발시킨다고 해서 끝나는 문제가 아닐세. 자네들이 감염자들의 먼지를 흡입하면 문제가 생길 수도 있지. 그러니 가만히 있게. 저 젊은 영주를 가르칠 기회이기도 하니까 막지 말게."

"그렇다면 후방은 우리가 맡죠."

치프가 깨끗하게 제안했다.

"그 정도는 허락하지."

간단히 협상을 마친 바라쿠스는 뒤에 서 있는 알케온을 돌아봤다.

"영주여. 본래의 모습으로 돌아와서 내 뒤에 서게."

"알겠습니다, 바라쿠스 님."

알케온의 몸에서 주황색의 저온 플라즈마가 방출됐다. 마치 그의 몸에서 불꽃의 날개가 솟아나는 것 같았다.

그러나 거기까지였다.

알케온이 사용하고 있는 육체와 교체가 되어야 할 그의 본체는 나타날 기미가 보이지 않았다.

"아, 아니……?"

플라즈마의 방출을 멈춘 알케온은 자신의 몸을 점검해봤다.

점검이라고 해봐야 손등이나 볼을 꼬집는 수준이었지만, 알케온의 표정은 점점 파랗게 변했다.

"바라쿠스 님! 본체를 불러올 수가 없습니다!"

"뭐라고?"

바라쿠스가 한쪽 눈을 크게 뜨며 당황했다.

그때, 천장에 새겨진 빛의 배선들을 말없이 살피고 있던 셀레스티아가 다급히 바라쿠스에게 달려와서는 그의 앞발에 손을 댔다.

"할아버지! 여기선 영혼의 전송이 불가능해요!"

"무슨 말씀이십니까, 왕녀 전하?"

"우리들의 영혼을 다른 육체로 옮기는 것이 어려워요! 천장에 새겨진 것들이 그 모든 교신을 방해하고 있어요!"

"흠……."

바라쿠스는 고개를 들고 천장의 모양새를 살펴봤다.

교신의 방해라는 말을 들은 치프는 에코 리더에게 몇 가지 손짓을 보냈다. 현재 자신들의 통신 상태를 알아보라는 지시였다.

로버트는 통신병에게 다가갔다.

"병장. 노이즈 수준을 측정해 봐."

"측정 중입니다, 하사님. 저 위에 불이 들어오는 것과 동시에 처음 보는 패턴의 방해 전파가 감지됐습니다. 하지만 이쪽 기기에 문제를 끼치진 않고 있습니다. 아직까지는 말이죠."

이야기를 들은 로버트가 치프 쪽을 봤다.

치프는 이번에도 수신호로 지시를 내렸다.

고개를 끄덕인 로버트는 박치기를 하듯 자신의 헬멧을 통신병의 헬멧에 갖다 댔다.

—원사님 지시야. 그 처음 보는 패턴이라는 것을 남김없이 기록해.

—알겠습니다, 하사님.

접촉식 통신으로 로버트와 대화를 나눈 통신병은 자신의 소총을 등에 매고 있는 통신기 옆에 거치한 뒤 대형 단말기를 들고 바쁘게 조작했다.

천장을 살피던 바라쿠스가 고개를 갸웃거렸다.

"왕녀 전하. 저것은 신들의 문자로 추정됩니다. 저는 신들의 문자를 배우지 못했지만 모양만큼은 확실히 기억합니다. 아마도 하이시리스가 남겨놓은 함정이겠지요."

"풀 수 없을까요?"

셀레스티아가 물었다.

바라쿠스는 대답하기 전에 다시 앞을 봤다.

"아르… 아니, '닥터'가 여기에 있었다면 저를 대신하여 완벽하게 해석해 줄 수 있었을 겁니다. 그 친구는 운캄타르 님이나 엠페라투스 님 수준으로 신들의 문자를 완벽히 이해하고 있으니 말이지요. 하지만 지금 이곳에 데려와서 보여주기엔 너무 늦었습니다."

"음……?"

셀레스티아는 굳이 그를 데려올 필요가 있냐는 듯 고개를 갸웃거렸으나, 그녀의 표정과 행동, 그리고 생각을 이해하지 못한 바라쿠스는 이야기를 계속했다.

"이 상황을 곱게 해결하기 위해서는 저 문자에 힘을 공급하는 무엇인가를 쓰러뜨려야 합니다. 아마도 이 앞에 있을 겁니다. 모든 것은 이 바라쿠스에게 맡기시고……."

바라쿠스가 앞으로 걸어 나가려는 순간, 그의 왼쪽에서 찰칵 하는 소리가 작게 터졌다.

자신의 단말기로 천장을 촬영한 셀레스티아는 그 사진을 아르마게일의 단말기로 전송했다.

"왕녀 전하?"

단말기를 사용하는 그녀의 모습에 당황한 바라쿠스가 다급히 그녀를 불렀다.

"조금만 기다려 주세요, 할아버지. 닥터께서 방금 제가 보낸 사진을 내려받으셨어요."

"……."

단말기로 찍은 사진을 다른 이에게 보낼 수 있다는 사실을 전혀 모르고 있던 바라쿠스는 큰 충격을 받았다.

"이것이 세대 차이인가……!"

낮은 목소리로 중얼거린 바라쿠스의 몸이 부들부들 떨렸다.

UNSMC 대원들과 알타이르 전사들은 세대차이가 아니라 그냥 단말기에 대해 몰랐던 것뿐이지 않느냐며 그를 위로해 주고 싶었지만, 바라쿠스의 분위기가 너무 비장한 터라서 입을 여는 사람은 한 명도 없었다.

조금 뒤, 셀레스티아의 단말기로 전화가 걸려왔다.

"예, 닥터."

셀레스티아는 아르마게일의 이야기를 모두가 들을 수 있도록 스피커를 이용한 통화를 선택했다.

—천장에 새겨진 것들은 신의 문자가 맞습니다, 왕녀 전하. 공간을 강제로 안정시키기 위한 구조로군요. 저 문자들의 아래에 있는 한, 날개 달린 자들이 영혼을 옮기는 것은 거의 불가능할 겁니다.

"그렇군요."

—흔적을 보니 최근에 새겨진 것 같습니다. 하이시리스가 남긴 것 답게 정말 깨끗한 글자로군요. 아무튼 바라쿠스가 저것들을 기억하고 있다니, 정말 놀랐습니다. 그 친구는 나뭇가지와 글자를 구분 못하는 까막눈인데 말입니다.

바라쿠스가 자신의 이야기를 듣고 있다는 사실을 모르는 아르마게일은 즐거운 목소리로 그의 치부를 드러냈다.

바라쿠스의 외골격이 분노로 달궈지는 모습을 본 셀레스티아는 황급히 자신의 단말기를 다시 봤다.

"다, 닥터! 해결 방법이 있다면 어서 말씀해 주세요!"

116
어설픈 결전, 진지한 결심

—문자에 힘을 공급하는 존재가 있겠지요. 하이시리스가 왕의 침소까지 침입하지는 못한 것 같습니다만, 문자에 공급되는 힘의 규모를 봐서는 큰 싸움을 피하지는 못할 겁니다. 그래도 안심하십시오, 전하. 왕녀 전하께서 함께하시는 한 바라쿠스가 패배할 일은 없을 겁니다.

그의 이야기를 가만히 듣고만 있던 치프는 아르마게일이 무슨 근거로 그런 말을 하는지 궁금했다.

또한 불길한 느낌도 들었다.

'근거를 물으면 분명 상큼하게 맛이 간 헛소리를 하겠지. 라이트스톤의 원본이 저 아저씨잖아?'

셀레스티아가 들고 있는 단말기에서 아르마게일의 목소리가 계속 흘러나왔다.

—왕녀 전하. 무슨 일이 있더라도 바라쿠스에게서 눈을 떼지 마십시오. 그래야만 일이 커지지 않습니다. 명심해 주십시오.

아르마게일이 거듭 강조했다.

"알겠습니다, 닥터."

—단말기의 카메라를 이용하여 상황을 중계해 주십시오. 제가 계속해서 왕녀 전하께 도움을 드리겠습니다.

"예, 닥터. 그럼 촬영을 시작하겠습니다."

능숙하게 단말기를 조작한 셀레스티아는 단말기를 오른손에 쥔 뒤 바라쿠스의 모습을 화면에 담았다.

"카메라를 점검하겠습니다, 닥터. 할아버지가 보이시나요?"

—아… 예. 이보게, 바라쿠스. 내 말이 들리나? 아까 자네를 까막눈이라고 한 것은 농담이었다네. 자네도 잘 알겠지?

"흥."

바라쿠스의 콧구멍 밖으로 불꽃이 섞인 숨결이 짧게 뿜어졌다.

"부디 발밑을 살피시며 따라오십시오, 왕녀 전하. 그리고 치프."

"말씀하세요."

치프가 왼손을 흔들었다.

"자네들은 거리를 두고 따라오게. 왕녀 전하는 괜찮으시겠지만 자네들은 내 힘이 휘말릴지도 몰라."

"그러죠."

대답한 치프는 자신의 헬멧 옆에 손을 댔다.

"데토네이터들은 아까 살포한 드론들을 수거하도록. 대신 조명은 유지해."

—알겠습니다, 원사님.

"모든 인원들은 바라쿠스 아저씨가 진입한 뒤 시간을 두고 따라간다. 알타이르 쪽에서도 제 지시를 따라주세요. 그리고 지금 이 시간부터 여러분에 대한 경칭은 생략하겠습니다."

"알겠습니다!"

알타이르 전사들이 힘차게 대답했다.

이윽고 바라쿠스가 셀레스티아와 함께 통로에 진입했다.

그 거대한 드래곤의 눈이 하얗게 빛나더니 그의 날개에서 비롯된 붉은색의 전류가 몸 전체로 번져나갔다.

"왕녀 전하. 제 등을 보시면 절대로 움직이지 않는 외골격을 발견하실 수 있으실 겁니다. 그곳에는 이 힘이 닿지 않습니다."

"이 빨간 전류를 말씀하시는 건가요?"

"그렇습니다."

셀레스티아는 엄청난 높이로 도약하여 바라쿠스의 날개 사이에 착지했다.

그녀가 안전하게 자리를 잡자 바라쿠스의 속도가 조금 빨라졌다.

복도 바닥과 벽에 묻은 검은색 물질들로부터 인간의 모습을 한 존재들이 튀어나왔다.

한순간에 나타난 숫자가 백이 넘었다.

적들이 그렇게 쏟아질 줄 몰랐던 치프는 헬멧에 내장된 카메라를 이용해서 적들이 튀어나온 장소를 유심히 촬영했다.

'진짜 벽과, 저 벽에 묻은 물질들 사이에 공간 굴절이 일어나

고 있어. 저게 통로의 역할을 하는 건가?'

검은색의 인간들이 개미 떼처럼 달라붙는 순간, 바라쿠스의 몸을 휘감은 붉은색 전류가 밝게 빛을 냈다.

그 전류를 흠뻑 뒤집어쓴 적들은 검은색의 먼지로 변하여 모조리 사라졌다.

"치프, 먼지를 흡입하지 말게! 알타이르 전사들도 복면 따위를 믿지 말게!"

"알겠습니다, 아저씨!"

대답한 치프는 느린 속도로 바라쿠스르 따라가는 데토네이터의 뒤쪽에 매달렸다.

"알타이르 전사들은 걸음을 늦춰! 먼지를 흡입하면 안 돼! 대신 적들의 모습에서 눈을 떼지 마! 정령들이 녀석들에게 어떻게 반응하는지 확실히 파악하도록 해!"

그에게 반말로 지시를 들은 알타이르 전사들은 '남자에게 지시를 받는' 이 낯선 상황에 조금 묘한 느낌을 받았다.

다행히도 불쾌감이나 거부감 같은 부정적인 느낌은 아니었다.

지시를 내리는 치프의 목소리는 맑고 힘이 넘쳤다. 그가 하라는 대로 하기만 하면 살아서 싸움터를 벗어날 수 있을 것 같았다.

자신이 소속된 가문의 영애들을 따라다니며 공적을 쌓을 생각뿐이었던 종사들마저도 치프의 힘 있는 목소리를 듣고는 진심으로 상황에 집중했다.

자신에게 달려드는 감염자들과, 그들이 튀어나오는 구멍까지 전류로 지져서 불태워 버리던 바라쿠스는 치프 쪽을 돌아봤다.

"그 탈것 말일세, 한 명 더 태울 수 있나?"

데토네이터의 뒷면에는 두 명의 보병을 태워서 화력을 증가시킬 수 있었다. 물론 발판과 손잡이, 안전벨트만이 보호 장비의 전부이기에 그렇게 좋은 자리라고 할 수는 없었다.

"마침 옆자리가 비어 있네요."

"그렇다면 젊은 영주를 그곳에 태우게. 그는 많은 것을 배워야 해."

"그러죠."

치프는 안절부절못하고 서 있는 알케온 쪽으로 팔을 흔들었다.

"이봐, 알케온!"

알케온이 자신을 응시하자 치프는 자신의 옆자리를 가리켰다. 할 일이 생겼음을 깨달은 알케온은 후다닥 달려와서 치프의 옆자리에 자리를 잡았다.

옆자리긴 해도, 데토네이터의 어깨만큼이나 간격이 넓었기에 치프와 알케온의 손이 닿을 일은 없었다.

알케온은 급히 안전벨트를 채우며 인상을 구겼다.

"이 좌석은 왜 이리 썰렁한 건가! 좌석도 엉망이야! 데토네이터가 한 걸음 옮길 때마다 엉덩이가 쪼개질 것 같군!"

"골프장 안내용 로봇이 아니니 이해해 줘."

치프는 전투복 주머니에서 화생방 대비용 마스크를 꺼내 알케온에게 건넸다.

"혹시 모르니 이걸 쓰도록 해."

"이런 건 빨리 내놔야 옳지 않나?"

"아아, 그래. 미안."

치프는 평소보다 더 짜증을 내는 알케온을 애써 어르고 달랬다.

영주로서 뭔가 훌륭한 모습을 과시하고 싶었는데 망신만 당해버린 알케온의 기분을 맞춰주기 위해서였다.

마스크로 머리 전체를 보호한 알케온은 자신들 앞에서 감염자들을 구워대고 있는 바라쿠스의 모습을 지켜봤다.

"준비가 다 됐군. 시간이 없으니 빨리 걷겠네."

여태껏 조용히 걷기만 하던 바라쿠스가 속도를 높였다. 속도는 아주 빠르진 않았지만 그의 막대한 체중 때문에 통로가 마구 흔들렸다.

UNSMC 대원들은 헬멧 속에서 욕설을 퍼부으며 그를 따라 달려갔다.

알타이르 전사들은 표정 변화가 없었다. 그래도 눈빛에는 불쾌감이 서려 있었는데, 지진 속에서 달리는 것과 다를 바 없는 이 상황이 그다지 마뜩잖았기 때문이다.

바라쿠스의 몸을 휘감은 전류들은 그의 앞길을 막으려는 모든 것들을 구워버렸다. 마치 모기들이 초대형 방충기에 뛰어들어 먼지로 변하는 모습처럼 보였다.

바라쿠스의 머리가 움찔했다.

통로 저편에서, 드래곤 좀비 세 마리가 서로 몸을 부대껴 가며 돌진해 오고 있었다.

치프는 미리 가져온 플라즈마 저격총을 들고 그들을 조준한 뒤 상황에 대비했다. 그러나 알케온은 드래곤 좀비들의 저돌적인 모습에 기가 죽어 꼼짝도 못했다.

'큰일이야! 바라쿠스 님의 드래곤 브레스가 아무리 강력해도 저들을 모두 처치할 만큼 충전하려면 시간이 걸리는데, 너무 급박해!'

바라쿠스의 입에서 아주 작은 줄기의 드래곤 브레스가 뿜어졌다.

알케온이 보기에, 그 드래곤 브레스로는 드래곤 좀비 하나를 처치하기에도 어려웠다.

그러나 바라쿠스가 노린 것은 드래곤 좀비들의 목숨이 아니었다.

드래곤 브레스가 드래곤 좀비들의 앞다리 관절들을 훑고 지나갔다. 관절을 당한 드래곤 좀비들은 자신들의 속도와 체중을 이기지 못하고 엉망진창으로 넘어졌다.

드래곤 좀비들은 얽히고설킨 채 꼼짝도 하지 못했다.

그들의 움직임을 노련하게 봉쇄한 바라쿠스는 뛰는 것을 멈춘 뒤 여유롭게 드래곤 브레스를 충전했다.

막대한 근육과 외골격으로 보호된 바라쿠스의 가슴이 크게 부풀었다. 날개에서 뿜어지는 전류도 한층 더 강해졌다.

보기만 해도 힘이 느껴지는 그 모습을 넋 놓고 지켜보던 치프가 퍼뜩 정신을 차렸다.

"제길!"

그는 헬멧의 옆쪽에 손을 댔다.

"전원, 엎드려! 충격에 대비해!"

치프가 타고 있는 데토네이터가 방패를 전개하며 무릎을 꿇고 앉았다. 다른 쪽의 데토네이터는 방패 두 개를 모두 전개한 뒤 알타이르 전사들 앞에 자리를 잡았다.

"다들 호들갑이군."

드래곤 브레스를 충전 중이던 바라쿠스가 껄껄 웃었다.

이윽고, 바라쿠스의 입에서 하얀색의 드래곤 브레스가 터졌다.

통로를 가득 채운 흰색의 광선이 드래곤 좀비들을 불태웠다. 심지어는 벽에 달라붙은 공간 굴절까지 긁어내어 날려 버렸다.

바라쿠스가 뿜어낸 드래곤 브레스의 위력은 알케온의 상상을 초월했으나, 그럼에도 불구하고 치프 일행이 느낀 발사 반동은 거의 없었다.

"후우."

바라쿠스는 한 번 더 숨을 내쉬어 목과 입안에 남은 열기를 제거했다.

"대단하세요, 할아버지!"

셀레스티아가 즐거워했다.

손녀의 응원에 우쭐해진 바라쿠스는 씩 웃으며 알케온을 돌아봤다.

"반동 제어는 숨결 공격의 기본일세, 영주여. 우리들의 강점은 하늘에서의 기동 능력인데, 숨결 공격의 반동 때문에 기동력을 잃어버려서는 안 돼. 숨결을 쏠 때마다 비틀거린다면 상대에게 자신을 죽여달라는 꼴이나 마찬가지거든."

"예, 바라쿠스 님. 명심하겠습니다."

대답을 하긴 했지만, 알케온은 바라쿠스가 무슨 수로 그 막대한 반동을 완벽히 제어해 냈는지 이해가 안됐다.

"보고 느낄 기회는 아직 많으니 너무 서두르지 말게, 젊은 영주여. 자, 다들 일어나게. 갈 길이 제법 멀다네."

두 대의 데토네이터와 병사들이 모두 일어나는 것을 확인한 바라쿠스는 다시 앞으로 뛰었다.

"전원, 아저씨의 뒤를 따른다!"

치프가 지시했다.

"바라쿠스 님이라고 해주면 좀 안 되나? 멋진 모습도 보여줬잖아?"

바라쿠스가 살짝 투덜거렸다.

이후에도 수많은 감염자들과 드래곤 좀비들이 나타나 일행의 앞길을 가로막았다.

바라쿠스는 몸에서 방출되는 전류와 드래곤 브레스로 그 모든 것들을 남김없이 쓸어버렸다.

드래곤 좀비 하나가 벽면의 공간 굴절에서 튀어나와 바라쿠스의 목을 깨문 적도 있었다.

그러나 깨진 것은 드래곤 좀비의 송곳니였고 바라쿠스의 목을 보호하는 외골격에는 아무런 문제가 없었다.

앞발로 드래곤 좀비를 내던져 브레스로 구워버린 바라쿠스는 날개에서 흘러나오는 전류로 드래곤 좀비의 먼지를 모은 뒤 통로 바닥에 모아놓았다.

전투 도중에 플라즈마 저격총으로 드래곤 좀비들을 쏴본 치프는 바라쿠스가 어째서 그 무기들을 같잖게 보지 않았는지 깨달았다.

플라즈마 라이플의 탄환은 적의 육체를 조금 도려내는 것엔 성공했지만 바라쿠스의 브레스처럼 세포들까지 완전히 구워버리지는 못했다.

'화력 부족이군.'

치프는 유탄 발사기를 이용해 플라즈마 유탄을 써보기도 했으나, 터져서 남은 살점들이 너무 싱싱했기에 역으로 바라쿠스에게 욕을 먹었다.

"감염을 막으려면 살점조차 남기면 안 된다네! 방해하지 말고 가만히 있어!"

그나마 건진 수확은 알케온의 고온 플라즈마가 적들에게 확실히 통한다는 사실이었다.

알케온의 플라즈마는 인간형 육체로 발산하는 터라 그 양이 적었지만 적들의 살점과 세포들을 완전히 구워서 처리하는 데에는 문제가 없었다.

치프는 알케온이 본체로 왔다면 분명 도움이 됐을 거라고 생각했다. 알케온도 자신감을 얻었는지 찬가를 아끼지 않았다.

"어떤가, 친구여? 날개 달린 자들의 영주는 나약하지 않다네! 게다가 요리도 잘하지! 하하하하하!"

"다행이네."

치프는 좋아서 쓰러지기 직전의 알케온을 보며 즐겁게 웃었다.

한참을 달리던 바라쿠스가 속도를 줄였다.

"분위기를 보니 저곳이 왕의 침소인 것 같군."

"그렇게 보이시나요?"

치프는 플라즈마 저격총의 배터리를 교환한 뒤 전방을 겨누며 바라쿠스에게 물었다.

"설마 음식물 창고 같은 것을 지키려고 저런 것이 동원되진 않았겠지."

바라쿠스를 비롯한 모든 이들은 어떤 거대한 문을 지키고 있는 존재에게 시선을 집중했다.

마치 해파리처럼 생긴 그 거대 생명체의 내부에선 황금색의 톱니바퀴와 스프링, 휠 등이 바쁘게 움직이며 빛을 내고 있었다.

그 기계의 내장을 감싼 외피는 투명했으나 진주 가루가 섞인 것처럼 은은하게 빛을 반사했다.

치프는 그와 같은 내장을 가진 생물을 한 번 본 적이 있었다.

"신인 것 같네요?"

치프가 바라쿠스에게 물었다.

"몸에 품은 입자의 양을 봐서는 아인 등급의 신일세. 하지만 뭔가 이상하군."

바라쿠스가 중얼거리는 한편, 문을 지키는 신으로부터 수백 개의 황금색 전선들이 왈칵 쏟아져 나왔다.

그 두꺼운 전선들의 끝에는 사람 크기의 뾰족한 칼날이 달린 톱니들이 무수히 돌아가고 있었다.

"마치 인간을 상대하기 위해 태어난 신이라는 느낌이랄까?"

바라쿠스가 앞에 있는 신을 노려보며 눈빛을 밝게 빛냈다.

"인간을 상대하기 위해 태어난 신이요? 그렇게 판단하신 근거를 들어볼 수 있을까요?"

치프가 물었다.

—내가 설명해 주겠네.

치프의 헬멧에 설치된 통신기로부터 아르마게일의 목소리가 들려왔다.

—바라쿠스의 직감은 정확하네만, 아쉽게도 그는 어휘력이 부족해서 자신이 보고 느낀 모든 것들을 제대로 설명하진 못한다네. 어쩔 수 없지. 내가 대신 설명해 주는 수밖에.

아르마게일의 통신은 치프뿐만 아니라 그 장소에 있는 모든 이들에게 전달되고 있었다.

전투를 앞두고 하얗게 빛나던 바라쿠스의 눈이 치프 쪽으로 움직였다.

"저 친구의 얄미움은 여전하군."

발성 기관을 이용해 중얼거린 바라쿠스가 으르렁거렸다.

—아무튼 듣게. 저 신은 바라쿠스의 말대로 아인 등급의 신일세. 내가 보기엔 아인 등급 이하인데, 아인보다 낮은 등급은 없으니 아인 등급이라고 해두세.

"알았으니 판단 근거를 얘기해 주세요."

치프가 아르마게일을 재촉했다.

—저 신은 과거에 우리가 상대했던 신들에 비해서 감각기관의 숫자가 풍부하다네. 더 직접적으로 설명하자면 눈알이 너무 많이 달려 있지. 그리고 저 전선처럼 생긴 촉수들은 날개 달린 자를 구속하기엔 너무 빈약하다네. 촉수들의 끝에 달린 톱니들 역시 날개 달린 자들의 외골격은 물론 비늘조차 자를 수가 없다네.

“하지만 인간 정도 크기의 생물들이 저 촉수에 걸리면 순식간에 고깃덩어리가 되겠죠. 전투복은 종류와 상관없이 갈려 나갈 거고요.”

치프가 자신이 느낀 점을 이야기했다.

—바로 그걸세, 치프. 아무래도 하이시리스는 바라쿠스가 이곳에 오리라고는 상상조차 못 한 것 같군.

치프는 이 장소에 바라쿠스를 데려오지 않았을 경우를 떠올려봤다.

셀레스티아를 제외한 모든 드래곤들은 하이시리스가 천장에 남긴 것들 때문에 드래곤의 모습을 갖추지도 못했을 것이다.

그들은 어찌어찌 모습을 갖췄다 하더라도 감염자들에 의해 감염되어 적으로 돌변했을 가능성이 컸다.

치프 일행은 엄청난 희생을 겪고 모든 무기들을 소모한 끝에 이곳에 도착하겠지만, 마지막 지점에서 그들을 기다리는 것은 찬란한 보물이 아니라 저 해파리 모양의 신이었다.

어떻게 봐도 결코 좋은 결과를 장담할 수는 없는 상황이었다.

‘바라쿠스 아저씨께서 계시지 않았다면 공포 영화를 하나 찍었겠군.’

고개를 흔들어 머리를 비운 치프는 바라쿠스를 향해 외쳤다.

“도와드릴 일이 있을까요?”

“아인 등급의 신은 별것 아니지. 게다가 저 신은 애송이야. 태어난 지 10년도 안 된 것 같군.”

바라쿠스는 혀를 내밀더니 맛을 다시듯 자신의 입가를 훔쳤다.

"이곳에 모인 모든 전사들이여! 이 바라쿠스가 싸우는 모습을 잘 지켜보게! 신들의 약점이 무엇인지, 또 그것들이 어디에 붙어 있는지 확실히 가르쳐 주겠네!"

바라쿠스는 셀레스티아를 등에 태운 채 해파리 모양의 신에게 돌진했다.

자신이 공격당한다는 사실을 직감한 신은 황금색 전선처럼 생긴 촉수를 마구 뻗어서 바라쿠스를 옭아맸다.

촉수들은 바라쿠스의 팔과 다리, 목, 몸통, 머리 등을 휘감고 톱니바퀴들을 돌려 그의 육체를 분쇄하려 했다.

그러나 불똥만이 허무하게 튈 뿐, 바라쿠스의 외골격과 비늘에는 이렇다 할 손상이 없었다.

"흠!"

바라쿠스가 소리를 내자 그의 몸에서 붉은색의 전류가 거세게 일어났다.

꿈틀거리며 저항하던 신의 촉수들은 그 전류를 이기지 못하고 모조리 불타 버렸다.

꺼냈던 촉수들을 모두 잃은 신은 자신의 투명한 외피를 청색으로 물들이며 육체의 강도를 강화시켰다.

그러나 바라쿠스가 몸을 돌리며 내민 꼬리의 끝이 신의 외피를 관통하고 말았다.

바라쿠스가 신의 몸에서 꼬리를 뽑아내자 찢어진 외피로부터 신의 내장, 즉 황금색의 톱니바퀴와 휠, 나사, 스프링 등이 우르르 쏟아졌다.

"신들의 공통된 약점, 첫 번째. 놈들의 몸에는 신체의 냉각을 맡은 기관이 반드시 존재한다네."

바라쿠스는 꼬리 끝에 매달려 있는 금속 기관을 흔들었다.

황금색의 금속 배관이 어지러이 꼬여 있는 것처럼 생긴 그 물체는 점점 그 색이 탁해지더니 녹이 슬면서 늙은 나무의 껍질처럼 변했다.

그 기관을 잃어버린 탓인지, 신의 온몸이 빨갛게 달아올랐다.

그 열기는 멀리 떨어진 치프 일행의 몸을 달굴 정도였다.

"신들의 공통된 약점, 두 번째. 입자를 저장하는 기관이 존재한다네."

바라쿠스는 신의 외피를 앞발로 각각 잡아 좌우로 찢어발겼다.

그가 찢어서 노출시킨 금속 내장들 사이에는 녹색의 빛을 내는 두꺼운 원통이 다른 내장과 맞물려 돌아가고 있었다.

"이것이 입자 저장 기관이지."

녹색 빛의 원통을 입으로 붙잡아 뜯어낸 바라쿠스는 그것을 멀리 던져 버린 뒤 드래곤 브레스를 쏴서 소거시켜 버렸다.

입자까지 잃어버린 신은 순식간에 산화되어 그 찬란한 금색을 잃고 말았다.

그 신으로부터 두어 발자국 떨어진 바라쿠스는 다시 드래곤 브레스를 뿜어서 그 신의 육체를 완전히 제거했다.

"고향에 나타났던 신들이 전부 이런 애송이들이었다면 얼마나 좋았을까? 불쌍하다 싶을 정도로 나약하군."

중얼거린 바라쿠스는 주변에 다른 신들이 없는지 살펴봤다.

신이 쓰러진 탓인지 천장을 밝히던 신의 글자들이 사라졌다.

시설 전체가 어두워지고 치프 일행이 가지고 있는 각종 조명들만이 어둠을 몰아내고 있었다.

"아저씨. 상황 종료입니까?"

치프가 바라쿠스에게 물었다.

"그런 것 같군."

바라쿠스는 날개에서 전류를 뿜어내어 신이 죽고 남긴 먼지들을 모았다.

데토네이터에서 내린 치프는 운캄타르의 침소로 통하는 대형 철문의 외벽을 살펴봤다.

"손톱 자국이 엄청나군요. 방금 죽은 신의 것으로 보이진 않는데요?"

치프의 말대로, 철문에는 크고 작은 손톱 자국과 뭔가에 타격을 당한 듯한 자국이 선명하게 남아 있었다.

특히 손톱 자국은 치프가 보기에도 소름이 끼칠 정도로 크고 시원시원했다.

'전위예술이랍시고 미술 시장에 내놓으면 비싸게 팔리겠군. 대체 얼마나 한이 맺혀야 저토록 으스스한 흔적을 남길 수 있는 거지?'

바라쿠스의 등에서 벗어난 셀레스티아가 치프의 곁으로 다가왔다.

"아무래도 하이시리스가 직접 여기까지 온 것 같아, 치프."

"그래?"

그녀의 말을 들은 치프 문에 새겨진 손톱 자국을 다시 봤다.

"치프도 느꼈을 거야. 저 큰 손톱 자국 말인데, 아주 막대한 양의 입자를 보유한 신만이 저런 일을 벌일 수가 있어."

"음……. 그렇겠지. 이제 저 문을 열 수 있을까?"

치프가 물었다.

"나라면 가능해."

셀레스티아는 바라쿠스의 청소가 마무된 뒤 신들이 뚫지 못한 문을 향해 다가갔다.

셀레스티아가 문에 손을 대려 하자 셀레스티아 자신의 의지와는 관계없이 그녀의 몸 전체가 백금색으로 빛을 냈다.

그녀의 손에 닿은 문이 백금색으로 찬란하게 빛을 뿌렸다.

치프는 소총 등을 점검하며 셀레스티아를 지켜봤다.

'저 안에 뭐가 있을지 정말 궁금하군.'

고민하는 치프의 곁으로 데스디아와 탈리케이아가 다가왔다.

"당신 괜찮아?"

"응? 응, 난 괜찮아. 너희들은?"

"우리 모두 괜찮아. 바라쿠스 아저씨 덕분에 편하게 왔잖아?"

곱슬곱슬한 금발의 탈리케이아가 건강하게 웃으며 말했다.

"당신 예상에는 저 안에 뭐가 있을 것 같아?"

데스디아가 조심스럽게 물었다.

"운캄타르의 본체가 있는 장소라고 했잖아? 그럼 운캄타르가 있겠지."

"침소 바로 밖까지 하이시리스의 침범을 허락했는데도 운캄타르는 반응이 없었어. 게다가……."

데스디아는 말을 끊고 주변을 둘러봤다.

"셀레스티아는 이곳에 처음 온 것 같아. 그렇다면 이 시설을 만든 사람은 대체 누구지?"

그때, 문을 여는 것에 집중하던 셀레스티아가 입을 열었다.

"장로님들이야, 뎃디."

"장로님들?"

"파울라 장로… 아니, 우리 엄마를 제외한 모든 장로들께서 힘을 모아 이 시설을 만드셨어. 난 중요한 일이 발생할 경우, 싫어도 이쪽으로 오게 될 거라고 그분들께서 말씀하셨지. 시설이 완성된 이후에는 모두 영면에 드셨고 말이야."

"흠."

치프는 총에서 손을 떼고 자신의 헬멧 턱 부분을 만졌다.

'라이트스톤도 그 안에 포함되어 있었겠지. 적어도 그는 셀레스티아가 태어나는 것까지는 지켜보고 떠났을 거야.'

그때, 찰칵 하는 소리와 함께 셀레스티아의 손과 접촉하고 있던 두꺼운 철문이 좌우로 우렁차게 열렸다.

치프는 헬멧에 손을 댔다.

"UNSMC 에코 스쿼드와 알타이르 전사들은 외부에서 대기한다. 알케온, 이제 본모습으로 돌아올 수 있나?"

치프의 옆자리에 앉아 있던 알케온이 바닥으로 뛰어내린 뒤 다시금 플라즈마를 방출했다.

이윽고, 알케온의 본체가 공간을 열며 나타났다. 알케온의 인간형 육체는 본체가 나온 공간 속으로 빨려 들어갔다.

눈을 감고 있던 알케온의 본체가 힘차게 움직이며 날개를 활짝 폈다.

"문제없군. 지시를 내려주게, 치프."

"우리가 다시 나올 때까지 이곳을 지켜줘."
"맡겨주게."
알케온은 바라쿠스가 자신에게 보여줬던 공격 행동을 하나하나 떠올리며 통로의 저편을 주시했다.
"이제 들어가 볼까? UNSMC 에코 스쿼드의 지휘는 로버트 하사에게 다시 맡기겠다."
"알겠습니다, 원사님."
지휘권을 넘겨받은 로버트는 수신호를 이용하여 대원들의 진형을 가다듬었다.
치프와 셀레스티아, 데스디아, 그리고 탈리케이아가 빛이 가득 쏟아지는 방으로 들어갔다. 그 뒤를 바라쿠스가 어슬렁거리며 따라 들어갔다.
문 뒤쪽에 펼쳐진 것은 축구장 16개 크기의 원형 공간이었다.
공간의 바닥은 모두 금속이었고, 그 금속들이 자체적으로 뿜어내는 빛이 공간의 조명을 대신하고 있었다.
"아, 제길."
치프는 공간의 한가운데를 보자마자 욕 비슷한 말을 내뱉었다.
정확히 가운데 지점에 있는 것은 운캄타르의 찬란한 백금색 육체가 아니었다. 그냥 하얗게 탈색된 백골뿐이었다.
"아, 아바마마?"
셀레스티아가 중앙을 향해 터벅터벅 걸어갔다.
바라쿠스는 정신없이 걷기만 하던 그녀의 앞을 날개의 끝으로 가로막았다.

"할아버지?"

"진정하시고 잘 보십시오, 왕녀 전하. 아무래도 운캄타르 님의 육체는 세월을 이기지 못한 것 같습니다."

바라쿠스는 몸을 바짝 숙였다.

"땅에서 보시기에는 전망이 좋지 않으니 제 머리 위에 오르십시오. 자네들도 마찬가지일세. 왕녀 전하를 모시고 올라오게."

데스디아가 셀레스티아를 껴안은 뒤 바라쿠스의 머리 위로 도약했다.

탈리케이아는 치프를 데리고 도약하려 했지만 치프는 전투복의 로켓 모터를 이용하여 이미 떠난 상태였다.

그들 모두를 머리 위에 태운 바라쿠스는 조심조심 앞으로 걸어갔다.

설마 부친의 백골을 볼 거라고 생각지 못했던 셀레스티아는 데스디아를 꼭 껴안은 채 덜덜 떨었다.

반면 치프는 헬멧의 망원 장치를 통해 운캄타르의 뼈를 하나하나 살폈다.

"습격을 당해서 돌아가신 것 같진 않군요."

"그렇다네. 뼈에 손상이 없어. 잘못 맞춰진 흔적도 없군. 그리고 운캄타르 님의 육체에서 날아간 모든 것들이 이 방에 가득하다네. 그리고 그 모든 것들이 살아 있지."

바라쿠스가 걸음을 멈췄다.

"자네들이 저분을 살리려고 노력하면 정말 되살아나실 것 같은데?"

바라쿠스가 농담을 하듯이 말했다.

하지만 그의 말에는 여러 가지 의미가 담겨 있었다.

"되살아나시다니요?"

치프는 말뜻을 잘 모르겠다는 투로 물었다.

"내가 엠페라투스 님에 의해 되살아난 것처럼, 운캄타르 님도 자네들의 손에 의해 되살아나실 수 있지 않을까? 운캄타르 님의 육체와 관련된 모든 '정보'는 여기에 다 있는데?"

"……."

바라쿠스의 말은 너무 당연했으나, 치프와 셀레스티아, 데스디아는 서로를 번갈아 바라보며 당황한 기색을 드러냈다.

"내 능력과 셀리의 능력을 모두 동원한다면 가능하겠지만……."

치프가 말끝을 흐렸다.

"응. 아바마마의 영혼은 여기에 없어. 그분은 지구에 계시잖아? 우리의 능력을 통해 되살아나는 것은 아바마마의 육체뿐이야. 물론 아바마마께서 이곳에 오신다면 우리가 되살린 육체를 사용하실 수 있겠지."

말을 이어받은 셀레스티아가 고민에 빠졌다.

"흠……."

바라쿠스가 한숨을 살짝 내쉬었다.

그는 운캄타르가 지구인으로서 오랫동안 암약해 왔고, 지금은 토마스 데이비드 카터라는 이름의 고위직 지구인으로 살고 있다는 이야기를 파울라에게 들어서 알고 있었다.

"망설이시는군요. 왕녀 전하."

"…예, 할아버지."

셀레스티아는 지금 발을 딛고 있는 바라쿠스의 머리 외골격을 왼손으로 단단히 잡은 뒤 운캄타르의 뼈와 그 주변을 살폈다.

"이곳에 있는 아바마마의 모든 것들이 '빅시티의 영역'이라는 이름의 불가침 구역을 형성하고 있어요. 저는 잠드신 아바마마의 힘인 줄 알았지만, 실제로는 아바마마의 사체에서 발생한 물질들이 불가침 구역을 만드는 동력원이었죠."

"과연."

치프가 고개를 끄덕거렸다.

"바닥에 쌓인 백금속의 금속들로부터 미지의 방사선이 강력하게 방출되고 있어. 저 물질들의 반감기가 어느 정도인지는 모르겠지만, 빅시티의 영역을 유지시켜 주는 근원이 맞으면 말 그대로 사람들을 지켜주는 '왕의 재보'나 마찬가지야."

—그렇다네, 치프.

셀레스티아의 단말기에서 아르마게일의 목소리가 들려왔다.

—만약 자네들이 이곳에서 충동적으로 성왕 폐하의 육체를 복원했다면 빅시티의 영역은 붕괴됐을 걸세. 대형 공룡과 곤충 같은 것들이 빅시티로 들어오겠지.

헬멧에 감춰진 치프의 표정이 살짝 일그러졌다.

"닥터. 언제부터 이 상황을 알고 계셨습니까?"

—라이트스톤이 신체 재구축 치료기를 이용하여 '죽은 자를 되살리는 실험'을 미친 듯이 반복했을 무렵이었다네. 그자는 성왕 폐하의 본체가 이곳에서 분해되어 이방인들을 위한 연료로 쓰이는 것을 반대했을 거야.

치프는 엠페라투스가 되살아나는 것에 대해서 라이트스톤과 이야기를 나눌 때를 떠올렸다.

당시 라이트스톤은 '재구축 치료기로 시체를 되살리는 것은 아직까지도 불가능하다'라는 말을 분명히 했다.

'그 아저씨 나름대로 이 상황을 바꿔 보려고 했던 건가? 그렇다면 대체 몇 구의 시체를 가지고 몇 번이나 실험을 반복했을까?'

잠깐 상상을 해 본 치프는 아르마게일에게 물었다.

"근데 참 자세히도 아시네요?"

—내가 라이트스톤의 입장이었다면 분명 그랬을걸? 사실 나도 성왕 폐하의 시신이 다른 종족을 위해 소비된다는 사실 자체가 매우 불쾌하거든.

"과연 다른 종족만을 위한 일일까요?"

치프가 가볍게 지적했다.

—무슨 말인가?

"운캄타르, 아니 톰 아저씨 나름대로 깊은 뜻이 있으시겠죠."

치프는 헬멧을 벗고 숨을 크게 들이마셨다.

사체가 분해되어 백골만 남은 공간의 공기라고는 믿을 수 없을 만큼 싱싱한 냄새가 그의 코로 밀려들어 왔다.

"이곳은 묘지 같지가 않네. 정말 침소처럼 조용하고 온화한 느낌이야. 냄새도 좋고."

그의 말을 들은 데스디아와 탈리케이아는 서로를 보더니 동시에 고개를 끄덕였다.

"당신이 믿을지 모르겠지만, 나와 탈리케이아는 고향에서 이와 같은 냄새를 자주 맡았어."

"그래?"

데스디아의 말에 치프가 깜짝 놀랐다.

"정말이야, 뎃디?"

셀레스티아도 놀라움을 감추지 못했다.

바라쿠스 역시 경악했지만 머리 위에 모든 이들을 태운 상황이었기에 꼼짝도 하지 않았다.

"응."

데스디아는 일단 고개를 끄덕였다.

"정령과의 교감 능력이 특히 강했던 사람을 화장하면 진주와 비슷한 물체들이 나오지. 우리는 그 물체를 정령석이라고 불러. 정력석의 냄새가 이곳의 냄새하고 비슷해."

"그리고 정령석을 땅에 묻고 나무를 심으면 그 나무는 비정상적으로 크게 성장해. 게다가 병충해를 입지도 않아."

데스디아와 탈리케이아가 차례로 말했다.

"실례가 될지도 모르겠는데, 그 정령석이란 물건의 냄새는 어떻게 맡을 수 있었어?"

치프가 묻자 데스디아가 밋밋하게 웃었다.

"가족 일이거든. 조상님들의 시신에서 나온 정령석을 1년 동안 집에 모시고 예를 올리는 건 알타이르의 전통이야. 그 이후에 나무 밑에 모실지, 아니면 납골당에 모실지는 가문에 따라서 달라."

"그렇구나."

뜻하지 않게 알타이르의 전통에 대해 듣게 된 치프는 그 이야기를 일단 기억해두기로 하며 운캄타르의 뼈를 봤다.

"바라쿠스 아저씨."

"얘기하게."

바라쿠스의 발성 기관에서 목소리가 작게 흘러나왔다.

"지금 당장 운캄타르가 부활한다고 해서 뭔가 달라지는 게 있을까요?"

"음……."

개인적으로 어려운 질문을 받은 바라쿠스는 눈을 감고 생각에 잠겼다.

셀레스티아의 단말기를 통해 이쪽의 얘기를 듣고 있는 아르마게일도 침묵을 지켰다.

조금 뒤 바라쿠스가 눈을 떴다.

생사의 경계에서 단련된 투사의 눈은 굳은 결심으로 빛나고 있었다.

"운캄타르 님은 지도자로서의 그릇이 아니었다네. 그분뿐만 아니라 엠페라투스 님도 마찬가지였어. 그분들은 지도자가 아니라, 적과 싸울 때 비로소 빛을 내는 영웅이었지. 자네처럼 말일세."

"……."

"자네의 일은 지정된 목표를 제거하면 끝인데, 지도자의 일은 그렇지 않아. 지도자란 말일세, 외적이 없어도 백성들을 지켜야 한다네. 모든 일에 책임을 져야 하고, 반드시 백성들을 좋은 곳으로 이끌어야 하지. 그저 자신의 '이상'이라는 것을 횃불 삼아 어둠을 헤쳐 나가는 수밖에 없다네. 실패했을 경우 자신과 백성들에게 닥칠 모든 재앙을 생각하면 도저히 제정신으로 할 수 있는 일이 아니지."

바라쿠스의 입에서 한숨이 터졌다.

"그런데 운캄타르 님은 제정신이셨어. 그래서 백성들을 이끌지 못하시고 우상으로서 시간을 보내셨네."

바라쿠스의 외골격을 붙들고 있던 셀레스티아의 손에 힘이 들어갔다.

우상보다 못한 존재로서 오랜 세월을 보낸 운캄타르와 자신의 모습이 떠올랐기 때문이다.

바라쿠스의 이야기가 냉정하게 이어졌다.

"엠페라투스 님도 마찬가지였다네. 단지 괴팍할 뿐, 그분도 그냥 영웅이었지. 백성들이 우상을 따른 대가는 참혹했네. 두 분 중에 어느 한 분을 지지한다는 이유로 패가 갈려서 의미 없이 싸웠거든."

"연예인 팬클럽들처럼 말이죠?"

치프가 말을 휙 던졌다.

연예인에 대해 잘 모르는 바라쿠스는 그냥 의아해했지만 데스디아와 탈리케이아는 손으로 입을 막으며 폭소를 억눌렀다.

"흠. 만약 자네들이 강력한 병기로서 운캄타르 님을 되살리겠다면 찬성하겠네. 하지만 지도자로서 되살리겠다면 반대할 것이네. 난 그 선량한 분께서 다시금 지도자의 고통에 시달리시는 모습을 볼 용기가 없어."

그러자 셀레스티아가 눈을 부릅떴다.

"할아버지께서 보살펴 주시면 되잖아요! 지도자로서의 그릇을 따지실 수 있는 분이라면 가능하시지 않습니까?"

"어렵더군요, 왕녀 전하."

바라쿠스가 우울감에 젖은 표정으로 말했다.

"너무 올바른 가치관의 소유자를 보필하는 것은 몹시 어려운 일이랍니다. 그런 자들은 모든 일을 전부 자신의 책임으로 돌려 버리고 말지요. 운캄타르 님은 그 왕관의 무게에 짓눌려 답을 내놓지 못하셨답니다. 이 할아비는 그 사실을 너무 늦게 깨닫고 말았지요."

"……."

"왕녀 전하. 정말로 왕이 되고 싶으십니까?"

바라쿠스는 운캄타르의 뼈에 눈을 둔 채 셀레스티아에게 물었다.

셀레스티아는 입을 열지 못했다. 바라쿠스의 그 질문은 사실 그녀가 매일같이 자기 자신에게 던져온 질문이기도 했다.

"저기요, 아저씨. 너무 완벽한 지도자를 원하시는 거 아닌가요?"

치프가 어깨를 들썩이며 물었다.

"지도자의 형편을 이해해 줄 백성 따윈 없지 않나?"

바라쿠스가 지적했다.

치프는 대답하기 전에 셀레스티아의 머리를 쓰다듬어 주었다.

그녀는 바라쿠스가 지금까지 했던 부정적인 말들을 어떻게 반박해야 할지 몰라서 화만 내고 있었다.

치프의 손이 머리에 닿자마자 깜짝 놀란 셀레스티아는 반사적으로 그를 봤다.

치프는 슬슬 고개를 저었다. 지금 고민해 봤자 답을 얻을 수는 없을 거라는 뜻이었다.

셀레스티아는 눈을 감고 마음을 진정시켰다.

"아저씨. 제 생각에는 외교 문제만 잘 해결해도 베스트일 것 같은데 말이죠."

"외교 문제라고?"

바라쿠스가 물었다.

"우주 연합 전체에 날개 달린 자들에 대한 정보가 너무 많이 공개됐어요. 만약 어느 행성에서 여러분들을 위험 요소로 찍어 버리면 언제 어떻게 전쟁이 일어나서 멸망할지 모른다고요."

"다른 종족과의 관계라……."

바라쿠스가 다시 한숨을 쉬었다.

"그들의 눈 밖에 났다가는 자네 같은 자들이 몰려와서 우리의 지도부를 몰살시킬 수도 있다는 말이로군."

"행성 밖에서 겁나게 크고 강한 무기를 쏠 수도 있죠. 아저씨가 꿈꾸는 이상적인 왕은 당장 필요가 없는 장식물일지도 몰라요."

"복잡한 문제로세."

바라쿠스는 표정을 풀고 슬슬 웃었다.

"하지만 그러한 자극이 우리 종족의 미래를 바꿀지도 모르지. 영웅과 지도자는 위기에서 태어나거든."

그 지도자가 반드시 셀레스티아일 필요는 없을 것이다. 그 말을 생략한 바라쿠스는 위쪽을 봤다.

"왕녀 전하. 진정되셨습니까?"

"예, 할아버지."

대답한 셀레스티아는 손바닥으로 자신의 눈가를 대충 훔쳤다.

"오늘 아바마마께선 저에게 최고의 선물을 주셨습니다. 이제는 아무것도 두렵지 않아요."

바라쿠스는 그녀가 이 장소에서 대체 무엇을 선물로 인식했는지 궁금했다.

하지만 그녀의 분위기가 좋은 쪽으로 바뀐 것만은 분명했기에 굳이 묻진 않았다.

"다행이군요. 그럼 돌아가지요. 운캄타르 님께 다시 안식을 드려야 할 것 같습니다."

떠날 것을 제안한 바라쿠스의 표정에는 진한 아쉬움이 드리워져 있었다.

"알겠습니다, 할아버지."

셀레스티아는 살짝 웅크려 앉은 뒤 두 손으로 바라쿠스의 머리 외골격을 쓰다듬었다.

"오늘 정말 감사했어요. 할아버지께서 도와주신 덕분에 우리가 무사히 이곳까지 올 수 있었어요."

"……."

바라쿠스는 어떻게 대답할까 잠깐 고민하다가 곧 지그시 웃었다.

"전하께선 아직 어리십니다. 다른 종족의 눈에는 다 큰 어른처럼 보이겠지만 제 입장에선 그렇지 않지요. 그러니… 좀 더 어리광을 부리셔도 됩니다. 이 할아비가 언제까지고 전하를 지켜 드리겠습니다."

"네, 할아버지."

바라쿠스는 마음속으로 운캄타르에게 작별을 보낸 뒤 일행과 함께 운캄타르의 침소를 나갔다.

셀레스티아가 침소의 입구를 단단히 봉인하는 한편, 바라쿠스는 알케온을 데리고 시설 내를 돌아다니면서 하이시리스의 흔적이 남아 있는지 확인했다.

시설에 남아 있는 공간 굴절은 세 개 정도였는데, 침소의 입구를 점거했던 신이 분쇄된 탓인지 제대로 힘을 내지 못했다.

바라쿠스는 알케온에게 공간 굴절의 원리와 그것들을 완전히 제거하는 방법을 알려 주었다.

바라쿠스처럼 실전으로 단련된 자에게 교육을 받은 일이 없었던 알케온은 집중하여 상대의 이야기를 들었다.

모든 정리가 끝난 뒤 시설 밖으로 나간 치프 일행은 셀레스티아가 시설의 입구를 봉쇄하는 모습을 지켜봤다.

데스디아는 부서진 입구가 재생되는 모습이 자못 불안했다.

"치프. 하이시리스가 다시 찾아오거나, 또 다른 세력이 이곳을 점거해서 침소까지 헤집어놓는다면 큰일이 벌어질 거야."

"그런 날이 먼 미래에 도래하길 빌어야지."

치프는 아직 그것 말고는 방법이 없다는 투로 고개를 저었다.

*　　*　　*

회사로 돌아간 치프 일행은 지쳐서 훈련장에 쓰러져 있는 루할트의 모습을 발견했다.

바라쿠스에게 두들겨 맞고 누웠을 때처럼 본체 상태로 쓰러진 루할트는 꼼짝도 않고 잠을 잤다.

그의 곁에는 인간의 모습을 한 젝스가 있었는데, 치프는 오빠를 진심으로 챙겨주는 동생이라 생각하고 그녀를 칭찬해 주려 했다.

"응? 사장이 나보고 오빠 곁에서 벗어나지 말라며 벌을 줬잖아?"

"아… 그래서 혹시 사냥터까지 함께 갔다 온 거야?"

"응."

젝스에게 내린 징계를 까맣게 잊고 있었던 치프는 매우 당황했다.

"오라버니는 사냥 시작 10분 만에 호흡곤란을 일으키고 누워버렸어. 오라버니가 애들 돌보는 걸 그렇게 싫어할 줄은 몰랐지. 결국 애들은 내가 전부 돌봐야 했어."

"흠. 수고했네."

치프는 젝스의 머리를 쓰다듬어 주었다.

치프의 뒤쪽으로 알타이르 전사들이 지나갔다.

그들 쪽으로 눈을 돌린 젝스는 헤이파의 모습을 보자마자 움찔했다.

그녀가 치프를 무서운 눈빛으로 쏘아보면서 지나갔기 때문이다.

"사장. 여사님이랑 싸웠어?"

"몰라. 나랑 얘기를 안 하셔. 아까 여사님 곁에 앉으려고 했다가 얻어맞을 뻔했지."

"흠……."

젝스는 머리에 쓴 모자를 벗은 뒤 손으로 머리카락을 정돈했다.

"여사님께도 소녀 같은 면이 있었네. 난 지금 진심으로 놀랐어, 사장."

"소녀 같은 면이라니?"

"진심을 들켜 버린 소녀들은 분노로 자신의 수치심을 덮으려 하잖아?"

"…그랬었나?"

"사장이 가진 만화책에서 자주 봤어."

"하."

치프는 아주 짧게 웃었다.

"젝스는 다 컸으니 그럴 일은 없겠네? 어때?"

"내 몸과 마음은 이미 사장의 것이야. 어린애처럼 부끄러워할 단계는 지났지."

젝스는 고개를 들고 콧대를 세우며 당당히 말했다.

"…어른용 만화책까지 봤구나, 젝스. 여자애가 그런 말을 하면 못써."

치프는 안쓰러운 표정으로 젝스의 등을 토닥였다.

"에……?"

예상과 다른 반응이 나오자 젝스는 적잖이 당황했다.

"식사나 하러 가자. 저녁 안 먹었지?"

"으, 응."

젝스는 뭔가 잘못됐다는 표정으로 뒷머리를 긁으며 치프를 따라갔다.

"성왕 폐하께서 계신 곳은 어땠어, 사장? 폐하께선 잘 계셔?"

젝스는 치프와 함께 계단을 오르며 그에게 물었다.

운캄타르의 뼈를 떠올린 치프는 어떻게 대답해야 할지 잠깐 고민했다.

"장소는 하이시리스 때문에 좀 망가졌지만 지금은 괜찮아. 운캄타르는… 뭐, 그렇지. 육체만큼은 영면을 누리고 있어."

"그렇구나."

치프의 예상과 달리 젝스는 영면이라는 치프의 표현을 담담하게 받아들였다.

"젝스. 혹시 운캄타르의 영면에 대해서 들은 적이 있어?"

"몇몇 어른들이 그랬어. 성왕 폐하께서는 깊이 잠드셨다고 말이야. 하지만 그때는 다들 관심이 없었어. 나도 그랬지. 다들 나중에는 심각하게 받아들일지도 모르겠네."

젝스가 말한 '나중'이라는 것은 동결 지옥에 갇힌 동포들이 고향으로 돌아왔을 때를 의미했다.

치프는 동포들의 귀환에 대한 기대감이나 불안감을 내비치지 않는 젝스의 모습에서 이상함을 느꼈다.

"젝스. 동포들이 고향에 돌아오면 이 행성을 떠나겠다고 했지?"

치프는 젝스가 예전에 셀레스티아 앞에서 선언한 약속에 대해서 물었다.

"응. 그렇다고 해서 다 내팽개치고 떠날 생각은 없어. 떠나더라도 마음 편히 떠나야 하잖아? 그게 왕녀 전하에 대한 의리이기도 하고 말이야."

치프는 충성이 아니라 의리라는 단어를 택한 젝스의 태도를 마음속으로 칭찬했다.

"젝스는 셸리를 정말 좋아하는구나?"

"……."

그의 말에, 젝스는 머리에 쓴 모자를 깊게 눌러써서 표정을 감췄다.

"넌 왕의 그릇이라는 말에 대해서 어떻게 생각해?"

치프는 바라쿠스에게 들었던 이야기들을 바탕으로 그녀에게 물었다.

"적어도 왕녀 전하에게 어울리는 말은 아니라고 봐."

젝스는 한 치의 망설임 없이 대답했다.

"냉정하네."

"왕녀 전하를 비하하는 건 아니야. 동결 지옥에서 돌아온 동포들이 과연 무엇을 소중하게 생각할지 아직 알 수 없잖아?"

치프는 젝스의 어른스러운 말을 듣고 자못 놀랐다.

"넌 그들의 가치관이 변할 거라고 생각해?"

"다들 죽음에 가까운 일을 체험해 버렸으니 어쩔 수 없을 거야. 나도… 그렇거든."

치프는 최근 포프에게서 걱정스러운 말을 들었다.

젝스가 예전에 있었던 일, 즉 해적에게 납치되는 악몽에 시달려서 잠을 잘 못 잔다는 이야기였다.

당시 해적들에게 팔다리와 날개, 꼬리, 그리고 눈을 잃은 채 결박당하여 '생산 장치'로 전락할 뻔했던 젝스는 다행히도 더 험한 꼴을 당하기 직전에 치프 일행에게 구출되었다.

하지만 그때의 끔찍한 기억과 감각은 지금도 그녀의 온 몸에 생생히 남아 있었다.

그녀가 이성을 잃고 치프를 공격했던 것도, 화를 참지 못하고 키드를 두들긴 것도 그 사건이 원인이었다.

치프는 왼손을 뻗어 젝스의 왼쪽 어깨를 감쌌다.

"진정해, 젝스. 표정이 안 좋아."

"……."

젝스는 자신의 눈동자에서 흘러나오는 살기를 막듯 두 손으로 얼굴을 감쌌다.

그녀는 어깨에 전해지는 치프의 체온을 등대 삼아 혼란스러운 마음을 진정시켰다.

"미안, 사장."

"아냐. 아무튼 네 말대로 그들의 가치관이 변하긴 할 거야. 그때 필요한 게 압제일지, 아니면 포용일지는 정말 모르겠네. 백성들의 마음을 치유해 주는 지도자는 정말 역사적으로도 드물거든."

"응……."

젝스는 모자를 고쳐 쓴 뒤 고개를 끄덕였다.

식당에 들어가기 전, 누군가의 시선을 느낀 치프는 회사의 장벽 쪽으로 고개를 돌렸다.

짙은 보라색의 거룡, 엠페라투스가 장벽 위로 고개를 내민 채 치프를 바라보며 웃고 있었다.

"운캄타르와 만났다고?"

엠페라투스가 물었다.

그 목소리가 어찌나 컸는지 장벽과 회사 정문, 식당 등에서 일을 보던 사람들이 모두 엠페라투스에게 고개를 돌렸다.

"하, 만났다고 해야 하나? 아무튼 접촉은 했어."

"그렇군."

엠페라투스는 하늘을 둘러봤다.

"까닭은 모르겠지만 네놈에게서 나에 대한 분노가 느껴지는구나."

"아, 마침 잘됐네. 오늘 새벽에 이상한 말을 들었거든?"

"이상한 말? 나에 대한 것인가?"

엠페라투스가 미소를 지우고 치프를 봤다.

"맞아. 아저씨가 헤이파 여사님을 노리고 있다는 것 같던데, 혹시 사실이야?"

"그렇다, 치프."

엠페라투스는 이번에도 시원하게 인정했다.

"왕녀와 교감한 데스디아 브라토레는 실로 강력했지. 나와 교감한 헤이파 브라토레는 과연 어떨 것 같나? 그 계집은 말 그대로 천부의 재능을 갖고 있어. 아마도 혼자서 지각을 베어버릴 정도로 강력한 꼭두각시가 될 것이야."

"……."

치프가 젝스의 어깨에서 손을 뗐다.

그를 돌아본 젝스는 치프의 표정을 보자마자 뒤로 물러났다.

치프 특유의 정제된 살기가 그의 몸 전체에서 이글거리고 있었다.

일반인의 눈에는 보이지 않았지만 젝스의 눈에는 치프의 몸 전체에서 엄청나게 두꺼운 가시들이 터져 나가는 게 뚜렷이 관측되었다.

하지만 엠페라투스는 시큰둥한 반응을 보였다.

"처참한 꼬락서니로구나, 치프. 네 분노는 겨우 그 정도인가? 왜 너에게 걸린 구속을 풀지 않는……."

"나와. 당장 저 앞에서 붙자고."

화가 난 얼굴로 엠페라투스에게 손짓을 한 치프는 본관 앞에 세워진 군용 차량을 타고 시동을 걸었다.

"호오, 후후후."

엠페라투스는 즐겁게 웃은 뒤 날개를 활짝 폈다.

그의 날개 밑에서 잠을 자고 있던 어린 드래곤들이 깜짝 놀라서 사방으로 뛰어다녔다.

치프는 차의 창문을 내린 뒤 회사 앞 평원으로 날아가는 엠페라투스를 노려봤다.

"네놈 아가리에서 그 누구의 이름도 튀어나오지 않도록 두들겨 주겠어!"

"기대하마! 하하하하하!"

치프가 차를 몰고 정문 쪽으로 향하자, 정문을 지키던 UNSMC 대원들이 크게 당황했다.

"원사님? 왜 식사도 안 하시고 최종 결전을 하시려는 겁니까?"

"몰라, 제길! 문 열어!"

저 사람이 갑자기 왜 저러냐는 표정을 지으며 당황하던 대원들은 치프가 경적을 울리는 등 난리를 피우자 결국 정문을 열고 말았다.

사장실에서 케이크를 먹으며 쉬고 있던 데스디아와 탈리케이아, 그리고 셀레스티아가 본관 밖으로 뛰어나왔다.

"문을 왜 열어, 이 미친 인간들아! 닫으라고!"

데스디아가 대원들을 향해 고함을 질렀다.

"치프! 나가기 전에 우리 얘기 좀 들어! 이런, 누가 스승님을 좀 모셔 오라고! 사만다는 또 어디에 있어?"

탈리케이아도 펄펄 뛰었다.

셀레스티아는 바라쿠스를 향해 뛰어갔다. 그 붉은색의 드래곤은 심드렁한 표정으로 어린 드래곤들을 수습하고 있었다.

"할아버지! 할아버지께서 좀 말려주세요!"

"이 할아비는 지쳐서 꼼짝도 못 합니다, 왕녀 전하."

바라쿠스가 느긋하게 말했다.

"할아버지!"

셀레스티아는 그들이 벌일 싸움이 두려워 속이 터질 것 같았다.

하지만 바라쿠스는 그다지 걱정하지 않았다.

'충동적으로 결판을 낼 인연은 아닌 것 같으니 적당히 하겠지.'

그는 엠페라투스와 치프의 관계를 그렇게 판단하고 있었다.

그들이 우왕좌왕하는 사이, 치프가 모는 차가 정문을 통과하여 엠페라투스가 기다리는 평원 쪽으로 달려갔다.

치프가 질주해 지나간 땅으로부터 파란색으로 빛나는 대량의 금속 입자들이 떠올랐다.

그 입자들의 양은 막대하여, 회사에 드리워진 석양의 주황색을 순식간에 밀어내고 파란색을 진하게 덧칠할 정도였다.

하늘로 떠오른 금속 입자들은 수십 척 규모의 함대로 변했다.

함대의 함선들은 지구에서 쓰는 전함과 순양함들이었다. 그가 만든 함대는 차량의 속도에 맞춰 천천히 이동했다.

이윽고, 치프가 몰던 차량이 모조리 입자로 분해되더니 데토네이터 버전 4.8로 모습을 바꿨다.

데토네이터의 무장은 대형 레일건 하나였고, 다른 부분에는 급가속을 위한 로켓 모터들과 척력장 발생기가 잔뜩 달려 있었다.

"다른 사람의 몸을 이용할 생각이었다고? 그게 재밌을 거라고 생각했나?"

치프의 고함이 스피커를 통해서 평원 전체에 쩌렁쩌렁 울렸다.

"당연하다!"

엠페라투스의 두 눈에서 검은색의 빛이 안개처럼 피어올랐다.

그와 동시에 터진 엠페라투스의 기운이 평원의 식물들을 모조리 말려 죽였다. 곤충들과 작은 동물들까지도 순식간에 재로 만들었다.

치프의 데토네이터를 보호하는 척력장들이 그 기운과 충돌하여 반짝반짝 빛을 냈다.

"치프여, 네놈의 싸움 방식은 질렸다! 함포를 쏘고, 함선을 충돌시키고, 데토네이터에 의지해서 돌진하는 단순한 공격 따위가 나를 만족시켜 줄 것 같나? 네놈 스스로도 알 텐데? 그 방법들로는 나를 물리칠 수 없다는 것을 말이다!"

지축을 흔들 기세로 소리친 엠페라투스는 더 강력한 기세로 힘을 뿌려댔다.

치프를 지원하기 위해 드래곤의 모습으로 회사에서 날아오르던 루할트와 알케온, 젝스, 파울라는 그 먼 거리에서 쏟아진 엠페라투스의 힘에 밀려 모조리 휘청거렸다.

한발 늦게 모습을 바꿔 하늘로 떠오른 셀레스티아가 힘을 발휘하여 모두를 받쳐주지 않았다면 전부 추락했을 상황이었다.

데토네이터와 함께 엠페라투스의 힘을 상대로 굳건히 버티던 치프는 데토네이터의 오른쪽 기계 팔을 들어 엠페라투스에게 신호를 보냈다.

잠깐 기다리라는 뜻이었다.

그러고는 뒤쪽으로 돌아서서 회사를 향해 스피커를 울려댔다.

"다들 거기서 꼼짝도 하지 마! 이건 나랑 이 아저씨의 문제야!"

"치프……?"

셀레스티아를 비롯한 모든 드래곤들이 당황하는 가운데, 다시 엠페라투스 쪽으로 돌아선 치프는 데토네이터의 계기판에 자신의 단말기를 꽂았다.

"저번처럼 고생 좀 하자고, 잭팟."

"오늘은 정말 죽을 것 같으니 너무 기대되는군요."

비아냥거린 잭팟은 데토네이터의 모든 제한 사항을 해제했다.

데토네이터의 장갑판 곳곳이 열리면서 파랗게 달궈진 골격들이 드러났다.

방출되는 동력의 양이 엄청났으나 엠페라투스는 코웃음을 쳤다.

"실버로드 때도 그걸 썼었지? 힘의 방출만이 네놈이 가진 기술의 전부인가? 유치한지고!"

그때, 데토네이터의 오른쪽 어깨에 달린 레일건이 번쩍 빛났다.

엠페라투스는 물리 법칙 교란을 이용해 레일건의 탄을 막으려 했다.

그의 계산대로라면 치프가 쏜 탄환은 도중에 뭉개지거나 다른 방향으로 튀어 나가야 했다.

그러나 탄환은 엠페라투스의 머리에 적중하여 그의 고개를 꺾어버리고 말았다.

"으……?"

치프를 다시 돌아본 엠페라투스는 어이가 없다는 눈으로 상대를 쏘아봤다.

회사에서 엠페라투스가 타격당하는 모습을 본 모든 이들도 숨 쉬는 것을 잊을 정도로 놀라고 말았다.

느긋이 구경하던 바라쿠스조차도 벌린 입을 다물지 못했다.

데토네이터의 왼쪽 팔이 치프의 조작에 맞춰 도발적으로 까닥거렸다.

"어때, 아저씨? 신선하지? 재밌지? 죽여주지? 그러니 우리들의 싸움에 다른 사람을 끼워 넣는 짓 따위는 집어치워! 여사님을 포기한다고 말하면 목숨만은 살려주지!"

"뭐라? 후후, 하하하하! 즐겁도다! 실로 즐거워 견딜 수가 없도다!"

미친 듯이 웃음을 터뜨린 엠페라투스가 치프를 향해 돌진했다.

"이 감정, 그야말로 설렘이로다!"

"닥치고 대답이나 해!"

결국 평원을 둘로 찢으며 충돌한 둘은 태양이 떨어지고 달이 떠오를 때까지 살벌하게 난타전을 벌였다.

그들을 말리는 사람은 아무도 없었다.

사투에 빠진 그들의 모습이 유리 공예품처럼 첨예하고 아슬아슬하여, 행여 손을 댔다가는 자신들이 베여 나갈 것 같았기 때문이다.

하늘에는 치프의 함대 대신 별들이 가득했다.

땅에는 조종석이 반쯤 노출될 정도로 망가지고 두 팔이 모두 떨어져나간 데토네이터가 죽은 듯 누운 채 달빛을 받고 있었다.

마치 달의 표면처럼 뭉개져서 생명의 흔적 따윈 찾아볼 수 없는 평원 위엔 엠페라투스가 서 있었다.

외골격의 대부분이 파괴되고 살점까지 무수히 잃어버린 엠페라투스는 숨을 가쁘게 쉬어댔다.

졸듯이 눈을 깜박인 엠페라투스가 있는 힘을 짜내어 하늘 위의 달을 봤다.

'달빛 따위를 흡수해서 몸을 유지하게 될 줄이야.'

엠페라투스는 뒤를 돌아봤다.

그의 눈에서 폭발하던 검은색의 빛과 보라색의 안개는 1시간 전에 사라진 상태였다.

싸움 전에 분명 존재하고 있던 산과 산맥이 철거된 담벼락처럼 뿌리를 드러내고 있었다.

둘의 싸움으로 인해 초토화된 곳은 평원만이 아니었다.

회사를 제외하고, 약 5제곱킬로미터 넓이의 땅이 불과 수 시간 만에 크레이터와 균열로 가득한 지옥으로 변해 있었다.

'운캄타르와 싸울 때는 이보다 더 큰 파괴가 발생했지. 그때는 서로가 가진 힘을 과시하듯이 발산했을 뿐이었거든. 하지만 저 녀석은 볼 때마다 정교함이 느껴지는군. 하긴, 총이라는 도구로 몇 만에 가까운 목숨을 거둔 건 멋이 아닐 테니까.'

엠페라투스는 300여 미터 밖에 누워 있는 데토네이터 쪽으로 시선을 내렸다.

조종석을 보호하는 장갑판이 흔들거리더니, 치프가 장갑판을 걷어차고 데토네이터 밖으로 나왔다.

쇄골 아래쪽과 허벅지에 꽂힌 커다란 파편을 손으로 뽑아버린 치프는 피투성이가 된 왼손으로 이마를 붙들고 현기증을 억눌렀다.

"미안한데 커피 한 잔 마시고 올 때까지 기다려 주면 안 될까? 졸려 죽겠어."

치프가 비틀거리며 말했다.

"그건 졸음이 아니라 과다 출혈 증상이다."

엠페라투스가 피로감에 잠긴 목소리로 그의 상태를 지적했다.

"아냐, 정말 졸린 것뿐이라고."

치프의 두 눈이 백금색으로 빛을 냈다.

망가진 데토네이터가 분해되고 경장갑 전투복으로 모습이 바뀌어 치프의 몸을 보호했다.

치프는 데토네이터의 분해로 인해 바닥에 떨어진 자신의 단말기를 왼팔의 팔뚝 보호대에 꽂았다.

엠페라투스는 계속해서 싸울 기세인 치프의 모습을 보고는 키득키득 웃으며 몸을 똑바로 세웠다.

"너와 내가 마지막으로 싸운 이후 1년이 좀 넘었군."

엠페라투스가 말했다.

"그때만 해도 네놈은 능력을 발휘할 때마다 손발이 불타고 눈이 날아갔지. 그런데 지금은 육체의 소모가 거의 없어. 왕녀가 새로 만들어준 네놈의 몸이 그만큼 훌륭한 것인가, 아니면 네놈 자신이 그 능력에 익숙해진 것인가?"

"다 모르겠고, 정신만은 멀쩡해."

"네놈은 그때도 제정신이 아니었다. 아니, 언제나 미쳐 있었지. 그래서 더 좋지만."

"후후."

치프의 헬멧 밖으로 웃음소리가 터져 나왔다.

"밤이 되니까 감수성이 폭발했나? 아저씨답지 않게 왜 그래?"

"감수성? 그럴지도 모르지. 난 지금 매우 불쾌하다, 치프."

엠페라투스의 두 눈에서 검은색의 전류가 미약하게 올라왔다. 그 힘으로 인해 치프의 전투복과 헬멧 곳곳이 갈라지며 금속 파편이 튀었다.

"왜 전력을 다해서 싸우지 않았나?"

엠페라투스가 이를 갈며 물었다.

"그건 댁도 마찬가지잖아?"

치프의 오른손에 금속 입자가 모여들었다.

그 입자는 치프가 동결 지옥에서 라이트스톤을 상대로 싸울 때 사용했던 초대형 권총으로 바뀌었다.

"헤이파 여사님을 끌어들이려 한 것 자체가 그렇지. 대체 왜 그런 거야?"

치프가 권총을 들고 엠페라투스를 겨눴다.

"우리 사이가 겨우 그 정도였나? 누굴 꼭 끼워야 할 만큼 내가 겁났나?"

그의 지적, 아니 질문에 상처로 가득한 엠페라투스의 머리가 꿈틀했다.

"…그렇군. 그 지적, 겸허히 받아들이겠노라."

엠페라투스의 눈이 서서히 감겼다.

그를 따르듯 치프의 헬멧과 전투복의 균열로부터 대량의 피가 쏟아졌다.

"대신 이 다음에 이어질 싸움은… 죽음이라는 결과만이 허락될 것이다."

엠페라투스는 지쳐 잠들듯이 옆으로 쓰러졌다. 치프는 그 모습을 본 뒤에야 무릎을 꿇고 주저앉았다.

“아, 제길. 그 전에… 얼어 죽겠네.”

“그러게 말이다. 후후후…….”

엠페라투스가 실없이 웃었다.

“흐흐흐…….”

치프도 기절할 때까지 웃음소리를 냈다.

둘의 웃음소리가 멈췄을 때, 바라쿠스가 일어나서는 장벽 위에 올라가 있는 셀레스티아를 향해 소리쳤다.

“이 할아비를 따라오십시오, 왕녀 전하! 싸움은 끝났습니다! 방치하면 둘 다 죽습니다!”

“예… 예! 할아버지!”

치프와 엠페라투스를 향해 날아간 두 드래곤들은 각자의 방법으로 양측을 보호했다.

바라쿠스는 날개로부터 발산된 열기를 둘에게 쬐어주었고, 셀레스티아는 우선 치프부터 급속도로 치료를 해줬다.

치프의 전투복에서 흘러나오던 피가 멈췄다.

전투복의 형태를 유지시켜 주던 무장 제조의 힘이 풀리면서 넝마 차림이 되고만 치프였지만 그는 결코 쓰러지지 않았다.

드래곤 상태의 셀레스티아는 눈까지 반쯤 뜬 채 기절한 치프의 모습을 보고 몸이 오싹했다.

‘왜 항상 이렇게 될 때까지 싸우는 거야, 치프? 의지인 거야, 아니면 광기인 거야?’

눈을 질끈 감고 감상을 떨쳐낸 그녀는 엠페라투스 쪽으로 몸을 돌렸다.

그녀는 엠페라투스를 치료할 필요가 있을까 싶었지만, 다행히 바라쿠스가 고개를 저으며 그녀의 고민을 덜어주었다.

“왕녀 전하께서 도우실 필요는 없습니다. 엠페라투스 님이 갖고 있는 신성 포식 능력으로 인해 왕녀 전하께서 힘을 빼앗기실 수도 있습니다. 전하께선 치프를 데리고 회사로 돌아가십시오.”

“아, 알겠습니다.”

앞발을 내밀어 치프를 곱게 들어 올린 셀레스티아는 재빨리 회사 쪽으로 날아갔다.

바라쿠스는 탈진하여 정신을 못 차리는 엠페라투스를 내려다보며 한숨을 쉬었다.

“손대지 말아야 할 재미라는 게 있는 겁니다. 이번에는 장난이 지나치셨군요.”

바라쿠스는 이대로 자신의 목숨을 불태워 엠페라투스를 공격하면 그를 끝장낼 수 있을 거라고 생각했다.

하지만 그는 날개의 열기를 쬐어주기만 할 뿐이었다.

*　　　*　　　*

새벽 4시 무렵, 본관의 의무실에서 눈을 뜬 치프는 침대 옆 탁자에 놓인 물을 급하게 마신 뒤 단말기로 시간을 확인했다.

‘죽을 각오로 싸웠는데도 잠을 못 자는군.’

그는 정신적으로 매우 피곤했다. 너무 피곤해서 머리가 텅 빈 느낌이었다.

그는 실버로드와 싸울 때보다 몇 배 이상 집중했다. 그리고 맨몸으로 데토네이터를 운전해 버린 탓에 몸 전체가 몇 번이나 망가졌다.

데토네이터의 과격한 가속 및 급정거로 인해 머리의 피가 쏠리고 모세혈관이 터지면서 그가 안팎으로 쏟아낸 피의 양만 따져도 엄청났다.

하지만 셀레스티아에 의해 완전히 치유된 몸은 치프를 짜증나게 할 만큼 상쾌했다.

환자복을 벗은 그는 미리 누군가가 준비해 둔 평상복으로 갈아입은 뒤 의무실 밖으로 나갔다.

그는 밖으로 한 발자국 나가자마자 흠칫 놀랐다.

헤이파가 벤치에 앉은 채 단말기를 조몰락거리고 있었기 때문이다.

“아, 이제 일어났군.”

헤이파가 자신의 단말기를 자리에 놓고 일어났다.

“몇 시간 전까지만 해도 정말 많은 사람들이 이곳에 있었다네. 하지만 다들 피곤했는지 사장실로 올라가서 자고 있지.”

그녀가 불만스레 팔짱을 꼈다.

“죠니와 안드레이, 킹에게도 연락했네만, 자네 지시가 없으면 현장에서 움직일 수 없다고 버티더라고. 설마 그 친구들까지 나를 믿지 않을 줄은 몰랐다네. 자네는 정말 좋은 부하를 뒀어.”

헤이파는 실소를 터뜨렸다.

“몸은 괜찮나? 뭐… 그냥 척 봐도 괜찮아 보이네만.”

“그러게요. 좀 쉬고 싶은데 말이죠.”

치프가 슬쩍 웃었다.

“여사님께서도 좀 주무세요. 표정이 안 좋으시네요. 숙소까지 바래다 드릴까요?"

"음… 아, 치프."

"예?"

멋쩍은 표정으로 치프를 바라보던 헤이파가 공손히 고개를 숙였다.

"정말 고맙네. 그리고 어제는 정말 실례 많았네."

"아니에요."

치프는 고개를 흔들었다.

"누군가가 함부로 이용당한다는 사실이 싫었을 뿐이에요. 그런 상황을 너무 많이 봐왔거든요."

그가 말한 '이용'이란, 식민지 청소 시절에 겪었던 자살 폭탄 공격이었다.

궁지에 몰린 군벌들에 의해 살아 있는 폭탄으로 이용되고, 마약에 중독된 채 UNSMC에게 돌격해 오던 어린아이들의 모습은 아직도 치프를 괴롭히는 기억 가운데 대표적인 것이었다.

"흠. 나에게 특별한 감정이 있어서 그랬던 건 아니라는 뜻이군. 매우 다행일세."

헤이파가 억지로 미소를 지으며 말했다.

어금니를 꽉 깨문 치프의 턱에 근육이 불거졌다.

"무슨 말씀이시죠?"

"응?"

"모르는 사람이 이용당하는 모습은 그냥 싫고요, 저에게 특별한 사람이 이용당하는 모습은 상상하는 것조차 싫어요. 그래서 어제 내던진 게 목숨이라고요, 여사님."

“……”

가까스로 유지되고 있던 헤이파의 표정이 결국 단숨에 무너졌다.

“자네는 정말 못된 사람이로군.”

“제가 좀 그렇죠.”

치프는 슬쩍 웃었다.

“전 밖에 나가서 상황을 볼게요. 여사님께서는 푹 쉬고 계세요.”

헤이파는 대답 없이 고개를 끄덕였다.

그리고 점심 무렵.

피곤한 표정의 데스디아와 탈리케이아, 사만다 등을 데리고 본관을 나온 헤이파는 장벽 밖에서 자신을 바라보고 있는 엠페라투스와 눈을 마주쳤다.

“기다렸다, 위대한 정령술사여. 평소보다 잠을 잘 자더군.”

엠페라투스의 목소리조차 거슬리는 상황이었던 헤이파는 시가에 불을 붙이며 그와 마주했다.

“용건이 뭐요? 나에 대한 미련을 버리지 못하셨소?”

“아니.”

엠페라투스가 눈을 감은 뒤 그녀를 향해 고개를 숙였다.

“이번만큼은 높임말을 쓰겠소, 위대한 정령술사여. 나와 치프의 싸움에 그대를 이용하려 했던 것을 진심으로 사과하리다. 앞으로 그대를 이용할 일은 없을 것이오.”

“흠.”

헤이파는 시가의 연기를 옆으로 훅 뿜었다.

엠페라투스의 이야기가 계속됐다.

"위대한 정령술사여. 그 대신 그대도 나와 치프의 싸움에 개입하지 마시오. 그 싸움은 이제 운캄타르의 인연마저 초월한 숙명이 되었소."

"참 어렵게 사시는구려."

헤이파가 쓴웃음을 지으며 말했다.

"좋을 대로 하시오, 오래된 자여. 그대의 제안대로 난 그대와 치프의 싸움에 개입하지 않을 것이오."

뒤이어, 헤이파의 짙은 은색의 눈동자가 황금색으로 달궈졌다. 헤이파에게서 뿜어져 나오는 힘의 압력이 근처 건물과 차량의 유리들을 진동시켰다.

"그러나 만약 치프가 그대의 손에 죽는다면, 나를 비롯한 브라토레 가문 전원은 한 사람도 남김없이, 억지로 대를 이어서라도 그대를 사냥하러 나설 것이오."

"…기대하리다. 이제 자유를 누리시오, 한때 나의 보석이었던 자여."

씩 웃은 엠페라투스는 고개를 돌렸다.

곁에서 엠페라투스를 지켜보던 바라쿠스는 기가 막혀 혀를 찼지만 엠페라투스는 들은 척도 하지 않았다.

헤이파의 모습을 가만히 지켜보던 사만다는 자신도 모르게 인상을 찌푸렸다.

'아저씨께서 부인 네 명을 거느리시겠다고 하셨지?'

물론 치프가 직접 그런 말을 한 적은 없었지만 사만다는 이상하리만치 집착하고 있었다.

그로부터 이틀 뒤, 치프는 일행들과 함께 헌터들의 면접을 보기 위해 빅시티로 향했다.

"자아, 자네가 좋아하는 파인애플 맛 탄산음료일세. 마셔보게."

치프와 함께 장갑차의 탑승석에 탄 헤이파는 직접 아이스박스에서 음료수 캔을 꺼내 치프에게 내밀었다.

맞은편에 나란히 앉아 그 모습을 지켜보던 데스디아와 탈리케이아의 표정은 초월적인 당혹감으로 인해 어둡기 그지없었다.

『그라니트 : 용들의 땅』 12권 끝